JN044536

旅にありて　ものをぞ思ふ白波の
辺にも沖にも　寄るとはなしに
（詠み人知らず　『万葉集』）

遠い波濤（はとう）
忘（ぼう）じがたき日本人の肖像

木村 伊量

目次

おもな登場人物

埴生（はにゅう）一夫　本編の主人公。一八八七年、千葉県夷隅（いすみ）郡御宿（おんじゅく）町生まれ。早稲田大学卒。『東日新報』記者として一九一三年に欧州派遣。各地を取材。第一次世界大戦の惨状を見る。

樺林太郎　一夫の幼馴染み。樺コンチェルンの御曹司。陸軍士官学校卒。ソヴィエト・ロシアを敵視し、大陸侵攻を唱える強硬派の陸軍上級将校。埴生とともに渡欧する。

後田（うしろだ）富男　一夫の幼馴染み。南房総の貧しい小作農家の次男。陸軍二等兵として高崎で召集される。シベリア出征から帰還後、千葉県で農民運動にのめり込む。

僧・玄妟（げんあん）　一夫の幼馴染み。俗名滝沢嘉吉。南房総の浄土真宗の寺の生まれ。異形の乞食僧として東北の飢餓地帯を放浪する。隻眼(せきがん)で巨体の酒豪。

樺紀子　林太郎の妹。一夫を慕う。ウィーン楽友協会音楽院に留学。リベラル派で、父や兄と対立する。

樺房之助　林太郎の父親。新興財閥、樺コンツェルンの総帥。軍部と結託し、大陸進出の野望を抱く。

後田(うしろだ)ひさ　富夫の母。御宿の元海女(あま)。

綾瀬文子　御宿の農家の娘で、富男の許嫁(いいなずけ)。

佐々木たえ　青森県三戸郡の極貧農家の長女。玄妟と知り合う。

芦沢美春　一夫の孫娘。一九七四年、一夫の上海行きに同行する。

A・モリーナ　英国の大衆紙『デイリー・メール』の記者。ナポリの生まれ。一夫の終生の友人。

李寧周　国籍や正体不明。上海の阿片窟（あへんくつ）に起居。日中双方の機密情報に通じる。

横井昌夫　群馬県水上（みなかみ）の農家の三男。富男とともにシベリアに出征。

E・スノー　アメリカのジャーナリスト。草創期の中国共産党を身近に取材し、『中国の赤い星』がベストセラーに。

孫文（孫逸仙）　中華民国の革命家、政治家。初代臨時大総統。「中国近代革命の父」。

林長民　一夫の早稲田大学時代の学友。一九二〇年、ロンドンで一夫と再会。パリ講和会議に参加。抗日運動の活動家。

藤田嗣治（つぐはる）　洗礼名はレオナール・フジタ。「エコール・ド・パリ」を代表する画家。パリ画壇の寵児。一夫と知り合う。

水野広徳（ひろのり）　愛媛県出身。海軍大佐。第一次大戦後の戦跡視察を機に、反戦、非戦思想に転じる。

野村吉三郎　和歌山県出身。水野と海軍兵学校同期の海軍軍人。のちに大将。日米開戦時の駐米大使。

大島浩　岐阜県出身。林太郎と陸軍士官学校同期。親ドイツ派の代表格。のちに駐ドイツ大使。「日独伊三国同盟」締結の立役者。

田中隆吉　島根県出身。上海公使館附武官の陸軍少佐。「謀略」をいとわない第一次上海事変の黒幕。

プロローグ　霧笛(むてき)

遠くで稲光(いなびかり)が奔(はし)ったような気がして、わたしは雨粒が横に流れるガラス窓に額(ひたい)を押しつけ、機外に目をやった。

眼下には、山の襞々(ひだひだ)に点在する古びた家群(いえむら)の瓦屋根や、煙雨(えんう)に埋もれる田畑、山裾(やますそ)を縫って走る道路を行きかう車のヘッドライトがぷよぷよと滲(にじ)んで見える。日本航空のダグラスＤＣ８旅客機は厚い雷雲を突き抜け、翼を上下にバウンドさせながら旋回して徐々に高度を下げ、上海・紅橋(ホンチャオ)空港への最終の着陸態勢に入った。

腕時計をのぞくと午後三時五十分だった。日の入りにはまだ間があるはずなのに、空は黄昏(たそがれ)のようにくすみ、帯状にたなびく薄墨色の霧雲(きりぐも)に遮(さえぎ)られて、陸と空との境目がどこにあるのかもわからない。

隣の座席から、こんどの旅につき合ってくれた孫娘の芦沢美春(みはる)が「おじいちゃん、大丈夫？　何だかうなされていたみたいよ」と、わたしの顔を覗(のぞ)きこんだ。

禍々(まがまが)しい夢を見たのは、荒天の中を窮屈な座席に縛りつけられて、微睡(まどろ)んでいたからかもしれない。鬼灯色の満月が出た夜、そろって顔がなく、のっぺらぼうの、埴輪のような兵士の群れが、次々と暗い川底に引きずり込まれていく。肩に担いだ小銃の先につけた銃剣が、月明かりを鈍く照り返している……いやな夢だった。

　タラップの冷たい手すりを伝いながらゆっくりと降りると、「ニイハオ」と挨拶する地上スタッフから差し出された傘を形ばかりに開いて、肩が濡れるのも厭わずに、重い足を引きずってターミナルビルまで歩いた。篠突く雨が、いまわしい悪夢を洗い落としてくれる気がした。

　わたし、埴生一夫にとって、上海は四十二年ぶりだった。

八十七歳という高齢になってからの上海行きには、息子夫婦ら家族はもちろん大反対したし、航空会社や旅行会社も、晩秋の上海は冷え込む日があり、健康面での安全は請け合えないと警告した。海外旅行保険は適用外だった。しかし、わたしは「これは譲れない。這ってでも上海に行かなければ死んでも死にきれないんだよ」と言ってきかなかった。

　福岡にいる息子は「父さん、『無分別は青春につきもの、分別は老熟につきもの』という古代ローマのキケロの言葉をご存じでしょう」と、それこそ分別くさいことを手紙に書いてよこした。キケロは何もわかっていない。人間というやつは、とかく歳をとると、分別よりも、我儘が先に立つものだ。分別は人間を用心ぶかく、臆病にするだけのことだ。自分ではふだんはそれほど頑迷固陋な老人だとは思わないが、こればかりは後に引けない。

日中航空路線は一九七二年（昭和四十七年）八月の東京―上海間のテスト飛行を経て、二年後の一九七四年（昭和四十九年）九月から週二便の定期便が開設された。わたしはそれを待ちかねたように、上海行きを決めた。

戦争前に千葉県の南房総の片田舎、夷隅郡の御宿町で暮らした幼馴染みの「仲良し四人組」のうち、旧陸軍の上級将校だった樺林太郎は、上海で戦塵にまみれた。わたしから少し遅れて上海に渡った僧玄晏こと滝沢嘉吉と、彼の想い人である佐々木たえの行方も、杳として知れない。

沈む夕日は戻らない。泡沫の夢の跡は虚ろで、時はわたしの感傷とは無縁に滴り落ちていく。それはもとより承知だ。しかし、動乱の時代を、ともに激しく駆け抜けた彼らの生の証を、この手に掴まない限り、苔むした八十有余年を閲した自分の人生はすべて意味を失い、やがて煙のように跡形もなく消え失せてしまうのではないか。この世の人のつながりは、その程度のことなのか。いや、そんなものであっていいわけがない。人生の終幕を迎えた老人の焦燥（しょうそう）が、彼らの俤（おもかげ）を追う決死の旅にわたしを駆り立てた。

　虹橋空港には、美春の学生時代の友人で、日本語が達者な上海在住のS嬢が迎えに来てくれていた。華奢（きゃしゃ）な体つきの、利発そうな中国人女性だ。「戦争の前に上海にいたことがありまして、いやあ懐かしくてね。世話になります」と挨拶して、彼女の後をついてタクシーに乗り、小雨に煙る黄浦江（こうほこう）沿いの道をたどった。外灘（バンド）にひときわ高くそびえたつ、銅板葺（どうばんぶ）きの三角屋根がトレードマークの「和平飯店」に投宿した。

　一九三二年（昭和七年）一月、第一次上海事変で街が猛火に包まれる前夜、わたしと林太郎、玄旻の三人は、このホテルの前身である「キャセイホテル」のレストランで、つかみあわんばかりの激論を交わしたのだった。

　荘重な建物の外観やアール・デコ調の装飾こそ変わらないが、あの当時の硝煙と血の臭いを含んだ、重く張り詰めた空気はどこにも感じられない。

　バーでは年配ぞろいのオールド・ジャズバンドが、一九二〇年代の租界時代をしのばせるノスタルジックな曲や、上海で活躍した歌姫周璇（チョウシュアン）の大ヒット曲「何日君再來（ホーリージュンライザイ）」（いつの日君帰る）、それに李香蘭（リシャンラン）こと山口淑子（よしこ）が歌った「夜来香（イエライシャン）」「蘇州夜曲」など、一時は新生中国ではタブーとされた往年の流行歌をメドレーでゆったりと奏でている。

翌日、わたしと美春はS嬢の案内で、かつてのフランス租界の中心で、鈴懸（すずかけ）の緑濃い街路樹が通りを覆い、ロシア風の情緒が色濃かった霞飛路（ジョッフル）や、日本人街の商業の中心地だった呉淞路（ごしょうろ）の虹口（ホンキュー）マーケット、文監師路（文路）の角の日本人倶楽部の旧跡をタクシーとバスに乗って見て回った。冬のある寒い日、霞飛路の東華ハルピンロシア料理レストランで、名物の「ロシア風スープ」を玄妟にご馳走し、洟水（はなみず）を手ぬぐいで拭きながら一緒にすすり、アンチョビの塩漬けを肴に、喉（のど）がヒリヒリと灼（や）ける生（き）のウォッカを呷（あお）ったことをふと思い出した。

通りからはあの頃の、何かというとすぐに竹の天秤棒（てんびんぼう）を振り回す荒くれ者のクーリー（荷役夫）や、梶棒を引く赤銅色（しゃくどう）に日焼けした黄包車（ワンポーツォ）（人力車）の車夫、目が虚（うつ）ろな阿片（アヘン）中毒患者こそ姿を消していたが、藁（わら）でくくった白菜の束やコメ俵を山と積んだ荷車がひっきりなしに往来し、露天商の破（わ）れ鐘（がね）みたいな声が響き、自転車のベルがけたたましく鳴り、蠅（はえ）がぶんぶんと唸（うな）りを上げるような雑踏のざわめきは変わらなかった。

人間世界はたいてい「規則と例外」で成り立っているものだが、この街にはそのどちらもない。あるのは混沌（カオス）だけだ。

上海は水が悪く、「お湯屋」という、大釜で湯を沸かし、勺（しゃく）一杯一銭か二銭で湯を売る店で飲料や洗面の生活水を得ていた。流行（はや）りの腸チフスにやられて、虹口マーケット裏手のアパートで七転八倒した記憶が蘇った。

しかし、わたしのこの旅の目的は、センチメンタルジャーニーではない。あの頃の思い出なら、わたしが愛用したライカ写真機で撮った白黒写真にいくらでも残っている。

蘇州河（そしゅうが）にかかるガーデンブリッジに近い茶楼（さろう）で一服していると、S嬢が「埴生さん、豫（よ）園（えん）とか玉仏寺とか、どこか市内の観光地をめぐりますか」と尋ねてきたが、遠慮した。彼女はわたしたちが観光目的でやって来たわけではない、と美春からしっかりと聞かされてはいなかったようだ。「過ぎ去りし日の友の追憶（ついおく）と追悼の旅だよ」とわたしは言っていたが、若い美春には説明が難しかったのだろう。しかし、この場で冗々（くだくだ）しく話すのも、きまりが悪い。

「よろしければ、ここに連れていってくれるとありがたいのですが」

わたしは年季が入った鞣革（なめしがわ）のバッグの中から、赤鉛筆で大きな丸をつけた市街図を取り出し、彼女に渡した。

虹口区乍浦（さほろ）路四七一号。元西本願寺上海別院。

西本願寺別院は、東本願寺上海別院に三十年遅れて、一九〇六年（明治三十九年）に開かれたが、第二十二代門主大谷光瑞が音頭をとって、一九三一年（昭和六年）に島津礼作工程所の施工でこの地に新たに建てられた寺院は、インド仏教建設の「アジャンタ様式」を取り入れた威容を誇った。東京の築地本願寺をモデルにした壮麗な建物だった。

上海事変や、その後の日中戦争では、日本人居留民たちの避難所となり、戦没軍人らの遺体や遺骨の安置所にもなった。一九四五年（昭和二十年）春には、本堂の西側に、高さ三十六・五メートルの仏塔が建立されたが、日本の降伏後に取り壊された。

玄旻は南房総の浄土真宗の寺の生まれで、生家を出て東北各地を放浪した果てに上海に流れついてからも、この寺を拠りどころにした。戦後、寺は「和平博物館」「和平図書館」として再利用された後、中華人民共和国の成立後は区の体育クラブの管理に委ねられていた。

あの第一次上海事変の戦火をくぐって、林太郎や玄旻の姿を求めて何度ここを訪ねたことだろう。

（彼らの消息につながる手がかりが、何かひとつでも見つかれば……）

驟雨が、落ち葉や蔓草が降り積もった甍を搏っている。

わたしは一抹の期待を抱きながら、S嬢に通訳してもらって、区の職員に書庫にある古い記録文書の綴りを探してもらい、庇から雨垂れが滴る、木目のリノリウムが貼られた通路を伝って、朽ちかけた祭壇の跡や建物の内部、いくつか残る墓石も見て回った。だが、めぼしいものは何も見つからない。戦前の日本人の情報を、新生中国に質すことが、どだい見当違いなのかもしれない。東京の防衛庁で渉猟した公開資料以上の手がかりは、何ひとつ得られなかった。

翌日は、戦前の日本人会と交流があった東亜同文書院の元英語教師や、在留邦人がよく通っていた理髪店の事情通のあるじ、それに、わたしが戦前に一時勤めていた『上海毎日新聞』（一九四三年に『大陸新報』に合併される）で親しい同僚だった元校閲記者の蒋元任（日本名、牧村健一）らを訪ねて、玄妟の消息についての情報を求めたが、成果はなかった。

ホテルの部屋に戻ると、さすがに気力が萎え、動悸がして、老体にどっと疲れが押し寄せてきた。

「おじいちゃん、これでよかったのよ。そりゃ、何もわからなくたって無理ないわ。もう遠い昔の話なんだもん。だれも覚えていないよ」

浴槽に湯を落としながら、美春が慰めてくれた。優しい孫だ。

「ありがとうよ美春。そうだよなあ、昔も昔、大昔のことだもんなあ」

これで、人生最後の外国旅行も終わる。

わたしは窓辺のソファから、壁をつたって立ち上がると、真鍮のラッチを外し、両開きのフランス窓を開けた。冷たい外気とともに、海から匍いあがってきた淡い霧が、さっと部屋に流れ込んできた。眼下に、黄浦江をはさんで対岸の浦東の家々の明かりが瞬いているのが見える。かつて「魔都」と呼ばれた、欲望と野望が渦巻く大都会のさんざめきだ。

(はるか昔、汽船から降り立った埠頭はどのあたりだったか)

入港する船の、鯨の咆哮のような、くぐもった汽笛が、霧の彼方から聞こえてくる。

〽怨みますまい　この世のことは　仕掛け花火に似たいのち　燃えている間に舞台が変わる〜〈注1〉

わたしが何の気はなしに「明治一代女」の一節を口遊むと、美春が「なに、その歌、おじいちゃん」と可笑しそうに笑った。

「いや、なんでもないさ」

夢とうつつのあいだを往還しながら、茫々とした思いが胸にあふれ、涙が滲んできた。

わたしは六十一年前に連れ戻された。

第一章　三島丸

日本郵船会社が誇る大型貨客船「三島丸」は、門司港を後にして東シナ海を一昼夜進み、最初の海外の寄港地上海に近づきつつある。

一九一三年（大正二年）六月。甲板の手すりに凭れて初めて目にする異国の風景に見入っていたわたしの顔を、ねっとりと湿った生暖かい海風が撫でた。白紫色の海月の大群が海面近くをゆらゆらと流れ、鋭い目をした不愛想な鴎が時おり、波頭のしぶきをかすめて飛んでいく。

「貴様、少しは気分はよくなったか」

振り返ると、声をかけてきたのは幼馴染みの樺林太郎だ。陸軍幼年学校を経て陸軍士官学校を卒業（十八期）して今は陸軍中尉。軍中枢で出世の階段を上り始め、パリのフランス国在勤帝国大使館附武官補佐官として任官する途中だった。フランス語の読本と辞書を小脇に抱えている。

わたしは大手新聞『東日新報』の欧州特派員として、ロンドン駐在を命じられていた。

洋行は二人とも初めてだし、どうせなら、気心が知れた者同士、同じ船に乗って旅の無聊(ぶりょう)を慰めあおう、と二人で示し合わせたのだった。

(それにしても、貴様、とはどういう言い草だっぺ。あの弱虫だった林太郎も、いっぱしの軍人さんになったもんだ)

しかし、そんな皮肉は、食道を絶えず逆流して這(は)い上がってくる胃酸の苦さの前にすぐに消えた。みぞおちのあたりが絶えずうねる。横浜から神戸、門司、と船旅を続けても、船酔いは治まらない。治まるどころか、さらにひどくなり、食事をとるとすぐにトイレに駆け込んでは嘔吐(おうと)する始末だ。眼窩(がんか)は窪み、だれの目にも憔悴(しょうすい)は明らかだっただろう。

「ま、先は長い。いまに慣れるっぺ」

林太郎はわたしとの話のときには千葉の房州弁がまる出しになった。ただ、林太郎の気休めも、わたしの耳には入らなかった。船旅はまだ始まったばかりだと思うと、気が遠くなる。

そのうち、朦朧(もうろう)とした視界の先にも、広い黄浦江(こうほこう)と虹口(ホンキュー)の滙山(わいざん)埠頭、煙突から黒煙を吐きながら停泊している幾隻もの軍艦や、船べりに瘡蓋(かさぶた)のように貝殻をこびりつかせている貨物船、帆かけのジャンク(帆船)の風を孕(はら)んだ船影が、はっきりと迫ってきた。「在華紡」と呼ばれた内外綿株式会社などの日本企業の紡績工場や、「大長城香煙」という煙草（たばこ）の広告が壁に大きく書かれた倉庫が連なっているのが見える。濁った水面には野菜の切り屑が波間に漂っている。しかし、ここが河口なのか海なのか、わたしにはわからなかった。

前甲板に据（す）え付けられたクレーンが軋（きし）みながら回転し、荷下ろし用の電動ウインチが始動して唸（うな）りを上げ、ワイヤロープを巻き上げだした。

古代ギリシャの重装歩兵（ポプリーテ）が持つ丸い盾を並べたような、緩衝材の古いゴムタイヤを舷（ふなべり）にびっしりと張り付けたタグ・ボートが、ポンポン蒸気の音を立てながら船首に近づき、小さな汽笛を三度鳴らした。


日本郵船会社は日清戦争が始まる前年の一八九三年（明治二十六年）から、明治政府の支援を受けて、長崎と上海を結ぶ上海航路を開いた。それにとどまらず、ボンベイや、欧州、米国、オーストラリアを結ぶ航路などを次々に開拓していき、いまや世界有数の一大海運企業に急成長しつつある。

なかでも香港やシンガポールを経てマルセイユやロンドンに向かう欧州航路は「ドル箱路線」で、日本郵船が欧州航路強化のために一九〇八年（明治四十一年）から翌年にかけて、肝いりで新たに就航させた六隻のうちのひとつが三島丸だった。

総トン数八千五百トン。定員は約百四十名。客室は一等、二等、インターメディエイト、三等に分かれ、ある年の横浜からマルセイユまでの運賃は一等五五〇円、二等三六〇円、インターメディエイト二三〇円、三等一五三円となっていた。当時の大卒の初任給が三〇—三五円だったことを考えると、多くの庶民にとっては、洋行など見果てぬ夢に等しかっただろう。

費用面の切実な問題から、パリの夫与謝野鉄幹(よさのてっかん)を追って一九一二年(明治四十五年)に訪欧した与謝野晶子のように、片道は割安なシベリア横断鉄道を利用する人も少なからずいた。時代は下るが、『放浪記』がベストセラーとなった作家の林芙美子は一九三一年(昭和六年)の秋、釜山や長春を経由して、やはりシベリア鉄道で二週間かけてパリに到着した。三等列車だった。身長百四十三センチと小柄な芙美子だったが、あの当時に異国の若い女性が単身で欧州まで出かけて行く行動力には舌を巻く。芙美子はホテルや列車のボーイや、駅の赤帽に渡すチップ、切手代まで細かく旅行費用の記録を残している。「東京から巴里(パリ)まで——三百十三円二十九銭也」と書いている(『下駄で歩いた巴里』)。

林太郎もわたしも、国や新聞社から正式辞令を発令されての派遣であり、二等船客の待遇を与えられた。贅（ぜい）を尽くした一等船客用のレストランと比べるとさすがに見劣りはするが、毎食、手が込んだヨーロッパスタイルの食事が提供された。三等船客は和食のみだった。

三島丸は一夜、上海に停泊した。

埠頭は混乱と騒がしさが犇（ひしめ）いていた。いがらっぽい石炭の臭いに、「エンホ、アンホ」と掛け声をかけながら積み荷を降ろす、上半身裸のクーリー（荷役夫）たちが放つ汗の生臭さが混じっている。わたしは麻の開襟（かいきん）シャツに着替えてきたが、日本では経験したことがない、むっとするような厚ぼったい熱風にからまれて、たちまち顔や首筋から汗が噴き出した。

わたしと林太郎は連れ立って黄包車（人力車）に乗り、虹口（ホンキュー）のこざっぱりした小料理屋の暖簾（のれん）をくぐった。上海事情に詳しい日本人の船客から聞いた店だ。通された部屋の隅には竹を編んだ置行燈（おきあんどん）が灯り、床の間の備前焼の花瓶には濃い紫色の二輪の鉄線（てっせん）が活（い）けてあった。透かし彫りの欄間（らんま）があり、鶯（うぐいす）色の壁には能の小面と、落款（らっかん）を押した日本人の作家の色紙が額に入って掛かっている。髪を丸髷（まるまげ）に結った酌婦（しゃくふ）が二人、襖（ふすま）をあけて品をつくり、「御免あそばせ。きょう上海にお着きですか」と閾際（しきいぎわ）に指をついたが、「ちょっと二人だけの話がある。遠慮してほしい」と頼んで、心づけを握らせ、引き取ってもらった。

料理屋のすぐ近くに、上海でも別格の高級日本料亭として音にきこえた「六三亭」があることに気づいた。長崎生まれで実業家の白石（旧姓武藤）六三郎が一九〇〇年（明治三十三年）に開いた六三亭は、在留日本人の名士や、裕福な中国人商人、文化人たちの社交の場で、前の年に中華民国臨時大総統の孫文が上海を訪れた折には、辛亥革命を支援した宮崎滔天がここで盛大な歓迎会を催した。わたしも日本にいたときからその名は知っていた。

しかし六三亭は、上海初上陸の若い二人にはさすがに気後れする。部屋の開け放たれた窓からは、その一角が見渡せる。刺身や、揚げたての野菜や魚の天ぷらを肴に冷や酒を酌みかわし、久々に陸に上がって晴れ晴れとした気分になって寛いでいると、林太郎が素っ頓狂な声を出した。

――「一夫、見てみろ。あの男だぞ」

そちらを振り返ると、浴衣姿の日本人とおぼしき男が黄包車を降り、六三亭に入って行った。自分たちと同年代の若い男だ。

そうか、思い出した。たしか門司から乗船してきた男だ。乗船してきたばかりなのに、船酔いに苦しむ様子もなく、屈託のない表情でデッキビリヤード（甲板玉突き）に興じていた男に違いない。今朝はデッキチェアに腰かけて、誰宛かは知る由もないが、筆まめに何枚か絵葉書の便りを書き、シャム（タイ）の貴公子と英語で挨拶をかわし、談笑していた。

「だれだっぺ？」

わたしが扇子をぱたぱたと扇ぎながら林太郎の顔を覗き込むと、暫くの間押し黙ってから、口を開いた。

「藤田閣下のご令息だ」

藤田嗣章は千葉県の出身で、前年、森林太郎（鷗外）の後任として最高位の陸軍軍医総監（中将相当）に任じられていた。嗣章は東京美術学校を卒業した画家志望の次男をパリ遊学に送り出していた。その男は、後に「エコール・ド・パリ」時代を代表するパリ画壇の寵児となる画家の藤田嗣治（フランス帰化後の洗礼名はレオナール・フジタ）だった。

嗣章は子煩悩だったし、位人臣を極めた父親の立場上、息子に肩身の狭い思いはさせられないという見栄もあったのだろうか。二十六歳の嗣治は、船内でもっとも若い一等船客だった。三島丸船中から嗣治が東京の妻とみに宛てた六月二十九日付の便りは、浮世絵をあしらった一等船客専用レストランの晩餐メニューの裏面を使ったもので、なかでもスッポン料理に舌鼓を打ったことなどが綴られている。

一等船客用レストランの当夜の利用客名簿は事前に配布されて、社交のために供された。林太郎やわたしには近づきがたいＶＩＰご用達の専用エリアと思われたが、予期しなかった機会がやってきた。

船中でときどき挨拶を交わし、新聞情報を交換していたフランス人外交官ミシェル・ルフェーブルから、一等客専用レストランでのディナーの招待に預かったのだ。林太郎は一年前の芝赤羽橋のフランス公使館でのパーティーで、ルフェーブルに会った覚えがあった。船内の規則はほかの等級の乗客との同席を禁じている。しかしルフェーブルは三年に及んだ日本公使館勤務を終えて帰国する途中で、政府高官や日本郵船の幹部にも知己がいるらしい。レストランとしても彼の頼みを無下に断るわけにもいかない。

一等客のレストランは、磨き上げられたシャンデリアが下がり、マホガニーの壁に、豪華で洗練されたアール・デコ調のライトや内装が施され、外国人船客に向けて、国威発揚のために作られた特別の空間と思えた。二つ隣のテーブルでは、丸いロイド眼鏡をかけたあの藤田嗣治が日本人の学者と向かい合っていた。中学時代に柔道に打ち込み「鉄筋コンクリート」とあだ名がついたほど頑健だった嗣治は、旺盛な食欲を発揮して、大きなロブスター（オマール海老）のグリル料理と格闘していた。

目が合ったわたしは、上海での一夜を思い出して軽く会釈したが、嗣治はきょとんとした顔でわたしをしばらくじっと見つめ、またナイフとフォークを動かした。

ルフェーブルのフランス語は、声が低いうえに小さくて聞き取りにくかったが、耳を欹(そばだ)てざるを得ない密度の濃い情報に満ちていた。

「欧州はここ一、二年のうちに、大地を揺らし、血に染まる空前の大混乱に陥るでしょう。あなたたちも歴史の転換点をよく見ておいた方がいい」

驚いたことに、もともとスイス生まれというルフェーブルは、オーストリア＝ハンガリー二重帝国という、いびつなハプスブルク家による多民族支配の複雑な内情や歴史にも精通していた。

「オーストリアの皇妃エリザベート（シシィ）がジュネーブのレマン湖の畔(ほとり)で無政府主義者の暴漢に刺殺されたのが十五年前のことです。シシィの突然の悲劇は、七百年近く欧州に君臨したハプスブルク帝国の弔鐘(ちょうしょう)となりました。わたしは元をたどれば、ライン川上流の片田舎に源流を持つハプスブルク家に連なる一族の末裔(まつえい)なのです。フランツ・ヨーゼフ一世の治世のもとにある帝国は早晩、分解し、瓦解します。それは何を意味するでしょう？世界を二分する大戦争ですよ。くだらないアルコール中毒の浮浪者か、グロテスクな狂信者が一人いれば戦争は始まります」

「アフリカの植民をめぐって西欧列強は激しくぶつかっています。とくにモロッコではフランスとドイツが一触即発の危機にあります。ガスは充満すると、どんなに小さな火でも爆発します。しかし、これから起こることを、日本の政治家や役人たちはほとんど理解しようとしない」

　最後のくだりだけは日本語だった。ルフェーブルは左手で転がしていたボルドーワインのグラスの残りを飲み干すと、手入れが行き届いた三角の顎鬚（あごひげ）をしごきながら、薄い膜をかぶったような目で二人を交互に見た。

「日本は幕末以来、内戦と、清国、ロシア相手の戦争に明け暮れてきましたが、欧州大陸には小さな戦争こそありましたが、ナポレオン戦争以来百年にわたって平和が保たれてきました。しかし」

　彼はそこで、意味ありげに言葉を切った。

「――ベル・エポック（美しき時代）は終わったのです」

林太郎が声を潜めて、重い沈黙を破った。

「あなたは、その動乱は必ず日本に及ぶとおっしゃるのですか」

ルフェーブルは眉間に薄い皺を刻んで、重々しく頷いた。

ひと息つくと、半熟の茹で卵を剥いた。殻のかけら一つも見逃すものかとばかりに爪先で神経質に払いのけ、食塩を振りかけた。

「問題はハプスブルク帝国やモロッコだけではありません。やっかいなのはロシアです」

と言ってから、さらに言葉を継いだ。

「八年ほど前、日露戦争のさなかに首都ペテルブルクで群衆が蜂起したし、黒海艦隊では水兵たちの反乱が起きたことはご存知でしょう。ロマノフ王朝のツァーリ政治は追い詰められつつあります。歴史はいったん坂道を転がり始めると、もう後戻りしません。一人の記憶しておくべき人物の名前を、あなた方にお伝えしておきましょう。ウラジーミル・レーニン。マルクスが唱えたプロレタリア革命がもしロシアに起きるとしたら、彼をおいて指導者はいないでしょうね」

　レーニンの名は二人とも何度か聞いたことがある。林太郎は陸軍の青年将校の有志の会合、双葉会で、社会主義や共産主義などの赤色革命の脅威から日本の天皇制をいかに守るか、という議論に熱くなったことを思い出した。

突然、林太郎が拳を固めてテーブルを叩き、日本語で捲し立てた。

「日露戦争に敗れたロシアは、いまは極東から手を引いてバルカンに目を向けています。しかし、奴らはいずれ復讐戦を挑み、再び南進する。それがロシアという国です。奴らを必ずや撃ち払わなければならない」

何ごとが起きたのか、と思うほどの怒気を帯びた大声だった。

レストランの優雅な雰囲気をかき乱す、およそこの場にふさわしくない不躾なふるまいで、船客の目が一斉に林太郎に向けられた。嗣治はぽかんと口をあけたままだった。そばで控える蝶ネクタイの給仕は、露骨に顔をしかめた。

林太郎はさすがにまずいと思ったのか、立ち上がると英語で「失敬」と言って、小さく頭を下げた。

ルフェーブルは、その場の気まずい雰囲気をとり繕うように、わざとらしい笑みを浮かべ、「どうなろうと、フランスは日本の永遠の友人ですよ。信じてください」と歯の浮くようなことを言った。

（よく言うよ）

林太郎は鼻しらんだ。日清戦争後の三国干渉で、日本に遼東半島を返還させたのはどこの誰だ。ドイツ、ロシアとともにフランスだったではないか。その横槍をはねつける力が、当時の日本にはまだなかった。

ルフェーブルの言葉の端々に感じる名門貴族の末裔としての優越意識や、もってまわったような、たぶんに預言者的なもの言いは鼻についた。淡い嫌悪感を覚えた、と言った方がいいかもしれない。自分が有能で雄弁な話し手であることを衒うような、この手の男には、これから欧州でいくらでも出くわすかもしれない。しかし、この航路の行く手に、暗い叢雲がたちこめる激動の大陸が待ち受けていることに、わたしは身震いする思いだった。

三等船客に、山辺新次郎という若い男がいた。削ぎ立った竹のようなするどい顔をしている。

わたしより四つほど下だったと思う。京都の帷子ノ辻の生まれで、同志社神学校を卒業したばかりだった。英国に立ち寄った後、アメリカ東部のコネティカット州ニューヘイブンにあるイェール神学校に向かうのだという。

（牧師や宣教師になるのか？）

何となく心にとまり、いつも夕刻には甲板で規則正しく、柔軟体操をしている姿を見かける山辺に声をかけてみた。使い古した讃美歌集を携えている。近くでは藤田嗣治が日本人の船客と談笑しながら、デッキビリヤードに興じている。

海からの烈風が、三角波を翻らせ、山辺の髪をなびかせている。

「熱心なキリスト者だった母は、わたしが小さい時に洗礼を受けさせ、俗信に惑わされずに、ひたすら『聖書』だけを信じてこの世を生きていくようにと言い残して、五年前に神のみもとに召されました。同志社の新島襄先生の教えもそうでしたが、わたしも聖書こそが真実の神の教えだと確信し、聖書研究に身を挺して打ち込んで、立派な神学者になるのが篤信の母の愛と信仰にかなう道だと思うようになったのです」

「神がこの世におわすのかね」

わたしは少々棘がある言葉かなと思いながら、さりげなさを装って、訊いてみた。

「もちろんです。埴生さん、でしたか、おわかりになっていただけまへんやろか。旧約聖書のヨブ記には『神は地の果てまで見渡し、天の下、すべてのものを見ておられる』とあります。主はこの汚辱に満ちた地上の迷える民を必ずお救いになられます。聖書は読まはりますか？」

「いや、旧約聖書のモーゼの出エジプトとか、十戒とか、カインとアベルの兄弟の話とか、いくつかの物語を学生時代に拾い読みした覚えがあるくらいかな」

山辺青年には申し訳ないが、わたしにはまったく縁遠い世界だ。神の御心(みこころ)とおのが良心に従って、清く正しく生きる。そんな乙女の祈りのような信仰に身を焦がしたことは一度もない。宗教と言えば、千葉の田舎にいる寺の坊主の倅(せがれ)くらいしか思い浮かばない。

「絶対的な正義など、この世にもあの世にもない、というのがぼくの考えだけどね。目を血走らせて京の都を駆けた尊王攘夷の草莽(そうもう)の志士も、革命に燃える共産主義者も、神を疑わないキリスト者も、その信仰を絶対と考えて譲ろうとしない。およそ信仰というものはなべて、知性の犠牲を伴うのじゃないですか。不寛容な信仰が狂気をもたらし、戦争を起こすことは、ままありますよ」と遠慮がちに言うと、青年は片方の頬だけ緩めて幽(かす)かに笑みを浮かべ、「縁なき衆生(しゅじょう)は度し難(がた)し」とでも言いたげな、憐(あわ)れむような眼をした。しばらく、沈黙が続いた。神というのは虚無に耐え難い人間の、ありもしない想像の産物だとわたしは考えていたが、青年をこれ以上、挑発することはない。

日輪が海のなかにとろけて姿を消し、夕空はこの世のものとは思えないほど見事な、竈(かまど)か焼火箸(やけひばし)の火の色の豊旗雲(とよはたぐも)に覆われた。漣(さざなみ)が舷(ふなべり)に打ち寄せては砕け、遠くで海鳥の啼(な)き声がする。

「イェール神学校の牧師は、京都の公会（教会）に長いことおらはって、母を信仰に導いてくれはった大恩人でした。その方にぜひともと薦められて、アメリカへの渡航を決意しました。英語はからっきし自信がありまへんが」

「無理算段して金をつくったのですが、それでも足りず、兄弟、親戚から船賃や向こうでの滞在費を、ぎょうさん用立ててもらっとります。五年たって帰国したら、働きながら返済する約束です。それを思うと、いまから気持ちが萎えてしまいますわ」

力なく笑いながら零し、ことばを継いだ。

「貧困や病気、さまざまな争いに苦しむ世の人々を信仰の力で救え。主は、わたしにそう説いておられるのです。『火刑のためのどんな藁束も、わたしの信仰を滅ぼすことはできない』。母がいつも口にしていた言葉です。神こそは絶対の正義です。わたしは神と、神の子イエス・キリストに殉じます」

山辺の瞳の奥には情熱が迸っている。どこぞの醜悪な政治家の書生にでもなって、全身にぞっとするような鱗を生やし、世の中に擦れ枯らして、小利口に立ち回る術だけを身につけた人生を歩むよりはよほど上等だ。彼はまっすぐな目で、茄子色の暮色へと変わった大海原を見つめている。

これほど、純粋な理想と信念が滾(たぎ)ったことが自分にあっただろうか。わたしは胸をつかれた。皮肉ではなく、うらやましいほどだ。しかし、風浪がうねる不穏な世界の果てに、神の恩寵(おんちょう)と救いはあるのか。蜉蝣(かげろう)の羽根のように透明で儚(はかな)げな心を持つこの青年を、どのような運命と試練が待ち受けるのだろう。劫火(ごうか)に苛(さいな)まれることはないのか。わたしは彼の浅黒く、ひき締まった横顔を眺めた。

三島丸は滑るように走っている。

コロンボから中東のアデンを経て紅海に入り、スエズ運河に向かって北上している。紅海の水はおそろしいほど透き通っていて、海の底まで空の光が差し込んで船底をゆらゆらと映している。右にシナイ半島の暑熱に灼(や)かれて風化した岩山、左にエジプトの連山が見える。草木一本生えていない。山紫水明、みどりの影が濃い東洋の風景とは明らかに違う。乾ききった灼熱(しゃくねつ)の大地は、人間のあらゆる営みをせせら笑い、拒絶しているかのようだ。日本のようにヤオヨロズの神々が並び立つ余地など一片もない。この荒涼とした不毛の砂漠の虚無のもとで、ユダヤ教やキリスト教、そしてイスラム教のような「絶対神による苦難からの救済」を疑わない一神教が生まれ、崇められたのだろう。山辺の顔がまた浮かんだ。

船酔いはすっかり治まっていたが、わたしの心は澱んで晴れない。うだる暑さは退かない。身体じゅうが火照って気怠く、寝苦しいある夜のことだ。団扇を手に涼みがてら、林太郎と並んで舳の手すりに凭れ、少しずつ丸みを帯びてきて望に近い月の光と、豪奢に星を鏤めた夜空に照らされてきらきらと輝く紅海を眺めた。波の呟くような音が耳朶を打つ。赤い舷灯が点るマストがゆったりと揺れ、小旗が風にはためいている。寝苦しいのは皆同じなのか、夫らしい男に伴われた、恰好のよいすらりとした脚を持つ西洋人の婦人が、桃色の流蘇を垂らしたレースの扇で上気した顔を煽ぎながら、油と潮風が染みた甲板に、ときどき釘で引搔くような靴音を残して、通り過ぎて行った。

〽太平洋の波の上、昇る朝日に照りはえて〜

林太郎は不意に、陸軍士官学校の校歌とやらを低い声で唸り始めた。林太郎が歌うのをたぶん初めて聞いた。節回しは細かいが、調子が合っているのか、外れているのか、よくわからない。そのうち、わたしに話しかけて来た。

「一夫、貴様はなんで新聞記者なんかになったんだっぺ」

呂律があやしい。顔を覗くと、林太郎はすっかり酩酊していた。さっきまで船室でしこたま飲んでいたはずなのに、また、どこから仕入れて来たのか、ウィスキーの小瓶をラッパ飲みしている。

「今更あらたまって何だ。おれは戦争と貧乏を文筆の力でこの世界からなくするためだと、わん（おまえ）にいつか言ったっぺ。忘れたか」

「けっ、あじして（どうやって）新聞記者ごときに戦争が防げる。だったら軍人になったらよかっただろうが。わん（おまえ）は江田島（海軍兵学校）に行くもんとばかり思うとった」

「軍人は好かん。軍隊は人間を盆栽にする」

「フン、そうか」

林太郎は唇の端に冷笑を泛べた。

「いつかルフェーブルが言っとったことは正しい。日本も世界の潮流に乗り遅れずに、堂々と権益を求めていかんと孤立する。なかでも満州は日本の命綱だ。日露戦争は外国から借金し、国民に重い税負担を求めてかき集めた、なけなしのカネで、きわどいところ運よく勝っただけじゃ。手をこまぬいておると、今度こそ報復に燃えるロシアに満州まで奪われる。その先は亡国ぞ。共産主義を攘伐（じょうばつ）して民を塗炭（とたん）の苦しみより救うには、欧州の動乱はまたとない好機。これぞ天祐（てんゆう）だとは思わんのか」

「あに（何）言ってんだ。おれはそうは思わんな。それこそ亡国への道じゃ。林太郎、わんにはそれがわからんのか」

「甘っちょろいのお新聞記者さんは。一夫よ、国家は運命共同体であり、自らが自らの運命をすすんで担わなければ、国家の運命もまた開けない。世界は生き馬の目を抜く強盗どもの集まりぞ。おれはお国の繁栄と、天壌無窮（てんじょうむきゅう）の国体の安寧（あんねい）のためなら捨て石になってもいい。それが軍人の本分だっぺ。漢（おとこ）たるもの、一朝（いっちょう）ことあるときは、死ぬことを恐れない。生中に生なく、死中に生あり。これぞ素（もと）より武人の本懐」

「林太郎、馬鹿を言うな。親にもらったいのちを粗末にするな」

　話はかみ合わないまま、最後は諍（いさか）いのようになって、それきり途切れた。わたしは、林太郎がどんどんと自分が手の届かない索漠（さくばく）とした曠野（こうや）に踏み入っていく予感に怯（おび）えた。ふるさと南総の御宿（おんじゅく）の海岸で、日がな一日陽（ひ）にあぶられた、あの無垢（むく）で、腕白ざかりの少年時代がしきりと思い出された。

三島丸は門司から四十五日間の航海を経て八月五日、地中海に面した南仏の港町マルセイユに錨（いかり）をおろした。

下船した嗣治は画家の杉山陽太郎の出迎えを受け、翌六日夕には夜行列車でパリに到着し、モンパルナス・オデッサ街二八番地のホテル・オデッサに投宿した。ひと月分の宿代六十フランを一括で前払いした。

そのままロンドンに向かうわたしと別れた林太郎は、マルセイユに二日滞在してロンシャン宮を見学し、地中海料理のブイヤベースやワインを堪能した後、パリ・リヨン駅行きの急行列車に乗った。


欧州は大戦前夜を迎えていた。

第二章　南総の四人組

——話はさらに十六年ほど遡る。

太平洋の波が洗う千葉県の房総半島の南東部にある夷隅郡御宿町。町の高等尋常小学校に通う四年生の間で、さざ波が立っていた。

この春の新学期から、東京から転入生がやってくる。しかも、田舎の子どもたちでも、名前ぐらいはどこかで聞いたことがある成長著しい樺機械製作所の創業者で、大陸にも進出して、いまや飛ぶ鳥を落とす勢いの樺コンツェルンの総帥、樺房之助の御曹司というではないか。房之助は政界や軍部にも太い人脈を築きあげていた。

町の偉いさんや役人ばかりか、教師までそわそわと落ち着かない様子で、新任の若い教師は校長の言葉を鸚鵡返しにして「都会育ちだから何かと不自由が多いだろう。親切にしてやるっぺ」と生徒に諭した。

その日、黒光りがするダイムラーベンツが役場の玄関に横づけにされた。細いネクタイを締めた運転手が足早に後部ドアを開け、降りてきたのは房之助と、長男の林太郎、三つ下の長女の紀子（のりこ）だった。膝を折って恭（うやうや）しく出迎えた町長は町長室に一行を招きいれると、「なにせ、この田舎町です。ご希望に叶うようなご子息様の教育が、さて、わたしどもにできますやら」と卑屈なことを言った。

町長室には濃い茶色の皮張りのソファが六脚あったが、かなりの年代物らしく、どのソファも肘掛けや背にひび割れが見えた。

房之助は名士然としたところを見せたいのか、ソファに深々と腰をおろすと、鰐皮（わにがわ）の靴を履（は）いた足を組み、匂いが強い葉巻をふかしながら「町長さん、いや、ご無理を申したのはこちらの方です。林太郎はひ弱なところがありまして、こうした自然あふれる土地で、能（あた）う限り、鍛えてもらって、心身ともたくましくなってほしいと思いましてな。まあ、ひとつよろしく」と言って愛想笑いをし、隣にかしこまる林太郎の顔を覗（のぞ）き込んでから頭を撫（な）ぜた。林太郎と紀子は二人とも膝を揃（そろ）えて押し黙っていた。

林太郎は、自分が親元を追われるのは、母が長患いの果てに結核で病没した後に、父が時も経たずに娶（めと）った十五歳も若い後添（のちぞ）いと折り合いが悪く、間に立って父が弱りきっていたからだと知っていた。新興財閥と言えばまだ聞こえはいいが、要するに日本の海外進出熱の時流に乗った成金だった父は、芸者を連れて飲み歩き、ある夜などは正体ないほどに酔っぱらって、シャツがだらしなくはだけ、二人の芸者に抱えられて帰宅した。あちこちの女と浮名を流し、母は苦労していた。子ども心にも、化粧が濃い後妻の女はその一人か、長い間の妾（めかけ）ではなかったのか、と林太郎は疑っていた。そうだとすると、自分は体（てい）のいい厄介払いにほかならない。死んだ母が不憫（ふびん）でならない。妹の紀子は勝ち気で、けっして継母（ままはは）にはなつかなかった。というより蛭（ひる）のように嫌った。

　知人の不動産業者にほだされて、樺房之助が御宿に土地を買い、あたりでは珍しい、これみよがしの洋風の別荘を建てたのは三年ほど前のことだった。東京の家で二十年以上、賄（まかな）い婦として住み込みで働いてきた民子が、林太郎の食事や身の回りの世話をするために見知らぬ土地に引っ越すことになった。民子が房之助に、頭を床にこすりつけて頼み込んだのがきっかけだと林太郎は後に知った。民子は幼かった林太郎を抱き、その背中におぶってあやし、目が黄色くなる黄疸（おうだん）に罹（かか）ったときには蜆汁（しじみじる）を毎日飲ませ、古来の言い伝えに従って両腋（わき）の下にコメのお握りを入れ、寝食も忘れて看病した。気心が知れた、林太郎にとって病気がちだった母に代わるような存在だった。

　陽光がふんだんにあふれて温暖な南総の一帯は、のちに文豪の森鷗外が夷隅（いすみ）川の河口に、長崎出身の実業家で日活（日本活動写真株式会社）の創始者である梅屋庄吉が三門（みかど）駅に近い日在海岸に別荘を構える新興のリゾート地として発展していくが、房之助の別荘はその先駆けとなった。

ついでながら、太平洋が見渡せる高台に建つ梅屋の別荘は、一万五千坪の敷地面積があり、日本に亡命中の革命家孫文のパトロンとして惜しみなく支援していた梅屋が、孫文の配下にあった若き日の蒋介石をそこに招き入れて密談したことでも知られる。梅屋庄吉、トク夫妻は、孫文と、孫文の秘書だった宋慶齢との結婚を仲立ちした。

やはり孫文の盟友だった宮崎滔天の長男で、東京帝国大学法学部の学生で雑誌『解放』の記者だった宮崎龍介と駆け落ちし、二十五歳も年上の九州の炭鉱王の夫、伊藤伝右衛門の追及を逃れる歌人、柳原白蓮（燁子）は一時、梅屋のこの別荘にかくまわれた。梅屋も宮崎も、私心も欲得もなく、希代の革命児の孫文を、身を粉にして支えたスケールが大きい日本人だった。ちなみに白蓮は「大正三美人」のひとりとうたわれている。

梅屋の別荘については、梅屋の曽孫で、日比谷松本楼社長の小坂文乃氏の評伝に詳しい。

まだ舌が回りきらないのか、鳴き始めの鶯が「ケッキョ」と下手くそに鳴いている。

学校からの帰り道、緑がういういしい葎を、ちびた下駄で踏み分けて辿りながら、わたしも、寺の長男の滝沢嘉吉も、農家の次男の後田富男も、都会の金持ちの子という「異邦人」の闖入にどうしたものか、胸のもやもやの整理がつかなかった。

　しばらくたっても、林太郎はすすんで学校の子どもたちと交わる気がないようで、放課後や休み時間もひとりで絵を描いたり、本を読んだり、校庭の日だまりでつくねんと坐って過ごすことが多かった。級友はみな丸刈り頭なのに、林太郎は髪を伸ばしていた。

「あいつ、甲羅をかぶったみてえに澄ましておるが、ほんとうは寂しいんじゃなかっぺ。悪いやつには見えんぞ」

「おれもそう思う。あじする（どうする）？」

「だけんが（だけれど）、やろうはとうきょっぽ（都会っ子）だで。おれはいやじゃ、あいつ。学校の裏に連れて行って、おらほ（おれたち）でかっくらす（殴る）か。尻尾巻いて帰るっぺ」

「よし、ぶんのめす（叩きのめす）っぺ」

「そら、おいねえ（だめだ）よ。親や先生に言いつけられたらどうする。よいな（容易な）もんじゃねえ」

　野面積の石垣から、浅緑色の蔓草のような小さな蛇が、にょろにょろと道に這い出した。

嘉吉が棒を拾って追い回すと、富男が「こら嘉吉、蛇が怖がっとるぞ。殺生をするな。わん（おまえ）は寺の坊主だっぺ」とたしなめた。嘉吉は「わかった、わかった」と頭を掻いて、棒を捨てた。

「稲にも、草にも、トンボにも、蟻んこにも、そこらへんの虫けらにも、土くれにも、おらほ（おれたち）と同じいのちが流れとるんじゃ。神様がおわすんじゃ」

幼いころから田畑に馴染んできた富男は、口癖のようにそう言った。こうしたことを口にするときの富男には、子どもながら、あたりを払うような威があり、だれも抗弁できなかった。

まるで予期しなかったことに、ある日、わたしや嘉吉、富男に声をかけてきたのは、林太郎の方だった。

「君たち、いつも三人一緒みたいだね。よかったら日曜日にうちに遊びにおいでよ」

初めて聞く完璧な東京言葉に三人はすっかりあてられてしまい、石像と化して、互いの顔を見合わせるしかなかった。

わたしたちは三人とも、見知らぬ人の家を訪ねる、という経験がない。それも、金持ちのとうきょっぽの家だ。

嘉吉は「古い着物と兵児帯(へこおび)でええんじゃろか」と柄になく体裁を気にした。わたしが「ほかに、よそ行きに着るものがあるだっぺ？」と揶揄(からか)うと、嘉吉は「そりゃ、そうじゃの」と頭をかいて笑った。

日曜日の昼前、丘の上の松林の中に建つ白い洋館までの急な九十九折(つづらおり)の小径(こみち)を三人で辿(たど)ると、玄関の外で待っていた林太郎が手招きした。奥から、民子が縦縞(たてじま)模様の小倉織の前垂れで、皹(あかぎれ)した手を拭きながら「さ、どうぞ、どうぞ、皆さんお入りなさい」とにこやかに声をかけた。

食堂の高い天井には、太い杉の木の梁(はり)が何本かわたっている。大きな窓に寄ると、地勢が急にさがっており、晴れ晴れとして遥かに蒼い海原と白い浜辺の絶景が一望できた。船来ものだというストーブの横には、櫟(くぬぎ)や欅(けやき)の薪(まき)の山がきちんと並べて積まれ、磨き上げられたリール付きの釣り竿が数本立てかけられていた。

「すげえ」

「写真で見た外国の家みてえだなあ」

三人は別世界に迷い込んだ気分だった。

「ぼっちゃん、忘れないうちに皆さんに、これを」と東京の有名和菓子店の羊羹（ようかん）の紙包みを民子が一人一人に手渡してくれたのは覚えているが、それが昼食の後だったかどうか、わからない。頭の中がぼーっとしていて、林太郎とどんな話をしたかも、まるで記憶にない。

ただ、後々までわたしの脳裏に刻まれたのは、昼食の時の光景だ。

「はい、お待たせしましたね」

民子の心づくしの手料理が、朱塗りの膳に載せられて四人に配膳された。刻み生姜（しょうが）を散らした魚の煮付けと、北寄（ほっき）貝の刺身、高野豆腐の卵とじ、ほうれん草のお浸し、それにご飯と、和布（わかめ）と葱（ねぎ）が入った赤味噌仕立ての味噌汁だった。陶器の箸（はし）置きを見たのは、みんな初めてだった。

民子は「おみおつけの葱は東京の八百屋では手に入らないほど立派で、味がしっかりしていますよ。さすがに御宿は南国で育ちが違うようです」と笑った。

お預けをくった犬のように膳の上に並んだ料理を眺めていたわたしと嘉吉は、ご馳走を待ちきれずに箸を手にして、煮魚をむしった。

「うんめえー」

幼い時の病で左目がなく、でっぷりとして並外れて体格がいい嘉吉が、嬉しさのあまりか「林太郎、ごちそうさん！」とおちゃめな声を出し、わたしも林太郎も笑い声をあげた。ふと、横の富男を見ると、箸も手にせずに黙ってうつむいている。目尻に涙が浮かんでいる。

「わん（おまえ）、どうしただ」。わたしは富男に声をかけた。

「あんとんねえ（なんでもない）よ。ただ、温けえ白米なんて、おら食うの生まれて初めてでな。妹や弟に食わせてやりてえ」

みんな、押し黙ってしまった。

わたしも箸を置いた。

富男はその場の重苦しい空気を察すると、無理やりに笑顔をつくって「ごめん、ごめん」と小声で謝り、猛烈な勢いでご飯を掻きこみ始めた。富男は獣が鳴くような奇声をたまに発して、しゃくりあげ、「ちきしょう」「ちきしょう」と言いながら、目からぼろぼろと大粒の涙をこぼした。民子は台所の陰にしゃがみこんで、嗚咽していた。富男はこの日、何もしゃべらなかった。

林太郎は民子に頼んで髪を切ってもらい、ところどころ段ができて斑だが、ともかく丸刈り頭になった。四人は打ちとけて、南総の「仲良し三人組」は四人組となった。

さすがに林太郎は学校では全科目とも成績がずば抜けていて、それまで学年のトップを譲らかったわたしを試験の点数で何度も上回った。国語の教科書で読めない漢字はなかったし、算数はだれよりも早く正答を導き出し、「もっとほかの計算方法がありますよ。カッコでくくって因数分解すればいい。それをみんなに教えた方がよくないですか」と言って、若い新米教師をうろたえさせた。勉強がいまひとつ芳しくなかった、というより、しんがりに近かった富男と嘉吉は「わんの頭の中はどうなっとるだっぺ」と不思議な手品でも見るような顔をした。

林太郎は幼少のころから日記をつける習慣を身につけていた。亡くなった母の薦めだったらしいが、父の房之助は「日々の細かなことにこだわると、男は大成しないぞ」と林太郎にはよくわからないことを言った。

御宿でもその几帳面な習慣は変わらない。毎日、同じようなことが続くだけの単調で退屈な田舎暮らしだが、林太郎はその日の天候や気温、海の波の立ち方から、流れる雲のかたち、見かけた渡り鳥の種類や数、町のつまらない些細(ささい)な行事まで、帳面に能(あた)うかぎり克明に記録した。読書の感想文も記した。家に居場所がなく、打ち解ける友だちが少なかった林太郎にとって、自分と向かい合う日記は、孤独を救ってくれ、気持ちが落ち着くただ一つの心の友だったのだ。自然と身についた彼なりの処世術だったのかもしれない。

（そもそも、林太郎は頭の出来が違う。おれは、あいつには絶対にかなわねえなあ）

わたしは畏友（いゆう）をそらおそろしく感じたが、林太郎が宿す仄暗（ほのぐら）い心隈（こころぐま）までには思いが及ばなかった。

ところが、林太郎は運動となると、からっきしで、とくに水泳にいたっては目を覆いたくなるほどだった。慎重というより、臆病なたちで、足がつかない沖にはけっして行こうとせず、波打ち際で手足を無闇にぱちゃぱちゃさせるだけで、ちっとも前に進まなかった。これでは水泳ではなく、水浴びだ。飲み込んだ海水がしょっぱいと言っては泣きべそをかき、無理やり少し沖に押し出すと、「怖いよー」と泣き出した。「林太郎は日本一の泣き虫だっぺ」。三人は笑い転げた。

夏休みになると、四人で朝から海辺に出かけ、林太郎の泳ぎの特訓をした。南国の真夏の日差しが、砂浜で赤褌（ふんどし）ひとつになって砂だらけで寝転ぶ若い素肌を容赦なく火照（ほて）らせ、焦がした。打ち上げられた青緑色の海藻類の甘酸っぱい匂いは、次の日も鼻先から消えなかった。

東京から、林太郎と三つ違いの妹の紀子（のりこ）がたびたび遊びに来た。

紀子はままごとや、着せ替え人形といった、同じ年ごろの女の子がやるような遊びには見向きもせず、読書が好きで、わたしの家になぜか以前からある、古い日本文学全集を何冊か貸してほしいとねだった。よせばよいものを、父が見栄だけのために、大枚をはたいて買い求めたが、実はだれも手にして開いたことがない。鉄道省の官吏をしていたわたしの父は胃腸が弱く、定年のだいぶ前に役所をやめて御宿に帰り、母の裁縫と袋物修理の内職が家計を支えていた。畳の端がほつれた粗末な田舎家に、都会の大金持ちのお嬢さんを招くのは恥ずかしかったが、紀子はそんなことを意に介する様子もなかった。兄の林太郎に似て、東京の小学校でも勉強はよくできたらしい。

「わたしピアノがうまいのよ。ショパンとかモーツァルトとか。いつか、一夫おにいちゃんにも弾いて聞かせてあげるね」とはにかんだ。

「一夫おにいちゃん、会社の人が教えてくれたんだけど、伊豆ではもう桜が咲いたんだって。河津桜とか彼岸桜とかいって、東京でふつうに見るソメイヨシノとは違う種類らしいの。知ってた？」

「いや知らないなあ」

「花は笑うのよ。知ってる？」

「馬は笑うと聞いたけれど、ええ、花も笑うの？」

「なーんだ。一夫おにいちゃんでも知らないことがあるんだ」

紀子はお下げ髪と栗鼠のような黒い目が愛くるしく、幼いながらくっきりと鼻筋が通った、美しく聡明な少女に、いつのまにか成長していた。

「ほら、綺麗でしょ。これ、お礼のしるし」。玲瓏とした月がのぼった晩、紀子は小さな虫籠に入れた一匹の玉虫をわたしにくれた。緑と金の金属光沢の背に赤い縦縞があり、華麗な甲冑をまとった、生きた宝石だ。もらったものの、どうやって水や餌をやって飼ったものやらわからない。紀子が帰った後に放してやったら、糸鋸のようなギザギザの肢をばたつかせ、微かに羽搏きの音を立てて夜空に飛び去って行った。虫籠に月光を浴びた緑の鱗粉が残った。

東京に戻る時は必ず、わたしの家を訪ねてきて「今日はいよいよお暇します」と大人びた挨拶をした。

わたしの思い過ごしかもしれないが、彼女は兄を訪ねるのが目的というより、わたしに会うのが楽しみで御宿にやってくるのではないか、と思い始めていた。わたしが彼女に感じていたのは、もちろん恋心ではない。春の淡雪のように、ほのかなあまみが伴う、いとおしさ、というほどのものだったと言えばよいだろうか。

事件が起きたのは、七つになるかならないかだった紀子が御宿に滞在している夏のことだった。

少しは泳ぎもましになった林太郎も一緒に、四人で水中眼鏡をつけ、竹棒の先に小刀を針金と麻紐（あさひも）で括（くく）り付けた自家製のモリを持って、大小の海豹（あざらし）が黒い頭を海面にのぞかせたような岩場から群青（ぐんじょう）の海に潜った。息を継ぎながらの素潜りだ。若い頃に海女（あま）だった母親譲りなのだろう、富男の潜りは一頭地を抜いていた。背ビレや尾ヒレがあるかのようにしなやかに海中に潜る姿は、まるで魚族だ。

「紀子、待っておれ。どっさり獲って来るっぺ」

富男が先頭で海に飛び込んだ。

キスやヒラメ、クロダイを突くつもりだったが、この日は海温が冷たすぎたからなのか魚影は見えず、釣果（ちょうか）はゼロだった。波打際で待っていた紀子は「なーんだ、がっかり」と不満顔だった。紀子は次の瞬間、薄暗くなってきた周囲を見渡し「あれ、お兄ちゃんは？」と声を上げた。

その声を聞き終わる間もなく、水中眼鏡を手に岩場から再び海に飛び込んだのは富男だった。

林太郎は五メートルほど下の海底の岩陰で、太いカジメ（コンブ科の海藻）の束に両足を絡めさせてもがいていた。富男はありったけの力でカジメを引きちぎり、歯で咬みきり、両手で抱えた林太郎の体を海上に引き上げた。夕暮れの浜辺に打ち上げられた林太郎の体はぐったりとして、意識がなく、唇は紫色に変色していた。富男は「林太郎、死ぬなよー」と耳元で大声を出し、口移しで空気を送り込んだ。嘉吉はぶ厚い両手を重ねて心臓マッサージを繰り返し、紀子は泣きながら、兄の萎（な）えて冷たい足をさすった。わたしは助けの人を求めて、赤褌（ふんどし）一つの格好で大声で叫びながら町に走った。

そのうち、林太郎の顔に赤みが差し、ゲプッと大きな音を立てて、大量の海水を吐いた。富男は緊張から解放されたからなのか、放心状態になって、へたり込んだ。

林太郎は一命をとりとめた。翌日の昼さがり、担ぎ込まれた町の病院に、急を聞いた父の房之助の車が止まった。車寄せで町長がペコペコしながら「まことに申し訳ないことになってしもうて」と言ったが、房之助は黙殺した。民子は恐縮して、頭を下げたまま動かなかった。

病室には、いつもの仲間と紀子が詰めていた。房之助はわたしたちを冷たい目で一瞥(いちべつ)すると、ベッドに寝ている林太郎をいきなり平手打ちにした。「親不孝者めが。こんなろくでもない連中と付き合うから、危ない目に合うんだ」と吐き捨てるように言った。

林太郎がむっくりと上半身を起こし、父に向かった。

「何を言うんだよ、父さん。ぼくは富男やみんなに助けられたんです。命の恩人なんだ。みんなに謝ってください」

林太郎は目に涙を一杯にため、頭を震わせた。

房之助は顔色を変えた。

「なんだと、それが父親に向かって言う言葉か」

そこへ紀子がきっとした顔で加勢に出た。

「そうよ、お父さま、謝りなさいよ」

あろうことか、わが子二人に面子を潰された房之助はますますいきりたって、額に青筋が浮き立ち、唇が小刻みに震えている。「お前ら、そろいもそろって、ほざきあがって。勝手にしろ」と捨てゼリフを残し、病室のドアを大きな音を立てて閉めて帰って行った。

紀子は「いま、勝手にしろって、お父さま、確かにそう言ったわよね。みんなも聞いたでしょ」と嬉しそうだった。もちろん、たいした意味のない、その場限りの捨てゼリフに過ぎなかったのだが、これで父親の横暴な支配から逃れられる、と紀子はせいせいしたのだ。


林太郎が回復した後も、時間が許せば、たいてい四人そろってひねもす海辺で過ごし、寝転びながらとりとめのない話をした。たまには舫で浜に留めてある木の葉のように小さな釣り舟にみんなで乗って、寄せる碧の波に揺られ、背中が日に灼けて水膨れができるのにも気づかずに、微睡むこともあった。

一度だけ、四人で乗り合いバスに乗って房総半島最南端の野島崎に行ったことがある。白亜の八角形の灯台が立っている。林太郎がわけ知り顔で「これはフランス人の技師が設計した、日本で二番目に古い洋式灯台だぞ」と蘊蓄を傾けたが、ほかのみんなはそんなことはどうでもいい。岬から富士山が見えるかもな、と車中で誰かが言っていたが、どうだったか覚えていない。みんなが見とれたのは、白波を蹴立てて沖を進む、船体が黒と白に塗り分けられた大型客船の優美な姿だった。

「すげえなあ。あんだっぺ（なんだろう）？」

「あれは日本の船じゃないかのう」

「知らねえ。どこへ行くだっぺ。外国かな」

「おれも、いつか遠くへ行きてえなあ」

船影が虫ピンの頭ほどに小さくなり、やがて太平洋の水平線の彼方に消えるまで、四人は手を翳し、目を細めて見つめ続けた。

いまでは、すっかり田舎暮らしに慣れた林太郎だが、「とうきょっぽ」（都会っ子）のひ弱なところはなかなか抜けない。ある夏の夜、町の主催で毎年恒例の「肝だめし」大会が開かれた。苔むした墓が散在する暗い小道を抜けて、町はずれの祠の賽銭箱の上に置かれた碁石を取ってくる、という決まりだ。持ち帰った碁石と引き換えに練り菓子や飴玉がもらえる。先に帰ってきた男の子が「賽銭箱の上にはな、年寄りの女の崩れかけた髑髏があったっぺ」と囁き、怖くなった女の子たちは目と耳を塞いだ。しかし紀子だけは物に怖じる気配がなく、「おかしいわねえ。髑髏があったとしても、どうして年寄りの女の人だとわかるの」と冷静に疑問をぶつけた。男の子はどぎまぎして黙りこくった。

自分の番になると、林太郎は「お腹が痛い」とかなんとか理屈をこねて、行こうとしない。気丈な紀子が見かねて「お兄ちゃん、幽霊はどこにもいないよ。髑髏なんて話はみんなウソ。ほら、わたしが一緒について行ってあげるから」と兄の手を引っ張った。団扇をあおぎながら縁台の西瓜を頬張っていた町の大人も子どもも、げらげらと笑い転げた。林太郎のプライドは、ぺしゃんこになった。この夜ばかりは、自分の臆病さ、不甲斐なさに、ほとほと愛想が尽きた。紀子の顔を見ずに「おまえはもう東京に帰れ」と言ったきり、夏布団にもぐり込んで、悔し涙にくれた。

そよ風が顔を撫で、碧の波濤の海はたぶん神代の太古の昔から変わることなく美しい。耳を澄ましても、押しては返す潮騒の音しか聞こえない。このまま永遠に時間が止まってしまえばいい。

ある日の午後、麦わら帽子を顔にかぶせて、ひと眠りした後だったかもしれない。なんでも、医者の話では、わたしたちの脳の半球は絶えず眠っているらしい。しかし、この日に限っては、両半球ともスイッチが切れていたのだと思う。「夢判断」のジークムント・フロイト先生だってお手上げだろう。誰もが筋道が追えない、支離滅裂だが、甘く芳しい夢から醒めたばかりだった。眠りと現の境が朧気で、ぼんやりとした顔をしていた。

林太郎が欠伸を噛み殺しながら両腕を空に向けて伸ばし、「みんなは将来どうするっぺ？」と切り出した。

「将来って？　来年のことか。来年もたぶん今年と同じだっぺ」

「いや、もっと先。例えば十年後」と林太郎は言って、こう宣言した。

「おれは陸軍の軍人になる。小学校を出たら東京の幼年学校に入り、士官学校に進む」

「ほお、末は陸軍大将かのお。あんは、町いちばんの出世頭になるな。勲章つけて剣さげて、町長や校長が紋付の羽織を着て迎える学校で、万歳三唱されて凱旋するんじゃのお。よっ、林太郎閣下！」

「馬鹿、そんなもんは望んどらん」

「まあ、泳ぎがあの程度じゃからなあ、林太郎は海軍は無理だっぺ。家業の機械会社は継がねえのか？」

「父親は厄介者のおれの始末に困っているからなあ。父親のいいなりで、口ごたえもせず、要領のいい弟に継がせたいんだろ。おれは商売には向かねえ。嘉吉はやはり寺の坊主になるのか？」

「わかんね。おれは目っかちだし、兵隊には取られねえだろうから、運がいいってことかのう。まあ、ほかに能はねえし、跡を継いで坊主になるしかねえだろうなあ」

　岸辺を洗う波の音が、絶え間なく耳に響く。わたしは、身体じゅうについた砂を手で払って立ち上がると、平たい石を見つけて拾い、沖に向かって横投げで投げた。陽の光を浴びた石は、波頭の上を何度か小気味よく跳ねてから、海中に消えた。

「おれは筆で身を立てたい」

　わたしがそう言うと、嘉吉が妙な顔をして「なんじゃそれ。筆って」と訝（いぶか）った。

「ものを書いてカネを稼ぐ、ということだっぺ。貧乏文士では飯が食べられん。大学へ行って新聞記者になるかのお。記者は案外、高給が取れるそうじゃ。遠い外国にも行ってみたい」とわたしは言った。野島崎で見た大型客船の優美な姿が瞼（まぶた）にちらついた。

「羽織（はおり）ゴロの文屋か」と林太郎はませたことを言う。

「ふーん、新聞記者のお」。嘉吉はまだ、よくのみこめない、という顔だった。

農家の次男坊の富男は押し黙って、細い目で海岸線の果てを眺めていたようだった。まだ眠っていたのかもしれない。

「富男はどうする？」。わたしが水を向けると、重い口を開いた。

「おれか？　なあもん（そんなもの）何もないっぺ。ばあちゃんと、おかあ、それに妹と弟に、腹一杯おまんまを食べさせてやれれば、おれはそれでええ」

空は澄みきって高く、季節は夏の暑熱がそのまま縺（もつ）れ込むように秋に差しかかろうとしていた。けれども、若者たちのすべてが、青雲の志に胸高鳴らせているわけではなかったのだ。

林太郎はその希望通り、東京の陸軍中央幼年学校を経て士官学校十八期を上位の成績で卒業、帝国陸軍士官への道を歩んでいった。お手伝いの民子も東京へ戻り、あの丘の上の洋館には誰もいなくなった。

わたしは御宿の中学校を優等で通し、担任の教師からは「おまえの成績なら合格できるぞ。海軍兵学校を受験しないか」と何度も薦められた。兵学校は天下の秀才が集まる難関だったが、「兵学校に行けば授業料や食費は免除されるばかりか、手当ても毎月出る。帰省の費用も出るそうじゃ。おまのうちの家計も助かるのじゃねえか。町や学校にとっても誉(ほま)れだ」と説得された。

しかし、職業軍人になる道はどうしても考えられない。「わん（おまえ）が好きなようにすればええ」と言ってくれた両親も、内心は反対だった。父は「（海軍兵学校がある）江田島というのは広島だっぺ。ここからは遠いのお」とポツリと言った。

東京の日比谷にいる弁護士の叔父が東京府の法律顧問を務め、かなりの資産家だった。その叔父から「学費は心配するな。援助する」という申し出を受けて、わたしは十八歳の春、早稲田大学の学生となった。政治経済学部の同級生に、『朝日新聞』記者、『信濃毎日新聞』主筆を経て政界に転身し、第一次近衛文麿内閣で内閣書記官長に就く風見章(かざみあきら)がいた。四年後、わたしは大手の新聞社『東日新報』に採用され、語学力を買われて外信部に配属された。

玄妟(げんあん)と名乗るようになった嘉吉は、室町時代初期の創建と伝えられる南総の浄土真宗の古刹(こさつ)、崇福寺(そうふくじ)で、父親の院主(いんじゅ)のもとで、人一倍大きな体を窮屈(きゅうくつ)そうに畳んで経を読み、修業三昧(ざんまい)の日々に入った。休みの日はたまに、親戚の仏具屋で古い仏壇の解体、修理や、洗浄の仕事を手伝い、わずかながら駄賃をもらった。鉋(かんな)の削り方や鋸(のこぎり)の引き方も覚えた。

富男は小学校を出る年に祖母が亡くなり、ある夜、家業を継ぐ惣領(そうりょう)の立場を投げ出して出奔(しゅっぽん)した兄に代わって、いきなり一家の大黒柱になった。米の作柄が悪い年が続き、暮らしは貧しくなる一方だった。肋骨(ろっこつ)に膿(うみ)がたまり、咳が絶えない病弱な妹の薬代にもこと欠いた。妹は日が射さない奥の三畳間で臥(ふ)せっており、寝床の傍で髪を撫(な)でてやると「お兄ちゃん、ごめんね」と涙ぐんだ。息をするたびに、ひゅーひゅーと秋風のような音がした。

「心配いらねえ。兄ちゃんがきっと、治してやるっぺ」

富男は胸が詰まり、妹の頭を抱きしめた。

母親のひさは群馬県高崎の生まれだが、親戚の頼みで子守りとして御宿にやってきて、農家に嫁ぐ前は御宿の海で十年以上海女(あま)をして、サザエやウニ、カジメを採っていた。房総半島のなかでも、とりわけ御宿は、三重県志摩、石川県能登と並んで「日本三大海女集落」のひとつに数えられていた。白い磯襦袢(いそじゅばん)をまとっただけの素潜りで、息継ぎをせずに一分半も海に潜れ、漁協のコンクールで一等賞をもらったこともある。冬場でも冷えた体を温めるための焚火(たきび)を波打ち際でたいて、一時間近くも海に入った。そんな町いちばんの元気ものだった彼女も、歳とともに弱気になっていた。

「遠縁の文子(ふみこ)は器量よしで働き者じゃ。頭もええ。いずれ、あの娘(こ)がわん（おまえ）の嫁に来てくれたら、母さんは安心して死ねる」と口癖のように言った。

「よしてくれよ」と富男は不貞腐（ふてくさ）れた顔をしたが、いつも落ち着いて折り目の凛（りん）とした挙措（きょそ）の、清らかで、しかし、繭（まゆ）を透かして見える青い蛹（さなぎ）のようにはかなげな四歳下の綾瀬文子の俤（おもかげ）を思い出し、頬を赤らめた。

四人組はそれぞれに、人生の岐路にあった。

第三章　八月の烽火（のろし）

『東日新報』の欧州特派員として一九一三年（大正二年）にロンドンに赴任したわたしは毎朝、新聞街として知られるフリート街の一角の雑居ビル三階にある支局に着くと、「儀式」を始める。

まず、机の上の緑色のバンカーズランプを点（とも）す。それからお気に入りの「フォートナム・アンド・メイソン」の、鈴蘭（すずらん）の花に似た香（かぐわ）しいアールグレイの葉をひとつまみし、摂氏九十五度に沸騰させた湯で濾（こ）し、カップにひとり分の紅茶を淹（い）れる。そこに、ボヘミアグラスのミルクジャグ（ピッチャー）に入れた常温のミルクを注ぎ、ゆっくりと楽しむ。ミルクは冷蔵庫に保存したものはもってのほかだ。常温に限る。

その間にガス調理器でトーストを一枚焼き、バターをごく薄く広げた上に、発売から百年の歴史を誇る英国王室御用達の「コールマン」のマスタード（からし）をたっぷりと塗る。

毎朝の判で押したような儀式。これぞ至福の時間だ。

田舎者に限って、はるばる憧れのロンドンまでやってくると、こうやって、にわかに「通」ぶってみたくなるものである。

「そんな苦い葉っぱの出がらしを、もったいぶって飲むイギリス人の気が知れないわ。たかだか紅茶の一杯がまるで人生や国家の一大事みたいに。ましてや日本人のハニュウさんまでが」

自分はケント州出身の、れっきとしたイギリス人女性のくせに、減らず口をたたく助手のミセス・リーザの好物は、とびきり甘いココアだ。

なんでも手際よくこなす有能な彼女の助けを借りて、午前中は英仏のいくつかの新聞や週刊誌類にざっと目を通し、ロイター通信社の配信をチェックし、必要があれば翻訳して東京に転電する。その後は、東京の霞が関にあたるホワイトホールの官庁街などで、アポイントを取った相手への取材や、友人の記者らと遅いランチに出かける毎日を送っていた。そのまま自宅のフラットに戻り、日本から持ち込んだ瓶詰の烏賊の塩辛や、千葉・八街が名産の落花生を肴に、脇に置いたスコッチウイスキーを舐めながら、長行の解説記事や雑誌の依頼原稿を夜なべして書くこともあった。

日本を出発する前、『東日新報』の先輩の文芸部記者が「ロンドンに落ち着いたら、この人物に会ってみたまえ。きっと参考になる」と紹介状を書いてくれた。著名な中国学者で、大英博物館の初代東洋図書部長だったロバート・ダグラス卿（きょう）だ。残念ながら、わたしがロンドンに着いた年に亡くなっていたが、ダグラスが一八九五年（明治二十八年）に大英博物館の自室で二人の東洋人を引き合わせたことが、関係者の間で語り草になっていた。

広州での武装蜂起に失敗し、ロンドンで亡命生活を送っていたところ、清国公使館に一時拘禁されたことが世界に報じられた中国の革命家孫文（スンウェン）（孫逸仙）と、ダグラスの手厚い庇護（ひご）のもと、やがて世界に誇る在野の粘菌学者として名を残すことになる南方熊楠（みなかたくまぐす）だった。

熊楠は後年、柳田国男に宛てた書簡で、孫文との出会いについてこう述懐している。

「孫逸仙と初めてダグラス氏の室であいしとき、『一生の所期は』と問わる。小生答う。『願わくは、われわれ東洋人は、一度西洋人を上げてことごとく国境外へ放逐（ほうちく）したきことなり』と。逸仙失色（しっしょく）せり」

西洋の属国化、植民地化から抜け出して中国の独立と民主化をめざす孫文に、熊楠の苛烈（かれつ）な言葉が雷鳴のように響いたことは想像にかたくない。二人はたちまち百年の知己（ちき）のように打ち解け、熊楠は大英博物館を案内し、ロンドン郊外の王立植物園キューガーデンに遊び、語らった。

熊楠は一九〇〇年（明治三十三年）九月、八年を過ごしたロンドンを発ち、郷里の和歌山に帰った。入れ替わるように、留学のためにロンドンに向かっていたのが夏目漱石だった。孫文、熊楠、そして漱石。近代アジアを代表する人物たちが、すれ違いながらも、ロンドンを縁に「惑星直列」のように連なった時代だった。

孫文は一九〇一年（明治三十四年）二月、和歌山市に隠棲していた熊楠を訪ねた。熊楠は遠来の友を和歌浦の有名料理屋「あしべや」に招いて歓待している。熊楠は「一夕に三十円ばかりなりし」とのちに書いており、かなり派手な宴会だったようだ。孫文は油断のならない国際級の「危険人物」であり、密告によって、この会合には警察の尾行がついていた。二人の交流はその後途絶えがちだったが、孫文はハワイで採集した地衣類の標本を熊楠に送っている。

（彼らの目には、いまの日本はどう映っているだろうか）

わたしはしばしば、西洋に追いつけ、追い越せと、富国強兵の道をひた走る日本の将来を深く憂いていた先達たちの相貌を思い出した。

ロシアを除くと、欧州に派遣された特派員はわたしひとりだったから、守備範囲はやたらと広い。おのずと出張取材も多くなる。一九一四年（大正三年）二月の下旬、ロンドンからドーバー海峡を渡ってパリに初めて出張し、凱旋門から近いオッシュ通りの在フランス日本大使館で半年ぶりに樺林太郎と語らった後、取材のためルーブル美術館に足を運んだ。

これを再会と言ってよいものか、わたしにはわからない。

そこで見かけたのは、あの藤田嗣治だった。

嗣治は古代ギリシャやエジプト美術の研究に熱中し、模写のためにルーブルに通い詰めていた。おかっぱ頭に、ちょび髭と、丸いロイド眼鏡、日本の着物の継ぎはぎを縫い合わせたのか、なんとも珍妙な、ギリシャ風の丈の長い衣装を纏い、これも自家製のサンダルを履き、モンパルナスに群れなすボヘミアンたち、変わり者ぞろいの芸術家仲間の間でもひときわ異彩を放っていた。

パリの南はずれに位置するモンパルナスは、新興の「芸術家コミューン」だった。芸術の街と言えば、ルノワールをはじめ印象派の画家たちが集ったパリ北部のモンマルトルの丘が知られてきたが、ムーラン・ルージュなどに歓楽を求める裕福な人々が大勢集まり、高級住宅街がつくられて、次第に素朴な雰囲気は失われていった。それにつれて、パブロ・ピカソや多くの画家たちも、家賃や生活費が安いモンパルナスに住居やアトリエを移すようになっていった。

ずっと時代は下るが、作家の辻邦生（くにお）は一九五七年（昭和三十二年）から一九六一年（昭和三十六年）までの最初のパリ留学時代、佐保子（さほこ）夫人とともにモンパルナスのアパルトマンを借りて住んでいた。『異国から』というエッセイに、あたりを描写した文章がある。

「私たちの住んでいた街はモンパルナスの墓地からラテン区に抜けてゆく短い、活気のある、落ち着いた気分の通りで、カンパーニュ・プルミエール（八番地ビス、パリ第十四区）という奇妙な名前がついていた。有名なフジタが住んでいたり、地獄小路（パサージュ・ダンフェール）などという恐ろしい名前のわき道があったり、詩人のランボオや画家モジリアニがかつて住んでいた家があったり、ピカソやマックス・ジャコブや若い立体派の画家たちやレーニンやトロッキイが常連だったというレストラン・ロザリ軒があったりして、いかにもモンパルナスらしい雰囲気をもっていた」

一九三一年（昭和六年）にパリに八カ月ほど暮らした作家の林芙美子が、パリに着いてまもなく、痩せた奇妙な女に二フランをせがまれたのもモンパルナスの墓沿いの道だった。泣きつかれた芙美子は、お人好しにもほどがあるが、この女にアパルトマンに三日間も居候されてしまう。モンパルナスには時代を超えて、束縛を何より嫌うボヘミアンたちを引き寄せる自由な空気があったのだろう。

嗣治は一八八六年（明治十九年）に東京市牛込区に生まれた。父親の陸軍軍医総監の前任者、森林太郎（森鷗外）の薦めもあって、東京美術学校西洋画科に入学した。しかし、当時の日本画壇は、フランスでアカデミックな絵画教育を受け、印象派などの影響を受けて帰国した黒田清輝らが幅をきかせ、写実主義がもてはやされた。西洋画の模倣ではなく、新境地を開きたい嗣治の画風は、黒田の師風とは合わない。黒田にはまったく評価されず、おもしろくない鬱屈した毎日が続いた。文部省美術展覧会（文展）での落選が続き、パリ遊学に新天地を求めたのだった。

わたしは嗣治に近づいて、三島丸で同船していたことを告げ、自己紹介した。

「いや、あの船ですか。それは奇遇です」

嗣治は如才なかった。上海の六三亭で見かけたことが頭を過（よぎ）ったが、そのことには触れなかった。

嗣治の誘いでその週末、サン・ミッシェル大通り沿いの、リュクサンブール公園に近いカフェ「シモンヌの家」で、わたしは嗣治と向かい合った。ここモンパルナスには、大勢の日本画家たちもアトリエを構えていること、『破戒』で有名な作家の島崎藤村も住んでいて親交があることなどを嗣治は快活に話した。藤村は嗣治に先立つ二カ月ほど前、神戸からフランス船エルネスト・シモン号の二等船客となってマルセイユに着き、リヨンでの滞在を経て、パリに入った。日本での姪（めい）っ子との、スキャンダラスで悍（おぞ）ましい泥沼の関係を清算するための逃避行だった。のちに、自らの体験を赤裸々に暴露した告白小説『新生』が朝日新聞に連載され、「新生事件」として世の話題をさらうことになる。

わたしが千葉の南房総の御宿の生まれ育ちだというと、嗣治は「いや、驚いたなあ。わたしの先祖は房州長尾藩の家老職だったらしいですよ」と目を丸くした。

嗣治は友人で、アルメデデオ・モジリアニという名のイタリア出身の画家の才能をさかんに讃えたが、わたしの知らない名前だった。

そのころソルボンヌ大学理学部には、天文学を学ぶために留学していた福見尚文（なおふみ）（のちに東大助教授）がいた。その夫人福見キクが残した「エトランゼエ時代の島崎藤村」という一文によると、一九一三年（大正二年）暮れの忘年会を福見のアパートに十三人の日本人が集まって開き、車座になって、キク手作りの料理をつついた。興に乗って嗣治がギリシャダンスを踊り出したはいいが、いきおいあまってストーブのやかんをひっくり返し、藤村らが火傷（やけど）した。寝込んでしまった藤村にはとんだ災難だったが、「お調子者」の嗣治らしいエピソードだ。

「東京の暁星（ぎょうせい）学校で夜学に四年通ってフランス語を学んだのですが、それは坊さんの言葉で、パリの女には通じなかったなあ」と嗣治は笑った。彼の話すフランス語は、わたしが聞く限りでは発音も文法もかなりあやしかったが、気後れせず、社交の輪に飛び込んでいく性格が幸いして鍛えられたのか、会話はそれなりに成り立ち、カフェの経営者夫婦の一人娘で店の「看板娘」だったシモンヌ相手に冗談を飛ばせるほどだった。

「パリに来て三日目に靴のことをゴダスといい、門番をピプレという隠語を覚えましたよ。往来を歩いていると、十人ほどの子どもが僕に石を投げてきて東洋人だと嘲笑（あざわら）いました。学生街のサン・ミッシェルの大通りで、二人のアパッシ（無頼漢）が僕にたばこの吸殻を投げて悪態をついたので、腹が立って、二人を束（たば）にして講道館柔道の横棄身（よこすてみ）で敷石に叩（たた）きつけてやりましたよ。警察で褒められたので、巡査に柔道の手ほどきをしてやりましたがね」と武勇伝をさもおかしそうに話した。どこまでが真実か、嗣治のつくり話か、よくわからない。

　ナポレオンが葬られているアンヴァリッド廃兵院の前を通ると、兵隊が大勢集まっていて、ものものしい雰囲気だった。わたしが欧州に迫る未曾有（みぞう）の危機について語ると、嗣治はどこかうわの空で、政情にはほとんど関心がないようだった。というより、無知といってよい。「戦争が起きるのなら、荒らされた野山、破壊された家……詩のように淋しい戦場を一度見てみたいものですね」と能天気なことを言った。物見遊山（ものみゆさん）の気分らしい。

　一方で、「カルメン」「トスカ」などのオペラや芝居を観劇した時の感動について、熱っぽくしゃべり続けた。ひと月ほど前、パリ画壇の巨峰として、すでにその名を轟かせていたパブロ・ピカソを、ヴィクトル・シェルシュ街のアトリエに訪ねたが、そこで衝撃を受けたのは、むしろピカソに見せられたアンリ・ルソーの「詩人・アポリネールの肖像」という大作だったことや、ピカソに代表されるキュービズムの新潮流の意義について、興奮気味に語った。ルソーは四年前に世を去っていた。絵心（えごころ）を持ち合わせないわたしは、嗣治が言うことがほとんど理解できない。情熱と野心の塊（かたまり）のように語り続ける異能の怪人を、気圧（けお）される思いで見つめていた。

ピカソ訪問時のアンリ・ルソーの絵との出会いについて、嗣治は雷に打たれたような衝撃を受けたのだろう。たちどころに日本の美術学校で習得した印象派の作風をことごとく放棄する決心をした。家に帰るとただちに、黒田清輝から指定された絵具箱を床に叩きつけた。このあたりも、怪人ならではの奇矯（ききょう）な行動というべきだろう。

後年、パリに遊学してピカソと親交があった岡本太郎は「私にとっては、絵は破壊の堆積（たいせき）である」と繰り返し、「絵を画き始めると、よく美しいものを発見する。人はそれを警戒すべきである。絵を打ち壊し、何度でもやり直すのだ」というピカソの言葉を引きながら、その否定精神を賞賛した。

岡本の父岡本一平が嗣治の美術学校時代の同級生だった縁もあり、第二次大戦中にパリの嗣治を幾度も訪ねて来た岡本太郎を嗣治は可愛がった。

伝統や既成概念をこなごなに打破するピカソの「絶対的な自由感」「ふてぶてしさ」は、嗣治にも、そして岡本太郎の内奥にも脈々と流れていたのだろう。岡本太郎は徳川夢声との対談で言っている。「びっくりさせればいいんだ。あとは野となれ、山となれ。どう価値判断されてもかまわない」

この頃、島崎藤村のもとを、欧州に留学中のマルクス経済学者の河上肇（はじめ）と、のちに商法の大家となる法学者の竹田省（しょう）が訪ねている。藤村は三月二十一日の土曜日の夜、二人をガヴォー音楽堂でのクロード・ドビュッシー自身がピアノを弾いた演奏会に誘った。永井荷風はパリ郊外のサン・ジェルマンに生まれたドビュッシーの音楽について「独特の音楽であって、狭くしてはフランスの音楽界、広くては欧州全体の音楽がその日まで聞いたことのない新しい音楽であった」「（「牧神の午後」などの作品は）フランスの音楽をば、独逸（ドイツ）音楽の専横（せんおう）ワグナー劇の圧迫から救出した未曾有（みぞう）の傑作と仰がれた」と賞賛した。ドビュッシー自作の歌曲「ステファーヌ・マラルメの三つの詩」などの初演があった、この日はどうであっただろうか。西洋音楽にあまり親しまなかった河上は「今夜もまた眠くなりはしないか」と案じつつ、藤村に引っ張られて音楽堂に行ったようだが、戦雲が空を覆う前の、とろけるような花の都の春を彼らは心ゆくまで楽しんだに違いない。

わたしはパリに来た機会に、久しぶりの休暇を兼ねてウィーンまで足を延ばすことにした。

オペラ座近くのギャラリー・ラファイアット・デパートで身の回りの物を買い足し、パリ東駅から夜行列車に乗った。三島丸の一等船客レストランで、フランス外交官ルフェーブルが言ったフランツ・ヨーゼフ一世の治世のもとでの落日が迫る「ハプスブルク帝国」の首都ウィーンのたまゆらの残照を、欧州特派員としてこの目で見納めておきたいと思ったからだ。

それに、もうひとつの目的があった。

林太郎の妹紀子は、三カ月ほど前からウィーン楽友協会音楽院にピアノの勉強のために留学していた。

わたしは早稲田大学に通った当時も、紀子とはたまに文通を交わし、新聞社に入社して外信部に配属された後には、紀子を誘って日比谷の映画館で何かの洋画を一緒に見てから、帝国ホテルのロビーでお茶を飲んだこともあった。そのとき初めて、ネッカチーフで髪を覆った紀子が酸漿(ほおずき)色の口紅を刷(は)き、ほのかに香水を纏(まと)っていることに気づいた。

「一夫さんはどう思います？　今の日本の結婚って女にとっては終身懲役みたいなものじゃないかしら」

「考えたことないけれど。終身懲役か。穏やかじゃないね」

「そう？　わたしはもっと自由なかたちの恋愛があってもいいと思うのよね。良風美俗を遵奉して夫や家に縛られるのはまっぴら。退屈できっと死にたくなるわ。檻で飼われ、餌欲しさに主人に媚びて尾を振る犬は嫌い。自由気ままな猫が好き。あら、怒った？」

「別に怒ってなんかいないよ」

そのときの会話は、ぎこちなく、弾まなかった覚えがある。紀子の口吻にはいつも弓矢を番えて引き絞り、わたしに論争を挑むようなところがあった。心の奥底に、誰にも触れさせない堅い芯があった。

林太郎は「おいおい、あんな鼻っ柱が強く奔放な女と、つきあうのはやめとけよ。振り回されるだけだぞ」と笑ったが、淡い交際が続いていた。

紀子の渡航費用は父の房之助が出したが、紀子はウィーンに着いてからはそれ以上の支援はきっぱり断り、実家の樺家との縁を絶った。子供向けのピアノ教師のアルバイトなどで生計を得ていた。

わたしは世界的に有名な国立歌劇場や王宮を見てから、クラーベン通りや、ウィーン中心街の目抜き通りをしばらく歩いた。御者が鞭を鳴らすと、首を上下に大きくふり、億劫そうに馬車を引いて歩き出した老馬のひづめがカツカツと石畳に響いている。馬の口からは唾(つばき)がだらしなく糸を引いて垂れて、風に靡(なび)いている。街角のあちこちに、石炭バケツをひっくり返したような深緑色の鉄兜をかぶり、小銃を肩にかけたオーストリア軍の兵隊が煙草をくゆらせ、所在なさそうに屯(たむろ)している。

　取材のアポイントを取っていたウィーン工科大学の社会学者に会った。七十歳を超える名誉教授だ。彼は精神分析で知られるジークムント・フロイトや哲学者のフリードリヒ・ニーチェ、画家のグスタフ・クリムトらが名を轟(とどろ)かせた十九世紀末のウィーンの情景に触れながら「どうですか、街の印象は薄暗いでしょ。わが愛する世紀末の伴奏者グスタフ・マーラーは、三年前の暴風雨の夜に死ぬべきではなかった。彼は早まったのです。衰亡の翳(かげ)りはしずかに兆(きざ)しています。人間が精神の危機と終末に直面する、ほんとうの世紀末がやってくるのはこれからなのです」と奇妙なご託宣(たくせん)をした。

　紀子はウィーン北郊のハイリゲンシュタットにある寄宿舎で、各国の留学生たちと共同生活をしているらしく、わたしは紀子が指定した、寄宿舎近くのワイン居酒屋(ホイリゲ)「マイヤー・アム・プファールプラッツ」で彼女と落ち合った。夏には輝くばかりの葡萄(ぶどう)の木々が広がり、秋は梢(こずえ)を広げた広葉樹の紅葉が空を朱に染める景勝地にある、ウィーンでも指折りの高級住宅街だ。しかし、冬は枝という枝が追いはぎに遭ったように葉が剥がれ落ちて、ひたすら淋しい疎らな森が続いている。あたりがしんしんと冷え、羽虫が飛ぶような淡雪が音もなく舞っていたが、積もるほどではなかった。

外套を脱ぎ、暖炉の薪が赤々と燃えるそばのテーブル席に座ると、紀子は「ごめんなさい。こんな辺鄙なところにお呼びたてして。さっきまで、寄宿舎でどうしても外せない用事があったの」と言った。あの御宿海岸の、夢見がちなお下げ髪の紀子。桔梗色のワンピースを着て、暖炉の焔にあぶられた紀子の顔は瑪瑙のようにまぶしくかがやいている。襟足にかかるおくれ毛のひと筋かふた筋が若々しく匂ってみえ、いちだんと魅力的な、芳香漂う二十四歳の女性だった。

「紀子ちゃん、別嬪さんになったなあ」と言うと、「あら、一夫さんでもそんなお上手を言うの。ちょっと意外ね。フランス人にでもなったの」と笑った。

「ご存知かしら。ここハイリゲンシュタットはね、ベートーヴェンが耳が聞こえなくなった絶望のあまり自殺を考えて遺書を書いたところよ。この古い居酒屋も、もとはベートーヴェンが一八一七年に住んでいた家を改造したそうなの。優しい自然に癒されて自殺を思いとどまり、ある曲想を得てつくったのが第九番交響曲『合唱』なのね。つまり、絶望と再生の地というわけ」

　彼女はときどきワイングラスに口をつけながら、新聞記者顔負けの質問を矢継ぎ早に浴びせてきた。

「ことに欧州情勢には敏感で「一夫さんも気づいたことでしょうけど、ウィーンは自由で享楽的な街だけど、その底になんとなく不穏な空気が漂っているの。ねえ、戦争になるのかしら？」と尋ねてきた。

　彼女の勘は鋭かった。政治にまるで関心がない藤田嗣治とは大違い。同じ芸術家でも、画家と音楽家はこうも違うのか。わたしはおかしくなった。

　給仕が彼女に二杯目のワインをついだ。

　ひよこ豆のねっとりしたペーストが添えられた薄い黒パンと、キャベツの酢漬けのザワークラウトを盛り合わせた前菜、ナスとズッキーニの揚げ物、ポークの燻製(くんせい)とソーセージ、そして野苺(のいちご)のタルトのデザート。「一夫さん、父や兄から、わたしを豚にする密命を帯びてはるばるやって来たのね」。紀子は、おちゃめな目をした。

　彼女は深紅の液体が入ったグラスを、ずっと眺めている。アコーディオンの演奏が聞こえてきた。

「父の強欲な生き方が嫌いだし、兄のような猛々しい軍人も嫌い。自由が締めつけられて息が詰まりそうな日本も厭。だから逃げ出してきたの」

紀子は強い眼の色をして、そう言った。自由という言葉が古い記憶を呼び醒まし、わたしはその昔、御宿の家で紀子からもらった美しい玉虫を逃がしてやったことを「告白」した。

「ええ、覚えているわ、あの玉虫。へえ、そうだったの。一夫さんが逃がしたのね。それはよかった。あなたはやっぱり、自由と解放の闘士ね」

わたしたちは声を立てて笑った。

わたしは、三島丸でのルフェーブルの話を聞かせて、有為転変とともに、日本もやがて時代の大波に否応なく巻き込まれていくことだろう、と話した。そう話しながら、彼女もその大波に翻弄されて、断崖絶壁の馬の背を歩むような人生をこれから生きるのではないか、という漠然とした予感にとらわれた。

紀子は頬杖をついてわたしの話をじっと聞きながら「日本も並みの大国になりたいのね。愚かだわ」と言った。

「紀子ちゃん、ひとりでの外国暮らしは寂しくはないのかい」

暖炉の揺らめく灯りが紀子の瞳に映っている。

愚かなことを聞いたものだ。わたしはすぐに後悔した。

紀子をはずかしめている気がした。

「馬鹿ね、あなたって」

紀子は、ほつれ毛を掻き上げ、口元に冷笑とも微笑ともつかぬ表情を泛べた。

「そりゃ寂しいわ。なにもかも」

そう言うと、紀子はテーブルに目を落とした。

時はたちまち過ぎた。夜の帳がおり、紀子は薄暗いバスの座席にわたしと並んで座って、ハイリゲンシュタットの市電の停車場まで送ってくれた。他に乗客は疎らで三、四人しかいない。ウィーン中心街のわたしのホテルまでは市電で小一時間というところだ。

「もう日本に戻ることはないと思うの」

ぽつりと言った。影絵のように翳りが濃い彼女の横顔には、沈鬱なものが貼りついていた。酔っていたのかもしれない。

「音楽家にはならないわ。一夫さんにピアノを弾いて聞かせてあげる約束は果たせないわね。ごめんなさい」

彼女の細い指が伸びてきて、わたしの指にからまった。停車場のアンバー色の街灯が近づくと、彼女はこころもち、指尖（ゆびさき）に力を込めた。

「一夫さん、あの御宿の頃からあなたが好きだった。ずっと。でも、一緒には生きていけないとわかったの。あなたのせいじゃないわ。わたしはいずれ、あなたや父や兄の国と戦うことになるかもしれない」

わたしは、別れ際の最後の言葉の意味をはかりかねた。

市電の窓越しに手を振ると、紀子は涙を流していた。彼女を見たのはそれが最後だった。彼女の数奇な運命を知るのは、ずっと後のことだ。

◇

その日曜日は快晴だった。

一九一四年（大正三年）六月二十八日、ボスニアの首都サラエボ。オーストリアの帝位継承者フランツ・フェルディナンド大公夫妻に向けて、セルビア人の十九歳の学生が放った二発の銃弾が、世界を変えた。

「バルカンのどこかで、途方もなくバカげたことが起これば、差し迫った戦争に火がつくだろう」。ドイツの鉄血宰相オットー・フォン・ビスマルクはかつてそう予言したが、それがまさに現実のものとなった。

大公夫妻の暗殺のニュースを聞いたドイツの社会学者マックス・ウェーバーは沈痛な面持ちになり、「神よ、われわれを地獄に落とす愚か者からわれわれを守りたまえ」と祈った。

一九〇八年にオーストリア＝ハンガリー帝国がボスニア、ヘルチェゴヴィナを併合したことに、セルヴィアはいきり立っていた。しかし、「汎スラブ主義」の立場からセルヴィアの後ろ盾となっていたロシアのニコライ二世は、日露戦争の手痛い敗戦に懲（こ）りていたし、戦争準備はまったくというほど整っておらず、何より革命を恐れて新たな戦争は避けるだろうと、各国はタカをくっていた。世界があれよあれという間に空前の大戦争に突入する、と観る人はそれほど多くなかった。

「戦争は彼ら（ドイツの青年）にとって青天の霹靂（へきれき）であった。それというのも、何度も警鐘が打ち鳴らされ、勃発の数カ月前には緊張感が高まっていたにもかかわらず、あれもこれも最後の瞬間には何とか片がつくはずだという根強い信仰が世間にはびこっていたからである」（ヴォルター・ラカー『ドイツ青年運動』）。

――根強い信仰。まさに、その通りだ。これは、なにもドイツに限らず、そのころのヨーロッパの人々の偽らざる思いだったのだろう。

オーストリアのユダヤ系作家シュテファン・ツヴァイクは、どの駅にも総動員を告げる貼り紙が貼られ、どの列車も新しく入隊させられた新兵でいっぱいであり、旗がひるがえり、音楽がどよめき、ウィーンでは全市が興奮しているのを目撃した。のちに『昨日の世界』で振り返っている。

「一九一四年における大衆の大多数はいったい戦争について何を知っていたであろうか。彼らは戦争を知らず、ほとんど戦争のことを考えたこともなかった。戦争はひとつの伝説であり、まさしくそれが遠くにあることが、戦争を英雄的でロマンティックなものにしたのであった。……『クリスマスにはまた家に帰って来ますよ』と、一九一四年八月に新兵たちは笑いながら、母親たちに叫んだのであった」

オーストリア＝ハンガリー帝国は、ドイツと気脈を通じながら、無警告で軍をセルビアに進めるハラを固め、独立国セルヴィアの主権を犯すとしか思えない最後通牒を突きつけた。当然のことのように両国の国交は断絶する。そこへ、奇妙なことに、ロシアがセルヴィア全面支持を鮮明に打ち出した。この願ってもない機会にドイツを電撃的に叩きたいと舌なめずりするフランスも、いざ開戦となれば、アルデンヌの森を抜けて一気にベルリンに迫る「第十七計画」を準備段階に進めるとともに、ロシア側につくことを決めた。二年の徴兵期間が三年に延長された。ドイツはドイツで、電光石火、フランスを叩く戦争計画を練り上げ、いざ開戦となれば、一日に最大で五百五十本の列車がライン川を越えて西部戦線に兵士を運ぶ輸送能力を整えた。

地獄の釜の蓋（ふた）が開こうとしている。

帝国主義国同士の角逐。そのことには議論の余地はない。ただ、多くの歴史研究家、学者の間でも、いったい何が第一次大戦の最大の原因だったのか、勃発から百年以上たったいまでも統一した見方はないにひとしい。政治家や将軍たちの手記や回顧録はそれなりに貴重なものだが、たいていは自分の失敗を言い繕（つくろ）う、都合のよい「物語（ナラティブ）」の羅列に過ぎない。それらをいくら併せ読んでも、戦争の決定的な原因が何だったのかわからない。

アメリカの経済学者ジョン・ガルブレイスは「歴史学上とりあげられた問題で、第一次世界大戦の原因ほど、議論を呼んだものはない。かの長期にわたったローマの衰退の原因に関する議論でさえ、これにはかなわない」（『不確実性の時代』）と書いている。

おっちょこちょいにも、誰かがまんまと罠（わな）に落ちたのだろうか。そうかもしれない。だとしたら、罠を仕掛けたのは誰なのか。

オーストラリア生まれの歴史家クリストファー・クラークは『夢遊病者たち』にこう書いた。「一九一四年の戦争勃発は、最後に温室で硝煙の煙るピストルを手に死体を見下ろす犯人が出てくるアガサ・クリスティのドラマではない。この物語には決定的証拠（スモーキングガン）は登場しない」

理性は舵を失い、人間の運命を弄（もてあそ）ぶかのように逆流する。

戦争はどこから見ても不道徳きわまりない国家の犯罪行為だが、この時代、自国が有利に戦争をしかけられるなら、それを不道徳とみなす国民はほとんど存在しない。ただ、多くの人が、軽はずみにも、まさかそんな破目にはなるまいと思っていたのに、わけがわからないうちに、机をひっくり返しての大げんかになってしまった。

外交の季節は終わりを告げ、空前の大戦争の火蓋（ひぶた）が切って落とされる。明確な戦争目的？

そんなものはどこにもなかった。

大公夫妻暗殺からひと月後の七月二十八日の朝、オーストリア＝ハンガリー帝国のフランツ・ヨーゼフ皇帝は、バート・イシュルの御用邸の執務室の机の上で、セルヴィアに対する宣戦布告書に駝鳥（だちょう）の羽ペンで署名した。机の前には故エリザベート皇妃（シシィ）の大理石の胸像が置かれていた。まもなく、オーストリアの砲艦がベオグラード砲撃を開始した。

同じ日、イギリスの海軍大臣ウィンストン・チャーチルは愛妻クレメンティーンに宛て「すべてが破局と崩壊に向かっている」「私は心躍り、準備万端で、そして幸せだ」と書いた。八月一日にはドイツがロシアに、三日にはフランスに宣戦布告をした。四日には薄気味悪い沈黙を保っていた英国がドイツに宣戦布告する。

精神分析で知られるジークムント・フロイトは生涯のほとんどをウィーンで送ったが、「この三十年間で初めて、私はオーストリア人であると自覚し、このあまり望みのない帝国に今一度チャンスが与えられたかのように感じている。私のリビドーのすべてがオーストリア＝ハンガリーに捧げられる」と熱狂した（クラーク『夢遊病者たち』）。

プラハ生まれの詩人ライナー・マリア・リルケは、住居があるパリを離れて旅の途中にあった。思わぬ開戦でパリには戻れなくなり、ライプツィヒを経てミュンヘンに着いた。そこで『五つの歌』を書き、突如として現れた「戦争の神」へのおののきと畏敬（いけい）をうたった。

「初めて私は見ている おまえの立ち上がるのを
耳にはしていたが限りなく遥かな信じ難い戦争の神よ。
平和の果実と果実の間に何と濃密に撒（ま）かれていたことだろう
恐るべき行為の種子が。それが突如として成長したのだ……」

「八月の砲声」に世界はのたうちまわった。

ロンドン駐在のわたしは、俄（にわ）かに猛烈に忙しくなった。毎朝欠かさなかった、アールグレイの紅茶も、これではしばらくお預けだ。
どんな危急の時でも、イギリス人は冷静さを失わずに葉巻をくゆらせているものだ。そうした先入観がわたしにはあったが、どうやら、それは間違っていたようだ。開戦の報に、

「ドイツ野郎を叩きのめせ」という声が国内に満ち満ちた。ロンドンでは若い女たちが街を行進し、まだ軍服を着ずに平服でうろうろしている男を見かけると、卑怯者のしるしである「白い羽根」を手渡した。

イギリス国王ジョージ五世は、祖父アルバートの出自によるドイツ由来の家名「サクス＝コバーク・ゴーダ」、通称ハノーバー朝を、英語の「ウィンザー」朝に変えた。

支局の助手リーザは「ハニュウさん、歯科医師の夫が自分も仕事を臨時休業にして、義勇軍に志願して最前線に行って戦う、と言ってきかないのです。うちの人、おバカさんの愛国者なの」と言って、暗い顔をした。

開戦とともに、イギリスは志願兵を募り、志願者は一九一四年末までに百万人に達した。それでも兵は足りず、一九一六年一月には「十八歳から四十一歳までのアイルランドを除くイギリスの全未婚男子、および男やもめ」を対象に、史上初めて徴兵制度が導入された。国際決済機構は機能麻痺に陥り、イギリス政府は戦費調達のために戦時公債を発行するとともに、国民の所得税を二倍に引き上げた。

のちにインドの初代首相となるジャワーハルラール・ネルーは、十四歳の一人娘インディラに宛てた手紙に記している（『父が子に語る世界歴史』）。

「このヒステリーの波は、ほかのすべてを圧倒するほどに、強烈なものであった。群衆のなかに大衆感情をまき起こすことはたやすかった。しかし知識、知能をもって立つ人びと、男にせよ、女にせよ、冷徹で、平静な気分をもつとされる人たち、思想家、作家、教授、科学者——全参戦諸国のすべてのこの種の人たちまでが、こころの平衡を失い、敵国人民にたいする血の渇きと、憎しみに胸をいっぱいにしたのだ。平和を天職とする人たちであるはずの僧侶や、宗教家たちさえ、むしろ人一倍血なまぐさい感情に燃え、平和主義者や、社会主義者も正気を失って、その主義を忘れはてた」

フランスや、中立国ベルギーなど欧州大陸の西部が主戦場となったが、おいそれと戦場取材に赴(おもむ)けるわけではない。東京の本社からは「どの新聞も売れ行きを伸ばしている。双方の肉弾戦を伝える、生々しい特電をどんどん送れ」と、やいのやいのとせっついてくるが、それにこたえるのは簡単ではない。それまでより多少は早く出社して、英仏の新聞をじっくりと読み込んだうえ、顔見知りの英国人の軍事担当記者や日本大使館のスタッフを情報源に頼るくらいしかなかった。

『朝日新聞』はロンドン駐在の経験がある杉村楚人冠(そじんかん)を再びロンドンに派遣し、杉村は『夕イムズ』社を根城に記者活動を始めた。ロシアの首都ペテルブルクには、ロシア通の政治部記者大庭景秋（柯公）を特派した。第一次大戦は部数拡大にしのぎを削る日本の新聞にとって、めったにない第一級の拡販材料であり、正念場だった。時差がある欧州の情勢を日本の読者にいち早く伝えるため、各紙がこぞって夕刊を発行した。

パリの林太郎はフランス陸軍省に日参し、フランス軍の兵力配置や、緒戦のドイツ軍との攻防の詳細を、東京の陸軍省に細大漏らさず報告する作業に忙殺された。伝統的にフランス軍部の内部情報に強いユダヤ人ネットワークや、ジプシー（ロマーノ）らから裏情報を取るために確保していた「諜報工作費」も大いに活用した。

林太郎が、パリのセーヌ川右岸に位置するマレ地区の廃屋寸前の民家でたびたび接触したのは、あるユダヤ系のフランス軍退役中佐だった。ベルリンに長く駐在した経験があり、ドイツ軍内にも知己が多く、そのうちの数人とはいまも文通をしていた。男は顔をまともに見られるのを極端に嫌がり、梁や壁に隠した間接照明だけの暗い部屋の片隅でボソボソと話した。

「緒戦からドイツの目算が狂っている。ベルギーのリエージュ、ブリュッセルを何とか攻略したが、一週間の予定が二週間を要した。フォン・モルトケ参謀総長は焦っている」という。ドイツ軍の騎兵隊がフランス国内の電話施設をやたらめった破壊しすぎたため、モルトケ参謀総長との通信がままならなくなっている、という極秘情報も彼から入手した。

当時の新聞も含めて、日本人の多くは第一次世界大戦を「欧州大戦」と呼びならわしていた。夏目漱石も「欧洲戦争、欧洲大乱」と書いたが、それは必ずしも正確ではない。

政友会の高橋是清（のちに首相、蔵相。二・二六事件で暗殺）は、大隈重信首相を訪ねて「参戦のうわさがあるが、それは過激ではないか。ドイツと平和的談判で解決してはどうか」と申し入れた。イギリスのエドワード・グレイ外相からは、当初の日本への参戦要請を取り消すという連絡があった。しかし、すでに大隈や加藤高明外相の肚（はら）は決まっている。


油照（あぶらで）りの蒸し暑い日だった。八月七日の夜十時から早稲田の大隈の私邸で開かれた緊急閣議は、翌八日の午前二時すぎまで及び、この場で最終的に参戦方針が決まる。加藤外相はただちに午前五時半に上野駅発の列車で日光田母沢（たもざわ）の御用邸に向かい、避暑中の大正天皇に閣議決定を上奏した。

大隈内閣は開戦からひと月たらず、八月二十三日に、日英同盟を口実に対ドイツ参戦を表明、「大日本帝国皇帝」の名においてドイツに宣戦布告した。九月二日には海軍陸戦隊と陸軍五万一千の大軍が、ドイツが一八九八年（明治三十一年）以来、中国から租借（そしゃく）していた山東半島に上陸し、たちまち青島（チンタオ）を攻略。パラオやマリアナなど赤道以北のドイツ領南洋諸島を次々と占領していった。青島攻略では初めて九機の陸海軍の飛行機が投入された。

「欧州の大禍（たいか）は国運を発展させる大正新時代の天祐（てんゆう）である」。大隈内閣に開戦を進言していた元老の井上馨（かおる）元外相は、静岡県興津（おきつ）の別荘で病に臥（ふ）せっていたが、開戦の報（しら）せに快哉（かいさい）を叫んだ。

林太郎もまったく同じ感想を抱き、祖国の機敏な行動にパリで小躍りし、高揚感に包まれた。

（これで日本は名実ともに、押しも押されもしない東洋の大国だ）

日露戦争に辛うじて勝った日本は、まだ一等国に仲間入りした、と満足しているわけにはいかない。その軍事力が「まぐれ」ではなかったことを、国際社会に知らしめれば、ロシアが再び極東で南進する意図をくじけるだろう。これは、いまもってロシアの報復を警戒し、「ロシアは最大の仮想敵」と公言してやまない対露強硬派の林太郎が考え続けていることだった。

青島攻略では、日本の主要新聞すべてが写真入りの号外を出し、国内世論は沸き立った。十一月八日付『時事』電は「青島ついに陥落す。七千万国民が待ちに待てる快報は、ついに来たれり……見ずや、青島塞上、旭旗高秋の風に翻る処、帝国の国光、燦として万千世界に輝きつつあるを」と舞い上がった。夏目漱石の十一月八日の日記には、漱石一門の児童文学者、鈴木三重吉から届いた下谷の「伊予紋」の立派な折詰をつつき、「私は青島陥落の翌日、こういう御馳走を食べるのは愉快だ実に旨いといった」という記述が見える。

もっともこれは緒戦の戦果に調子を合わせた戯言だったのかもしれない。さすがに漱石は大戦を冷徹に見る眼力があったようで、最晩年の一九一六年（大正五年）一月に『大阪朝日新聞』に連載した随筆集「点頭録」では「自分は独逸によって今日迄鼓吹された軍国的精神が、其敵国たる英仏に多大の影響を与へた事を認めると同時に、此時代錯誤的精神が、自由と平和を愛する彼等に斯く多大の影響を与へた事を悲しむものである」と綴っている。

ロンドンでは、日本の宣戦布告が各新聞の一面を飾り、薔薇やアネモネの花があふれるピカデリー広場の花屋の前では、新聞の売り子が「日本開戦」「膠州湾砲撃」と大きく報じたビラをぶら下げていた。

十一月十二日付『東京朝日新聞』は、上海経由のロイター電を転電して「英国陸相キッチナー元帥は日本陸相に打電し、青島陥落に関し最も懇切なる祝詞を述べたり。曰(いわ)く、英軍は勇敢無比なる日本軍と相前後して青島攻囲に膺(あた)れることを誇りとすと」と報じた。

ところが、翌十三日付の同じ『東京朝日』には「青島陥落にアメリカ世論は冷静」という見出しとともに「日本に対する米国の輿論(よろん)は、まず冷静なる観望的態度とも言うべし」という記事が出る。

『ニューヨーク・タイムズ』紙は「日本の参戦は日英同盟のためでなく、欲望から出たものだ」と批判した。『ヘラルド・トリビューン』紙は「イギリスが日本の介入を歓迎するはずはない。友情も度が過ぎては迷惑である」と辛辣(しんらつ)だった。アメリカはかねてより、日本の「南進」に不安を抱いており、日本の第一次大戦参戦によって日本海軍が東シナ海や南太平洋に進出することを強く警戒した。言うまでもなく、このことが後年の日米戦争への導火線となっていく。

日本のたいていの新聞や雑誌が参戦を支持するなか、『東洋経済新報』によって立つ急進自由主義の論客石橋湛山(たんざん)は、十一月十五日号の同誌社説で「這回(しゃかい)（今次）の戦争において、ドイツが勝つにせよ負くるにせよ、我が国がドイツと開戦し、ドイツを山東より駆逐せるは、我が外交の第一着の失敗なり。もしそれ我が国がドイツに代わって青島を領得せば、これ更に重大なる失敗を重ぬるものなり」と論じた。

わたしはロンドンの支局で、大戦に抜け目なく加わった日本のふるまいを、冷ややかに伝える論調が少なくない各国の新聞各紙に丹念に目を通しながら、憤(いきどお)りを隠せなかった。

（欧州のどさくさにつけ込む。まるで火事場泥棒だっぺ）

支局の助手のリーザは「ハニュウさん、極東の日本までどうして今度の戦争に加わるの？わたしには、まるで理解できないわ」と首をかしげた。彼女の疑問はもっともだ。

これはまったく余計なことだが、日本では第二次大戦の敗戦から十八年たった一九六三年（昭和三十八年）に、ドイツ軍に立ち向かった海軍航空隊員の活躍を描いた、加山雄三主演の東宝映画「青島要塞爆撃命令」が作られている。第一次大戦を扱った邦画は珍しい。全編、妙に明るい調子だが、あれにはどういう背景があったのだろうか。

大戦の勃発に、スイス・レマン湖北岸の街ヴヴェーに滞在していた作家のロマン・ロランは絶望に陥った。開戦した八月三日の日記に「わたしはがっかりした。死んでしまいたい。こんな気の狂った人類のなかに生きて、文明の破壊を、どうすることもできずに目撃することは恐ろしい。このヨーロッパ戦争は、数世紀このかた、歴史上最大の破局であり、人類の同胞愛にたいするわたしたちのもっとも神聖な希望の破滅である」と書いた。

戦争回避に心血を注いだ英国のグレイ外相は、眼疾の悪化も重なり、無力感に打ちひしがれ、眠れない夜をすごした。

「光がヨーロッパから消えていく。もはやわれわれの生涯のあいだ輝くことはないだろう。一八七〇年から一九一四年のあいだの年月をふりかえってみれば、この時代がヨーロッパの夕映え、天候の変化の直前に美しい夏の太陽が現れるような輝かしい美しい光、嵐の直前の海面に照る、まどわすような輝きであることがわかるであろう」と友人に語った。

わたしは外務省で顔見知りになったケンブリッジ大学の歴史学の教授から、第一次大戦の意義や評価について、週末に開く緊急シンポジウムにパネリストとしての出席を求められた。「日本政府の公式な立場の代弁はできません。他に適任の方がいるのではないですか」といったんは断ったが、自由に自分の考えを述べてもらってかまわない、という話なので求めに応じた。

どうしても主戦場となった欧州大陸の動静が話題の中心になり、五人のパネリストの中で、わたしの発言の機会は少なかった。そのうち、会場の前の席に座っていた朝鮮の釜山出身で、イギリスの植民地政策を専攻しているという大学院生の男子学生が挙手をして、わたしに質問を放ってきた。

「日本は朝鮮民族の主権と自治を踏みにじり、韓国を併合しました。日本政府は両国の合意によるものだと強弁していますが、わたしはそうは思いません。強要、脅迫を伴う国際的な犯罪行為です。極東にありながら、この大戦にも加わった。これが日本がとるべき道ですか。日本の新聞記者として、埴生さんはどう考えていますか」

瞬(まばた)きひとつせず、射るような、まっすぐな目だ。

お茶を濁すことはできない。

わたしは壇上から彼に向かって返答した。

「断っておきますが、わたしは国際法上の是非を論じる立場にないし、その学識もありません。ただ、良識に従えば、韓国併合は一国の尊厳を侵し、アジアの近隣諸国の日本に対する信頼を裏切る、許しがたい暴挙だと思います。日英同盟を名目にした大戦への日本の参加には賛成できません。大陸での権益を確保する野望からの行動としか解せません」

青年はうなずいて微笑を浮かべた。

シンポジウムの後、わたしが緑濃いキャンパスを流れるケム川の畔を散策していると、質問をした青年が追いかけてきた。

「あなたのような日本人もいることに少し安心しました」と笑顔を見せた後、「ありがとうございました」と日本語で礼を言って深々と頭を下げ、走り去っていった。名を問う間もなかった。青年にまた会うことは、もうないかもしれない。遠く異郷にあって、祖国朝鮮の窮状を憂う青年の胸中をわたしは思いやった。

パリにも対独開戦とともに総動員令が出され、藤田嗣治の周囲もざわめき立ち、落ち着かなくなってくる。

戦時色を帯びて、生活物資は滞りがちで、列車は前線に出ていく兵員輸送用として優先され、パリの街からルノー製のタクシー六百台が戦場に消え、市民の足もしだいに奪われていった。馬が軍に徴用されて荷車が動かず、埋葬される遺骸が何日も街中に放置された。

年老いて徴用を免れた馬が曳く辻馬車が当てもなく客待ちをしていた。美術館や博物館は閉まり、男たちが戦争にとられて、あれほど賑わった夜の歓楽街は人気がなくなった。

嗣治はこの機会にギリシャダンスをマスターしようと思ったものの、パリからダンスの先生も消えてしまっては話にならない。モンパルナス周辺に屯していた画家たちも、ジョルジュ・ブラックやアンドレ・ドランのように兵士として従軍して戦地に赴く者、帰国して祖国のために戦う者、疎開する者、とどまる者、とさまざまだった。胸を患っていた洋画家の安井曾太郎は、天文学者の福見尚文に体を支えられ、主要作品四十五点を荷造りしてロンドンに脱出した。島崎藤村もフランス中部のリモージュに疎開していった。

「最後はドイツが負けるのだろ」。さしたる根拠もなく、なんとなくそう思い込んでいる嗣治は呑気に構えていたが、さすがにパリにも戦火が迫ることを肌身に感じざるをえなくなる。「パリは全く嵐にその花を散らされたようだ」と東京の妻とみに伝えた。

――「当地戦争の愈々始まるとて大さはぎ、こ、を逃げ出す外国人、汽車もだんく不通となる新しい紙幣が出たり店はどんどん人がいろいろ買〆て皆なくなりとうに潮（塩？）も砂糖もなくなったりどんどん高価になり市中は大さはぎ、幸い自分は無事かんづめを五六十も買込んだりいたし候、コメが手に入らず閉口、安心被下度、しかし世間がそうなって倣てなんとなく落ち着かず困り候、日本の戦争の時よりドイツが近い為め大さはぎ、兵隊がどんどん招集されて泣いている女が沢山、あはれに候、金貨ハ既に流通をさしとめられ候、車も政府に収集され、ミルクもバタも売ってハ居らず一寸面喰い候。銀行にても兼ね（金？）ハ渡さぬ由、これから先き何うなる事か、今一寸分からず候、しかし死ぬ事ハなく候、安心々々」（八月二日）。「二十世紀の戦争実施に見聞いたし居り候、幸元気よくご安心被下度候」（十月十二日）〈注2〉

パリに初めてドイツ軍航空機タウベ（鳩形の単葉機）から爆弾が投下されたのは、開戦からまもない八月三十日の日曜日のことで、ヴァルミー河岸に落ちた爆弾三個で住民二人が死亡した。この日、在フランス日本大使館が日本人へ避難勧告を出していた。しかし、まだまだ人びとは呑気なもので、毎日、ドイツ機が来襲する午後五時頃を「お茶の時間」というような気軽な調子で「タウベの時間」と呼び、モンマルトルの丘では、タウベをひと目見ようと集まる野次馬を狙って椅子を賃貸しする者まで現れた。

ロンドンに留学中の若き法学者穂積重遠（のちに東京帝大法学部長、最高裁判事）は、九月二十八日の日記に記している。

「ドイツの飛行機がパリに爆弾を落とした。エッフェル塔を狙ったものと見えて僕の宿からあまり遠くない所に落ちたらしい。宿のお婆さん定めて肝をつぶしただろう。ロンドンでも今恐れているのは空中からの攻撃ばかり。万一の用心のため夜は広告用のイルミネーションは勿論、表の灯りも大きなものはつけさせず、ハイドパークの門の上にはサーチライトを据え、こちらの飛行機・飛行船が空を回って警戒している」

石井菊次郎駐フランス大使に向かって「この丈夫な若い身体で、臆病にもパリから逃げる気にはなりません」と強がりを言った嗣治だが、一九一五年になると、パリのテラスやカフェやショーウインドーの照明は禁止された。街灯には頭巾がかぶされ、街はいよいよ薄暗くなった。サーチライトの長い光の束が交差して、パリの夜空を掃いた。街全体があき家か何かのようにひっそりとし、パリジャンたちは萎れ、逼塞した。

嗣治は書いている。

「市中のショーウインドーの大ガラスは、空気振動のために破壊するので皆紙を貼りつけた。赤、青、黄、白などのテープで、見事な花模様の図案にガラス窓は皆装飾された。……爆弾が地上コンクリートを粉砕する音響は、地の底からの呻きであって、多くの夫人は足の力を失って歩けなくなって、アスファルトの街上に坐ってしまう始末であった。私はずいぶん肩をかして引きたてつつ、間近の建物の地下室へ運び入れた」（『随想集　地を泳

ぐ』）〈注3〉

これからは軍医総監を退いた父の支援には頼らずに自立する、と大見えを切るものの、戦争で日本からの仕送りは途絶え、財布には十フラン、日本円にして四円しか残っていない。すっからかんだ。アメリカ行きの計画も頓挫し、いまだに芽が出ない貧乏画家の嗣治は、気が進まないままロンドンに疎開していった。

同じ頃にパリにいた作家のマルセル・プルーストは「数時間まえに私が見た飛行機は、蒼い夕空に褐色の斑点を昆虫のように散らしていたが、それらがいまは、部分的に街灯が消されていっそう深くなったように思われる闇のなかを、相手の船に燃える炬火を投げに行く古代の火船のように通り過ぎていた」と描写した。

この大戦のさなか、一九一五年（大正四年）一月、大隈内閣は中国の袁世凱政府に対し、山東省のドイツ権益を引き継ぐことなどを含む二十一カ条の要求を突きつける。中国政府の顧問として日本人を採用することなど、中国の主権を侵す「第五条」の存在は内外に秘匿され、これが明るみに出ると国際世論の大きな反発を呼ぶことになる。

「なぜ日本は、中国をブタ、イヌ、奴隷のように扱うのか」

袁世凱はそう言って憤った、と伝えられる。中国国内の世論は沸騰し、猛烈な反日運動や日貨排斥運動を全土に広げていくことになる。世界の目が欧州に集まる中で、第一次大戦勃発直後の参戦、青島攻略に続いて、またもや、どさくさ紛れの蛮行だ。好機到来とばかりに、日本の居丈高で、横車破りの振る舞いが続くことに、わたしは胸を匍い上がる怒りが抑えられなかった。

（キツネのように狡猾なのは、イギリスと同じだっぺ）

煙草はやらなかったが、灰皿でも叩きつけたい気分だった。

ところが意外なことに、ふだんから日本には辛口の高級紙『タイムズ』が社説で「日本の要求は至極もっとも」と日本の立場を擁護した。支局でこの社説を読んだわたしは、わが目を疑った。法学者の穂積も、手のひらを返したような論調に首をかしげ、「『朝日新聞』のロンドン特派員、杉村楚人冠が『タイムズ』の編集局に出入りして主だった記者たちと別懇となっていたからではないか」と推測したが、真相はよくわからない。

わたしはロンドンのサウス・ケンジントンの地下鉄駅から近いフラットで、ひとり暮らしだった。

　毎朝、サークルラインに乗ってシティのテンプル駅で降り、『東日新報』の支局に通った。その地下鉄の中でしばしば一緒になったのが、大衆紙『デイリー・メール』の政治記者アレックス・モリーナだ。

　アルフレッド・ハームズワースによって一八九六年に創刊されたタブロイド紙『デイリー・メール』は、高級紙の『タイムズ』『ガーディアン』などとは違って、記事の正確さは二の次に、目に飛び込んでくる派手な見出しと、大衆の興味と情欲をそそる煽情(せんじょう)的な記事で人気を博し、刊行からまもなく部数五十万を上回る急成長を遂げていた。八ページ建ての新聞の一面の題字の右横には「忙しい人のための日刊紙」と銘打たれていた。第一次大戦はイギリス人の愛国心を掻(か)き立て、血肉躍らせる読み物が求められ、右派寄りの同紙にとっては願ってもない書き入れ時となった。

　お高くとまった『タイムズ』には絶対に載らない、庶民の暮らしぶりや、前線に送り込まれたイギリス軍兵士たちの息づかい、王室のゴシップ、それに政治家や有名人の下世話なスキャンダルの噂(うわさ)などもきめ細かく伝え、わたしにとっても重宝する情報源のひとつだった。

アレックスの父親はヨークシャー出身のイギリス人の機織職人だが、母親がナポリ生まれのイタリア人で、わたしより一つか二つ年上だ。赤ら顔で、銀色の髪に、同じ銀色の口髭をたくわえている。青灰色の透き通った目をしている。海外特派員の経験はないようだが、海外の事情にもかなり通じている。ホワイトホールの官庁街での午後の記者会見の後、誘い合わせて、フリート街の老舗パブ「イェ・オールド・チェシャーチーズ」で、ビールのジョッキを傾けた。愛嬌がある鸚鵡の「ポリー」が人気の店だ。

「おれはハーフパイント（小ジョッキ）でいい」としおらしく言ったくせに、「きょうは挨拶代わりに、ぼくのおごりだ」とわたしが言うと、彼は「それはどうも」とお茶目にウインクして、次々とジョッキのお代わりをした。チャッカリしている。調子のいい奴だ。わたしが注文したフィッシュ・アンド・チップスや、タコの燻製などのつまみには「イギリス料理を口にするくらいなら、ニワトリの餌の方がまだましさ」と肩をすくめて手をつけない。「ジョンブルたちは自国の料理のまずさにうんざりして、うまい物食べたさに、七つの海をわたって世界各国を侵略し、大英帝国をつくったわけだよ」。生のスコッチも何杯か呷った。かなりいけるくちだ。ラテンの血が入っているせいなのか、アルコールが進むにつれて冗舌になる。

「君、日本にも日本式のパブがあるそうじゃないか。セイシュ（清酒）をいつか飲んでみたいものだね」

「ああ、居酒屋か。ぼくの定義ではね、居酒屋の縄暖簾をくぐらない新聞記者を記者とは呼ばない。君もいつか日本に来たら、プレミアムの日本酒をたっぷり飲ませてやる。約束する。旨すぎて腰を抜かすぞ」

「ぼくの母の里に近い、南イタリアのカンパーニャ州の冷えた白ワインにはしびれるぜ」

「いや、悪いが、比べものにならない」

アレックスは肩をすくめ、君には敵わないな、という仕草をして笑ったが、すぐに表情を引き締めた。

「極東の事情には詳しくないが、イギリスは当初、日英同盟の証として、日本にこの大戦に参加してもらいたいと願っていた。それは確かだ。ただ、日本が極東で、外交や軍事面で勝手気ままにふるまうことには警戒心を抱き始めている。ドイツ東洋艦隊の駆逐を日本に迫って参戦を求めたイギリスが、その三日後に『あれはなかったことにしてくれ』と手のひらをかえすようなことを言ったのはなぜだと思う？　日本の中国権益獲得の臭いを嗅ぎとったからさ。イギリス人のぼくが言うのもおかしいが、この国はしたたかで、エゴイスティックで、貪欲で、陰険だぞ。七つの海を支配し、世界をわが手中にしないとおさまらない。中近東でも、インドでもそうだ。清朝中国は気の毒にも、イギリスによって阿片貿易で骨抜きにされた。そのことを、君の国はわかっているのかね」

わたしは、アレックスが指摘した危惧はその通りだと思った。彼は冷静に曇りないジャーナリストの目で、自分の国を見つめている。

「口にするのも恥ずかしいが、日本はこの世界大戦に参加して、遅ればせながら西洋列強と肩を並べ、一流国クラブに入ろうという誘惑に駆られて、のぼせ上っているのさ。まったく愚かな話だよ」

アレックスは頷いた。

「その心理は理解できる。『バスに乗り遅れるな』ということだろ。ただ、日本が市場と資源を求めて中国大陸やインドシナに侵攻していくなら、この戦争が終わっても、遠からず、イギリスやアメリカの利害とぶつかる。ことにアメリカとの関係はやっかいだぜ。次の戦争への引き金を引きかねない。ちょっと考えたら、誰にだって容易に想像できる『衝突コース』じゃないか。するとだよ、ぼくと君とが、どこかの戦場で、ビールも一口も飲まずに、しらふで銃を撃ち合うのかね。君がぼくの心臓を撃つ。うーん、やられた！　おいおい、勘弁願いたいね」

アレックスは銃で撃たれて倒れる真似をしておどけたが、目は笑っていなかった。

十九世紀末に米西戦争に勝利してフィリピンを領有し、ハワイを併合して太平洋に進出した「遅れた帝国主義国」アメリカの次の標的は、満蒙を含む中国の巨大市場への参入と権益確保だった。日露戦争の結果、ロシアから日本へ移譲される南満州鉄道について、アメリカの鉄道王エドワード・ハリマンが日本との「共同経営」をもちかけてきたが、小村寿太郎外相は、多くの将兵の血によって贖(あがな)われた極東の大動脈が、アメリカの大財閥の手に渡ることに強硬に反対した。身長一四三センチと小柄で「ラット・ミニスター(鼠の大臣)」と呼ばれた小村だが、政府内の共同経営容認論をひとりで覆(くつがえ)し、アメリカ相手に一歩も引かなかった。小村の対清交渉によって、南満州鉄道防衛に日本の守備隊を置くことを清に認めさせた。これがのちに関東軍となる。

二十世紀に入ると、アメリカではホーマー・リーの『無知の勇気（The Valor of Ignorance)』のような日米未来戦記がさかんに書かれ、日本でも翻訳されて大きな話題になった。一九二〇年には樋口麗陽(れいよう)の架空戦記『小説　日米戦争未来記』が刊行された。「日米両国の衝突は日米何(いず)れかがその国是を根本的に更改(こうかい)しない限り、到底(とうてい)避け難(がた)いことで、只(た)だ時の問題であるとして、日米両国民の頭脳には、それが牢乎(ろうこ)たる先入主(せんにゅうしゅ)となり……」という一節が見える。日米関係が決定的に悪化するのは一九二四年に「排日移民法」がアメリカ連邦議会で可決されてからだが、「次の戦争」が日本とアメリカとの間で引き起こされるであろう、という予感は、かなり早くから政策立案者の間だけでなく、一般の日本国民にも広く共有されていた。

アレックスは胸の手帳に挟(はさ)んでいる妻の写真を見せ、家族の話をした。「ロンドンもいずれ危なくなる。二人の息子とともに、彼女の生まれ故郷のイーストアングリア地方のノリッジに疎開させた。十二世紀につくられた大聖堂がある古都だ」と言った。

「君、デモクラシーの強みは何だと思う？　人間がたいして賢くもなく、しばしば致命的な過ちを犯す、弱い存在であることを前提としている点さ。ぼくはデモクラシーのためにジャーナリズムは奉仕すべきだと思う」

そのうち、ドイツの哲学者のニーチェまで持ち出して「『男が熱中できるのは遊びと危機だけだ』とニーチェが言ったのは、ドイツ人にしては上出来だ。危機に乾杯！」とグラスを合わせた。

まだ、奴のことはよくわからない。しかし、十分に知的だが、イタリア人の血筋を引いて開けっ広げで快活な彼とは、なんとなく気が合うような感じがする。アレックスはその後も、ロンドンでのわたしの格好の議論相手であり、最高の飲み友だちになった。彼とはやがて、不思議な縁に導かれて、遠く上海や東京で再会することになる。

ひさしぶりにわたしはドーバー海峡を渡って、パリの凱旋門に近いシャンゼリゼ大通りに面した老舗カフェ「フーケ」で林太郎と会った。

林太郎は薄茶のツィードの上下にレジメンタルタイの私服姿だった。パリにも涙雲というのがあるのだろうか。黒い雲が低くたれこめ、いまにもひと雨来そうな空模様だ。わたしが「まずいな。ザーッと来るぞ。店の中か、せめて日除(ひよ)けテントの下の方がよくねえか」と言うと、林太郎が「いや、外がいい。外の方が安全だ」と、ほかに客がいない室外のテーブル席にこだわった。テーブルの上では、赤いシェードのスタンドが心細い灯をともしていた。林太郎は強い林檎(りんご)酒のカルヴァドスを、わたしはコニャックを注文した。

開戦前に紀子とウィーンで会ったことはすでに伝えていたが、その後の彼女の動静を問うと、眉をつりあげて「一夫、あいつのことはもう聞くな。樺家の恥さらしだ」と不機嫌になった。

気まずい沈黙が支配した。

「ロンドンにも近々、ドイツ軍機による本格的な空襲があるという噂が広がっている。気球のツエッペリン号が拝めるかな」と話すと。林太郎は「ああ、聞いている」と頷（うなず）いた。

「この前、パリのモンマルトルやサン＝ジェルマンの上空にも二機のツエッペリンが現れたさ。おれも夜中にラッパの警報音で寝入りばなを起こされて部屋の窓から見た。でかい図体だぞ。悠々と飛び回って爆弾と焼夷（しょうい）弾を落としていって七人が負傷した。そのうち三人は子どもだ」と林太郎は言った。

ツエッペリン号は一九〇〇年にドイツのツエッペリン伯爵が発明した飛行船で、第一次大戦で爆撃や偵察につかわれたほか、戦後の一九二九年（昭和四年）には世界一周の途中に東京にも飛来した。霞ヶ浦飛行場に降り立った様子を、各新聞は微に入り細に入り伝えている。四十一人の船員、二十人の乗客は帝国ホテルに宿泊し、盛大な歓迎パーティーが開かれた。詩人の北原白秋は「銀白の尾白鷲（おじろわし）」とその姿を讃えている。

大戦中、各国は新兵器開発のしのぎを削った。このツエッペリン号も、当時のドイツの最先端技術を結集した新兵器だった。

「しかしな、一夫、ツエッペリンなぞ、まだまだ、おとぎ話のたぐいに過ぎない。不細工な怪鳥だ。それどころの話じゃないぞ、この戦争は」と言うと、林太郎は表情を引き締めた。

　林太郎はあたりに目を配り、上半身をかがめて顔を近づけてきた。

「軍機にかかわることで貴様にも詳しくは言えんが、この戦争は敵味方とも、一般の住民を巻き込んだ一大科学戦、消耗戦になる。交戦各国はすでに国民所得の一年分か二年分という巨額の戦費をつぎ込んで兵員を戦場に送り込んでいる。総力戦の構えだ。前線も銃後もない。騎士道精神などくそくらえだ。自宅の庭木に水を遣っているご婦人も、揺りかごで何も知らずに眠る赤ん坊を含めて、おそらく何百万人が死ぬ」と小声で言った。

　林太郎は四月のベルギーでの第二次イープル戦において、ドイツ軍が初めてクロリン・ガスを毒ガス兵器として使った情報を聞き及んでいた。無差別殺戮をもたらす非人道的兵器の毒ガスの使用が、ハーグでの第一回万国平和会議で禁止されたことは、わたしも新聞で知っていた。

「そんな非道が許されるのか」

　コニャックがまずくなった。

　わたしは息を凝らし、林太郎を責めるような口調になった。

林太郎は少し迷っていたようだが、思い定めたように口を開いた。

「実はな、フランスも最近、もっと強力なホスゲンという毒ガスを砲弾に詰めて実験したらしい。近いうち戦場に実戦配備されるのは間違いない。やられたらやり返す。一夫、これが戦争だっぺ。人類の歴史は悍(おぞ)ましい無差別殺戮の歴史だ。道徳も人道もへったくれもない。科学者は嬉々(きき)として悪魔の手先になるんだよ」

林太郎はこの極秘情報を誰にも漏らすな、と革(あらた)まった気色(けしき)で念を押したうえで、近く自分も前線に視察に出かけると告げた。

雨がポツリとテーブルに落ちた。

結局、第一次大戦では毒ガス十五万トンが生産された。そのうち、ドイツが六万八千百トン、イギリスが二万五千七百三十五トン、フランスが三万九千九百五十五トンという大量の毒ガスを戦場に放出した。アメリカはイペリットガス（マスタードガス）などの開発に血道をあげ、大戦後にはドイツを上回る世界最大の毒ガスの生産・保有国になった。

イープル戦での世界最初の毒ガス使用については、戦後に訪欧した裕仁皇太子、のちの昭和天皇も、ベルギー国王のアルベール一世や英国王のジョージ五世から勧められ、イープルの戦跡を訪れている。

　戦争は理性を熱情の僕（しもべ）にする。

　愛国の至情に燃える文化人や学者ら、世にいう知識人という種族の生態を知るためには、またとない機会が訪れていたというべきかもしれない。

　『魔の山』で知られるドイツの高名な作家トーマス・マンは、「文明に対して文化のドイツを守るたたかい」だとしてこの大戦に熱狂し、不仲だった兄の作家・評論家ハインリヒ・マンとの対立をいよいよ決定的なものにした。トーマス・マンは、デモクラシー支持を旗幟（きし）鮮明にした兄を「文明文学者」と呼んで嘲（あざけ）った。トーマス・マンの熱狂は、戦争が始まった年の十月に、ベルリン大学、ゲッティンゲン大学、ハイデルベルク大学、イエナ大学をはじめ、ドイツ国内の大学のほぼ全教員にあたる三千十六人の学者が署名した「ドイツ帝国大学教師声明」に結晶化している。

「ヨーロッパ文化全体のために、その幸福は、ドイツのいわゆる『軍国主義』が勝ち取る権利にかかっている、というわれわれの信念は、それ自体人間としての節操であり、一致団結した自由なドイツ民族の祖国に殉（じゅん）じる勇気である」

署名した学者の中には、哲学者のカール・ヤスパース、エトムント・フッサール、エルンスト・カッシーラー、神学者のエルンスト・トレルチ、ノーベル物理学賞受賞者のマックス・ブランクらの名も見える。

ドイツ帝国国歌「皇帝陛下万歳」がファナティックに響きわたるような高揚感。のぼせ上った空疎（くうそ）なことばを連ね、集団幻想に酔っぱらっているとしか思えない。いや、集団発狂と言った方が当を得ているだろうか。

ファシストと軍国主義者だけが、鉄砲を担（かつ）いで太鼓を叩き、進軍ラッパを吹き鳴らしたわけではなかった。それより十年ほど前、日本で同じようなことが起きている。

日露戦争の開戦直前に、東京帝国大学の六人の教授、学習院大学の一人の教授が、桂太郎内閣の弱腰外交を難じ、対露強硬策を政府に迫った「七博士意見書」だ。このうち、帝大の三教授は、戦争終結後も、ロシアから賠償金も領地もふんだくれと主張し、ポーツマス条約締結にも反対した。国内の新聞報道によって、国民は連戦連勝の夢に酔いしれていたぶん、条約の成果に落胆した。

「日露戦争は傷だらけの勝利だった。（日露戦争の実態についての）情報を持たないので

は、いくら東大の教授でも、四歳か五歳ぐらいの子供の知能とさして変わりはありません
な」

ポーツマス条約締結に怒り狂った群衆による一九〇五年（明治三十八年）の日比谷焼き討ち事件に触れて、そう語ったのは司馬遼太郎だった。

第四章　塹壕

後田（うしろだ）富男は頭を抱えてうずくまった。

　富男にまもなく召集令状が来て、兵隊にとられるのではないか、という噂が広がったのだ。長兄が夜陰に紛（まぎ）れて出奔（しゅっぽん）したあと、南総・御宿の貧しい小作農家を切り盛りしてきたのは自分だった。初老にさしかかった母のひさ、年が離れた妹と弟も食べさせていかなくてはいけない。

（おかしいでねえか。一家の大黒柱には赤紙は来ねえはずだ。それに、おら、もう三十一歳だっぺ）

　思い当たる節がなくはなかった。

　小作料は物納が原則だ。作柄が悪く米価が下落すると、地主の収入も減るため、地主たちは「生活防衛策」として小作料の引き上げに走る。

　当時の小作料は極めて重い。この地域の米の収量はよくて一反歩（一千平方メートル）あたり五、六俵（一俵は六十キロ）。小作料は毎年、三俵から三・五俵というところだが、前年は四俵一斗に跳(は)ね上がっていた。これほどの年貢を納めるとなると、家には一年分の米飯も残らない。しかもここ数年は旱魃(かんばつ)とひどい冷夏で、作柄は悪く、足元を見られて買い上げ価格も落ちている。

　富男は地主に、小作料の引き下げや支払いの猶予を頼んで頭を下げ、役場にも一再ならず掛け合ったが、どこでも門前払いにされた。思い余ってある日、役場で「おれたちに飢え死にしろというのか。天子様（天皇）は貧乏百姓をお見捨てなさるのか。おれたちも天子様の赤子(せきし)であることには変わりないだっぺ」と声を荒らげ、駐在所の巡査が飛んできた。

　その日の夜には、つきあいが長い町の顔役が訪ねてきて「富男、赤(アカ)みてえに、滅多なことを口にするでねえ。不敬罪でしょっぴかれるっぺ。おまのところだけでなく、みな苦しいんだ。がまんしろ」と言い含めた。

　狭い農村共同体では何より波風を立てる男が嫌われ、警戒される。ほんとうに召集令状が来るのかどうかはわからないが、厄介者を追い出す手立てとして役場や警察が考えつきそうなことではあった。

　富男は「農民が団結して窮状を訴えるしかあるめえ」と、集会を知らせる手書きのビラを何十枚もつくって近所を説いて回ろうとしたが、村人は流行(はや)り病を避けるかのように、後難を恐れて戸を閉め、富男に近づこうとしない。軒下に置いてきたビラは読まれることなく捨てられた。かかわると祟りがある、とでも言い出しそうな様子だ。

ひさのお気に入りだった遠縁の綾瀬文子とは、二年前に婚約していた。文子の父親は気が気でなかった。ある夜、「富男さあは大丈夫かの。いろいろ妙な噂を聞くで」と心配顔でやってきた。明治の半ばから、あたりでは旱魃のたびに「雨乞い」（雨祈り）を続けてきた風習がある。父親は「富男さあが音頭をとって男衆で雨乞いをやるのはどうだっぺ」と言ってきたが、これまでも効果があったためしがない。富男は生返事をしただけだった。

息子がいたたまれなくなった母親のひさは、一計を案じた。

彼女の実家の群馬県高崎市の小さな絹織物工場の経営者だった兄が急逝し、その後継ぎ探しに難儀していた。ひさは「われ（おまえさん）のためだけじゃねえっぺ。お願えだ。妹や弟のことも考えておくれ」と渋る富男を説き伏せ、富男は高崎に移り住むことになった。見ず知らずの土地だし、工場経営など思いもよらない。だが、少なくとも、ここよりはましな暮らしができるかもしれない。富男から毎月、一定の金を仕送りする話もまとまった。子守の手がなく、幼い弟を背中にくくりつけていた農耕牛は手放したが、田圃は二反だけ残し、ひさや子どもたちで面倒をみることにした。

しかし、ひとり娘の文子が富男に嫁(とつ)いで遠く高崎に行ってしまうことには彼女の年老いた両親が泣いて反対し、許嫁(いいなずけ)のまま村に残り、両親の世話を続けた。

◇

大戦は三年目に入っても、連合国軍と枢軸国軍との一進一退の攻防が続き、西部戦線は膠着(こうちゃく)状態に陥っている。

緒戦の東部戦線でのタンネンベルクの戦いでは、ドイツ軍がロシア軍を撃破した。その勢いを駆ってドイツ軍は中立国ベルギーからフランスに侵入してパリを目指したが、フランス軍が急襲し、パリ東方三十キロメートルのマルヌ川付近でマルヌ会戦が繰り広げられた。

三十キロといえば、ほぼ東京―横浜の距離。目と鼻の先だ。

この会戦でドイツ軍は塹壕(ざんごう)に新鋭のＭＧ０８機関銃を据え付け、フランス軍やイギリス軍の兵士をなぎ倒した。ことにイギリス軍は旧式の歩兵の突撃に頼るばかりで、いたずらに死傷者の山を築いた。たとえるなら、長篠・設楽原(したらがはら)の合戦で、織田信長の三千丁の鉄砲隊の前に、武田勝頼の騎馬軍団が総崩れになった、と伝えられるようなものだ。迂闊(うかつ)に出ていけば「悪魔の絵筆」と恐れられた機関銃によって総なめにされ、たちまち蜂の巣にされる。大戦中の死傷者の八〇％が機関銃の犠牲者だったといわれるほど、圧倒的な威力を発揮した。

しかし、「マルヌの奇跡」と呼ばれ、哲学者アンリ・ベルクソンが「ジャンヌ・ダルクがマルヌの会戦を成功に導いた」と感慨にふけったように、マルヌ会戦は最終的にフランスに女神が微笑み、ドイツは退却を余儀なくされる。ドイツ第一軍はエッフェル塔が望める地点まで進軍したが、パリはすんでのところで陥落を免れた。極度の神経衰弱に陥ったドイツのフォン・モルトケ参謀総長（小モルトケ）は、その責任を問われて職を解かれた。

まずフランスを六週間で屈服させ、次いで鉄道網を使い、踵（きびす）を返してロシアを叩く――「シュリーフェン・プラン」の時間表ははなから狂い、「短期決戦決着」というドイツの目論見（もくろみ）は泡と消えた。戦線を強引に広げたドイツは、東西両面での困難な戦いを強いられることになる。

ドイツの自由通過要求を拒み、侵略を受けた中立国ベルギーの執拗（しつよう）な抵抗も、ドイツには誤算だった。これは余談になるが、ベルギー国民の奮戦ぶりに感激した『朝日新聞』の村山龍平社長は、愛蔵の日本刀一振りをロンドン駐在の杉村楚人冠（そじんかん）を通して、フランス西部のダンケルクに避難していたベルギー国王アルベール一世に献上した。二月三日付『東京朝日』は「白国(ベルギー)皇帝謁見」の見出しとともに、太刀の写真を添えてこのイベントを伝えている。

しかし、ドイツが屈服したわけではない。両陣営が独仏国境線沿いの、土嚢(どのう)の外に兵士の死体が放置されたままの塹壕に籠(こも)って対峙(たいじ)し合う、文字通り泥沼の長期戦を覚悟せざるをえなくなる。

塹壕は要するに、巨大な蟻(アリ)塚だ。腰をかがめて狭いクリークを這(は)いまわるほかない。塹壕に十日も暮らすと、そこが運河の底かどこか、わからなくなる。いや、自分が人間だったか、蟻だったか忘れてしまう。低湿地の底には泥まじりの雨水が溜まってぬかるみ、猫かと思うほど大きな鼠が背嚢(はいのう)の中にあるパンの一片を嗅(か)ぎつけて、兵士の顔を攀(よ)じ登る。顔も体も洗うことができない不衛生極まりない環境で、兵士たちの間には得体のしれない伝染病が広まった。ひどい水虫や疥癬(かいせん)に悩まされる兵士も少なくなかった。

アンリ・バルビュス夫妻は開戦当時、南フランスのロゼール県の山間の保養地オーモンで優雅に休暇を過ごしていた。役場の触れ太鼓が響いてきて、戦争への動員令が知らされ、別荘の壁のペンキ塗りをしていたアンリの休日は突然、破られた。四十一歳のアンリは、肺に問題を抱えていたが、志願兵として第一線に向かい、北部戦線のある塹壕にたどりついた。彼はのちにゴンクール賞に輝いた小説『砲火』に書いている。

「戦争って奴は、おそろしい、この世のことども思われない疲労であり、腹までつかる水であり、泥であり、汚物であり、眼もあてられない汚さだ。戦争とは、かびのはえた顔、ぼろぼろになった肉、貪欲（どんよく）な大地のうえにただよう、もはや死骸とも思われないような死骸だ」

敵国ドイツをやっつけさえすれば平和を勝ち取れる、と考えて戦場に赴（おもむ）いたアンリだったが、それは甘かった。戦争の相手はドイツではなく、軍国主義の元凶である好戦的な気分であることに気づく。

「戦争精神をたたきつぶしてしまわなけりゃ、戦争はなくならねえぞ！」

だれも、家に帰って優雅にダンスに興じたいなどとは思わない。糊がぱりっときいた清潔なシーツが張られた、ふかふかのベッドに潜りたいとも思わない。一時間でも、一分でも早く、この凶暴な地獄から這（は）い出したい。望みはただそれだけだ。どっちが勝とうが、世界がどうなろうと、知ったことか！

穴の下に蹲（うずくま）って、生きるために残された時間を、どうやって空費したものか。低い板天井の隙間（すきま）から漏れる日光を頼りにポーカーなどのカードをしている連中もいるが笑い声は起きない。陰気な賭博だ。

「賭けるか」

「よーし、次は何を賭ける」

「アムステルダムで買った上等の乗馬靴だ」

「じゃあ、おれはロンジンの中古の懐中時計」

同郷の二人の若いフランス軍兵士は暇つぶしによく賭けをしていたが、分隊のあばずれ連中の間で、この二人のうちのどちらが先に弾に当たって骸（むくろ）となるか、賭けの対象になっていることを二人は知らない。

ドイツ生まれで、ジャーナリスト出身の作家エーリッヒ・マリア（パウル）・レマルクは小説『西部戦線異状なし』で、主人公のドイツ軍兵士パウルにこう言わせている。

「戦線というものは、まるで籠（かご）だ。僕らはその中で、神経を尖（とが）らして、ある起こるべきことを待っていなければならない。僕らは砲弾の弧（こ）が縦横に交叉（こうさ）する下にいて、何もわからないものに対して緊張して生きているのである。僕らの頭の上に浮かんでいるものは、ただ偶然があるのみだ。弾丸が飛んでくれば、首をちぢめる。これがすべてである。どこへその弾丸が当たるか、そんなことははっきりわからないし、またどうすることもできやしない。

　こういうふうにすべてが偶然だと考えると、僕らはどうでもよくなってしまうのである。二三カ月前であったが僕は掩壕（塹壕）にいて、骨牌をやっていた。しばらくすると僕は立ち上がって、ほかの掩壕にいる知り合いを訪問に出かけたものである。そこで帰って来てみると、そこにいた連中は、跡方もなくなっていた。大きな奴が当って、綺麗に粉砕されてしまったのである」

「蒼ざめた蕪のような顔の色、惨めな恰好で掴んだ手、この哀れな犬の悲しい勇敢、それはともかく、突進し、襲撃しなければならないのだ。この哀れな健気な犬は、おどおどしているために、大きな声を上げて叫ぶことさえあえてしないのである。ただ胸や腹や腕や足をやられながら、小さな声で母親の名を呻き呼び、人に見られると、すぐ止めてしまうのである」

　日露戦争での二〇三高地の旅順要塞をめぐる血みどろの白兵戦が蘇ったかのような、古典的な肉弾戦が繰り返された。長大な塹壕を掘り進む両陣営の工兵は、互いの掘削(くっさく)音に耳をそばだてながら、まるで海中をソナーで探り合う潜水艦戦のような神経戦を演じた。

「総力戦」は何も人間ばかりではない。部隊の移動に使うため、連合国軍では同盟国や植民地から八百万頭ともいわれる軍馬が集められ、ロバやラクダも武器や食糧の輸送に駆り立てられた。カナリアは毒ガスの探知に使われた。

　一方でこの戦争は、最先端のテクノロジーを詰め込んだ新兵器の見本市だった。機関銃だけでなく、飛行機、戦車、潜水艦などが次々と投入され、それまでの戦争の形態を一変させた。これらに使われたエンジンは石炭を使う蒸気機関ではなく、石油を燃やす内燃機関に代わっていき、石油によるエネルギー革命が進行していく。

「次世代兵器」の中心になった飛行機は、大戦中、両軍合わせて二十一万千四百三十機が生産された。ドイツのゴーダーⅣ重爆撃機は、高度五千メートルの上空からロンドンを空爆した。敵機八十機を撃墜したドイツ陸軍の撃墜王マンフレート・フォン・リヒトホーフェンが駆った三枚翼のフォッカー「レッドバロン(赤い男爵)」は、名機として戦史に名を残した。

　第一大戦中の戦闘機パイロットとなると、「バロン滋野(しげの)」こと滋野清武(きよたけ)の名を挙げないわけにはいかないだろう。

男爵滋野清彦の三男として名古屋に生まれ、フランスに渡って音楽学校に遊学するが、折からのライト兄弟の活躍による飛行機に心奪われ、フランスの飛行学校で操縦技術を習得するという異色の人物だ。

第一次大戦が始まると、清武はフランス陸軍に出頭して従軍を志願。ランス近郊のV（ヴォアザン）24中隊の大尉に任命され、技量に優れていた清武は空中戦に挑んでアス（エース）の一人としてドイツの敵機を公認未公認合わせて七、八機を撃墜。レジオン・ドヌール勲章やクロワード・ゲール勲章（戦功十字勲章）を受章している。

清武は実に筆まめで、故国の母房子によけいな心配をかけまいと、折に触れて近況を知らせている。

「遠くに御居でになってわたしの飛行を御覧にならないから御心配も御尤もですが少しも危ないことはありませんから御安心下さいまし。若し私の飛ぶ処を御覧になれば成程あれなら大丈夫と御思ひになると存じます。兎に角フランスで選り抜きの者ばかりの飛行将校の中に居るのですから。母上は廊下でお転びになったそうですが、私の飛行するのは母上が縁側を歩かれるより遥に大丈夫です」

「私の居ります処は無論戦地ですが、飛行隊はいつでも一番後ろで飛行隊が敵弾の為に破はされない処にありますから、敵弾が届かぬので誠に暢気です。時々は敵の飛行機が爆弾などを投下しますが、我が機影を見止むればすぐに逃げますから大したことはありません。夜などは砲声を聞ながら光弾サーチライト等をながめながら寝てゐます」（一九一五年七月十四日付）

初めのうちは、かくも自信にあふれて強気そのものだった清武だが、戦争が進むにつれて、心境は変化する。自分が発射した機銃弾で断末魔の表情を浮かべて墜落していくドイツ軍パイロットのことが頭から去らず、とても戦果を自慢する気にはなれなくなった。

スペインに近いフランス領バスク地方に生まれた、『ボレロ』で知られる作曲家のモーリス・ラヴェルは、フランス陸軍のパイロットに志願した。だが、小柄で「体重が規定に二キロ足りなかった」ために希望はかなわず、トラック輸送兵として従軍した。ある日、通りかかった誰もいない古城に、一台のピアノがあるのをみつけたラヴェルは、心静かにショパンを弾いたエピソードが残っている。

林太郎がパリでわたしに語ったように、この戦争には前線も銃後もない、大量無差別殺戮が繰り広げられ、焼けただれて炭となった無辜の市民たちの骸が、どれほど戦場に、街角に、ころがっただろうか。

無差別大量殺戮というと、スペイン内戦中のドイツ空軍によるスペイン・バスク地方の古都ゲルニカへの空爆をはじめ、満州事変直後の関東軍参謀、石原莞爾中佐の立案による中国の錦州空爆、日中戦争での重慶への空爆などが知られるが、それらに先立つ第一次大戦当時から、すでに無辜の市民を巻き込む無差別爆撃は存在したのだ。しかも、都市への無差別爆撃はドイツ軍に限ったことではない。フランス軍もドイツのエッセンやカールスルーエなどの都市を爆撃した。カールスルーエでは公演中のサーカスのテントに爆弾が落ち、多くの子どもたちが犠牲になった。

――一九一六年二月、林太郎は大戦最大の激戦地となり、仏独双方で七十万人以上の死傷者を出すことになるフランスのヴェルダン要塞をめぐる戦いを、連合国側の観戦武官団に加わって視察した。

フランス陸軍の広報官からは、後衛の安全な陣幕にとどまるよう強く求められた。同道したオランダの将校は「やめておけよ。砲弾で粉々にならなくとも、爆風で目や耳がやられる。後悔するぞ」と忠告したが、林太郎は「少しでもこの目で最前線を見ておきたい」と言い張って、塹壕まで給水タンクを運ぶ軍用トラックに便乗した。

戦場に臨むのは、これが初めてだった。「史上最大の会戦」と言われた日露戦争の奉天会戦でも、日露双方の戦死傷者は十万人だった。けた違いの殺戮（ホロコースト）が、近代文明の先進地、欧州で起きようとしていた。

ヴェルダンはミューズ川の谷にまたがるところで、ケルト語で「強い堡塁」を意味する古くからの要害の地である。遠くルイ十四世の時代から、城塞戦の要とされてきた。ヴェルダンの戦いでは、両軍で二千万発以上といわれる膨大な数の砲弾が飛び交った。奉天会戦での日本陸軍の砲弾消費量は三十三万発だったというから、そのもの凄さがうかがわれるだろう。「砲戦で地上を耕す」という形容は、けっして大げさではなかった。

林太郎の耳にも、鼓膜が破れるほどの砲弾の破裂音が絶えることなく響く。地響きがして、塹壕の壁がひずみ、崩れ落ち、兵士たちの会話が止み、ガシャーンという音を立てて、ランプが地に落ちて砕け、暗闇になった。

大隊長と呼ばれていたフランス陸軍の大佐が蠟燭をかざした数人の部下を引き連れて観閲巡回に来た。林太郎を認めると、首にかけたドッグタグ（認識票）をチェックしてから、

「あなたのことは聞いています。最前線まで来て頂いたのは光栄で感激ですが、ここは死と隣り合わせです。いのちがあるうちに退去してください。まもなく、もっとひどいことになるはずです」と無表情で言った。窪んだ眼が暗く異様に光っている。

林太郎に琺瑯引きのカップでコーヒーをサーブしてくれた若い兵士がいた。小太りで、両頬が赤く、人懐っこい。東洋人としゃべるのは初めてらしい。

「君はどこから？」

「ボルドーの近くの村で両親がパン屋をしていて、ぼくもそこで働いています。パン屋は朝が早いし、ほんとうは、もっと楽に金が稼げる隣町の自動車の修理工場に行きたいのですけれど」

銀色のロケットペンダントを首から下げているのに気づいた。

「それはだれだい？」

学校のクラスメートだったというガールフレンドの写真だった。彼女は生まれながら、目が不自由だったという。兵士はペンダントに頬ずりし、軽くキスをした。

「当番の斥候任務が終わったら、また来ます。いえ、斥候と言っても、土嚢の隙間からジュメルマリン製の太短い双眼鏡を突き出してあたりを見渡してくるだけだから安全で、なんということはありません。ズボンのボタンを開けて、ナニを出して、用を足すくらいのものです。アハハ。あとで日本の話を聞かせてくれますか。たぶん、一生、行くことはないと思うけれど」と屈託なく笑ったが、それきり、戻ってくることはなかった。

　塹壕の隅のにわか作りの椅子に腰かけていると、照明弾が花火のように打ちあがって夜空を焦がし、続いて「ヒューン」と不気味なうなりをあげて飛んでくる砲弾の音を聞く。橙（だいだい）色の閃光が上がり、硝煙の臭いが壕（ごう）に立ち込める。そのたびに、今度こそここに落ちて、自分の体は跡形なく砕け散って死ぬのだ、と縮（ちぢ）み上がって目を閉じた。死の恐怖が繰り返す海嘯（つなみ）のように襲ってくる。

　砲弾の衝撃でまた、ランプが大きく揺れて割れた。唾液は枯れ、喉がカラカラに乾き、配給されたカメムシ型の革製の水筒はすぐに空になった。凍える寒さなのに、べっとりとした脂汗（あぶらあせ）が首や背中にまとわりつき、漏らした尿がズボンをつたう。いくら手で押さえようとしても、わなわなと五体の慄（おのの）きが止まらなくなった。

　取り替えられたランプの明かりが灯ると、目や耳をえぐられて顔中を血だらけにしてうめく戦傷者、手足が吹き飛ばされて虫の息の兵士らが、急ごしらえの救護所に昼夜を問わず担（かつ）ぎこまれていく。壊れた眼鏡がくっついた肉片や脳漿（のうしょう）が担架（たんか）から、ふやけた昆布のようにぶら下がっている。気がふれて、火がついた煙草(たばこ)をくわえたまま、銃剣で自分の胸を突き刺す若い兵士も目撃した。彼はまだ幸福な類(たぐい)かもしれない。自分で生きる意欲も死ぬ気力もとっくに失(う)せて、ただ痩(や)せさらばえていくにまかせる兵士も少なくなかった。

　戦場の死は厳(おごそ)かな栄光と敬意の御旗(みはた)に包まれるものだと、林太郎は夢想して来た。白雪のごとく崇高で汚(けが)れなき死…。その通り、それは夢想以外の何ものでもなかった。死は引きちぎられた醜い肉片であり、黒く焼け焦げて炭と化した骸(むくろ)だった。

　彼らはオギャーと生まれたときから、こうして泥と血と糞尿にまみれて、砲弾に木っ端みじんに砕かれて、惨めに死んでいく宿命を背負わされていたのだろうか。それとも、ばかばかしい偶然に弄(もてあそ)ばれて、縁もゆかりもない荒地で、足をすくわれ、どす黒い千仞(せんじん)の谷に突き落とされる破目になったのか。いったい、古代ギリシャの昔から脈々と流れてきたはずの欧州の理性信仰は、なぜ、かくも易々と非条理の前にひれ伏すのか。だとしたら、生きることに意味などあるのか。

　これ以上の地獄がこの世にあるとは思えない。

　林太郎は混乱した。

（林太郎よ、お前は勇敢で、誇り高い大日本帝国軍人じゃなかったのか）

ぶざまな自分を叱咤したが、恐怖は去らない。少年時代に御宿の海辺で、一夫や富男、嘉吉に「泣き虫、弱虫」とからかわれたことを思い出した。「死ぬことは恐れない」と三島丸の船上で一夫に強がりを言ったが、虚勢にすぎなかった。頭でっかちで、元来が繊い硝子細工のように臆病なたちの自分は、戦争の本質を何も理解していなかったのだ。自分に忠告したオランダの将校が「そら見たことか」とせせら笑っている気がした。初めて、軍人になったことを後悔した。

しかし、そのうちに、なんとか思い直した。

（いつまでも怯んでいるわけにはいかない。この試練を乗り越えて初めて、真の帝国軍人になるのだ。おれは前に進まなければならない）

この恐怖と屈辱は生涯、けっして誰にも口外しまい、と心に誓った。

血みどろの争奪戦となったヴェルダンの戦いは三百日近くに及び、ドイツの猛攻撃に耐え抜いたフランスが最後に薄氷の勝利をつかんだ。ヴェルダンの攻防戦がまだたけなわの頃、北フランスのピカルディー地方、ソンム川流域でも「ソンムの大虐殺」と呼ばれる激戦がかわされた。わずか二時間の間に両陣営の六万人の若い兵士たちが死傷した。六世紀の東ローマ帝国のユスティニアヌス帝の時代、一日に一万人の犠牲者を出したというコンスタンティノープルのペストなども、平凡な記録に過ぎないと思わせるほど、根気比べだけの無益な消耗戦だった。イギリス軍は史上初めて小口径砲や機関砲を備えた四十九両の戦車（タンク）を投入したが、まともに使えた車両は限られていた。結局、ヴェルダンが戦争の転機、天王山になった。

大正期に、西南学院中学部でキリスト教神学、哲学、歴史などを講じた波多野培根（はたのますね）の日記には「ヴェルダンに於ける仏軍の大逆襲（形勢変）仏軍はヴェルダンに迫れる独軍の陣地に大逆襲を加へ、先きに失へる諸堡塁（ほるい）を奪還し、且（か）つ独兵三千五百を捕虜とせり▽二月廿壱日、独軍、ヴェルダンの総攻撃を開始せり、仏軍善（よ）く防ぎ八ヶ月の後、独軍の羅馬尼亜（ルーマニア）方面に送兵してヴェルダン正面、手薄となれるに乗じ、仏軍は大逆襲を為して成功せるなり」とある。

いつの世にも、戦場の兵士の間で愛唱される歌がある。

第二次世界大戦ではドイツ軍兵士の間で歌い継がれ、やがて連合国軍兵士にも広まったララ・アンデルセンの「リリー・マルレーン」が知られているが、イギリス軍兵士の愛唱歌はヴェラ・リンが歌う「また会いましょう（We'll meet again.）」だった。第一次大戦では、アイルランド中部の小さな田舎町チッペラリーからロンドンに出て来た若者が、故郷に残してきた彼女を懐かしむ「チッペラリー」という歌が広く歌われた。

ちなみに、この歌は大戦後も欧州、アメリカ、そして日本でも流行した。大正期の「浅草オペラ」で上演された創作ミュージカル『女軍出征』でも歌われていたようで、宮沢賢治の童話『フランドン農学校の豚』にも「チッペラリーの笛」としてその名は登場する。

戦争の帰趨（きすう）がうっすらと見え始めた一九一七年二月、ロシアで世界を揺るがす大事件が起きた。

「二月革命」（グレゴリオ暦では「三月革命」）でロマノフ朝のツァーリ専制政府が倒れ、各地で労働者や兵士による「ソヴィエト」が成立したのだ。亡命先のスイスから、ウラジーミル・レーニンがよく知られた「封印列車」に乗って、ドイツ領内を無停車で通過し、スウェーデン、フィンランド経由で、四月十二日にロシアの首都ペテログラード（現サンクト・ペテルブルク）に帰り着き、ボルシェビキ（のちの共産党）を率いる指導者に就いた。レーニンは「全権力をソヴィエトへ」と社会主義革命と権力奪取を主張。この年の「十一月革命」で、戦争の即時停止を訴えていたボルシェビキが国内闘争に勝利し、権力を完全に掌握する。

といっても、当時のロシア人口のうち労働者は二%に過ぎず、ほとんどが農民だった。「労働者もほとんどいないところでプロレタリア権力が生じた」（ロシア研究家の下斗米伸夫氏）のだった。

追い込まれたドイツは、地上戦でのはかばかしい成果が手にできない一方で、Uボート（アンダーシーの船の略称）が英国の輸送船などを次々に葬っていることに味をしめた。もはや、そこに勝機を見出すしか残された道はない。ルーデンドルフ将軍は第二次無制限潜水艦戦争の指令を出すが、これが仇となる。

アメリカ国内のドイツに対する世論は硬化していた。

一九一五年五月八日付『ニューヨーク・タイムズ』の号外は、ニューヨークからリバプールに向かっていたイギリス船籍のキューナード汽船会社の大型客船ルシタニア号がアイルランド沖で、ドイツのUボートに無警告のまま撃沈され、推定千二百六十人が犠牲になったと速報した（死者は実は千百九十八人）。アメリカ人百二十八人が命を落とした。

ドイツはこの事件で国際社会の激しい非難を浴び、北大西洋での無制限潜水艦作戦は中断されていた。しかし、それが再開されるとなると、アメリカもさすがに「洞ヶ峠(ほらがとうげ)」を決め込むわけにはいかない。他国の戦争に干渉しない「モンロー主義」をかなぐり捨て、アメリカ議会は上院、下院とも圧倒的多数で参戦を決議する。そうなれば、ドイツは万事休すだ。誰の目にも、もはや戦争の継続は不可能だった。

ただ、ルシタニア号の撃沈からアメリカの参戦までは二年近い時間が経っており、この事件がアメリカ参戦の直接の引き金になったわけではない。大西洋をはさんで、イギリスとアメリカとの間では、凄まじいまでの神経戦が繰り広げられていたのだった。

ウォータールー駅に近い、明かりを落とした薄暗いパブで、休暇中らしい若い三人の水兵がギムレットを呷(あお)っている。アレックス・モリーナは、彼らの目を気にしながら、わたしに囁(ささや)いた。

「取材してみると、ぷんぷん臭う。ドイツはあの海域を『戦闘水域(War Zone)』に指定し、民間船舶も攻撃対象となることを事前に重ねて警告していた。イギリスはアメリカを戦争に引きずりこむために、敢えて知らんぷりをして、Uボートにルシタニア号を撃沈させた、とは考えられないか。つまり、見殺しだよ」

「まさか、自国の客船と国民をむざむざと犠牲にするかい」

「いや、連合国の軍部の間では当時からそうした噂が立っていた。黒幕の一人はウィンストン・チャーチル海軍相（のちに首相）じゃないかとね。一笑に付すことはできない。イギリスという国は顔色一つ変えずに、そのくらいのことを平気でやってのけるさ」

「つまり、手の込んだ詐術（さじゅつ）というわけかい」

「そうだったのかもしれないな」

日本は大戦も終盤近くになって、剣ヶ峰に立つイギリスのたっての要請もあり、病院船を含めた輸送船団の護衛任務のために、駆逐艦による「第二特務艦隊」総計十七隻を順次、地中海に派遣した。艦隊がマルタ島に着いた時には、Uボートによる連合国船舶の損失は地中海だけで九十四隻、約二十二万トンにのぼってピークに達していた。とりわけ、ドーバー海峡によって欧州大陸と隔てられた島国のイギリスは、開戦前から食料品の六〇%を輸入に頼っており、海軍の石油備蓄も残り三カ月分を割っていた。輸送船やタンカーの安全確保は焦眉（しょうび）の課題である。

後日、アレックスから支局に電話があった。

「カズオ、聞いたか。日本海軍の駆逐艦が地中海でUボートにやられたぞ。イギリス海軍がいま情報を確認している」

「えっ、沈んだのか？」

「それはわからないが、魚雷をくらったのは間違いない。気の毒だが、艦首や艦橋は吹っ飛んですっかり海の藻屑になったそうだ。カズオ、このニュースで日本国内の好戦派が勢いづくことなるのか。それとも反戦機運が高まるのか。君の意見はどっちだ？」

アレックスはさすがに情報が早いし、分析が鋭い。

「いや、ありがとう。これから取材してみるよ」と言って電話を切った。

わたしは初耳だった。また、まんまとアレックスに特ダネを「抜かれた」わけだ。日本のライバル紙でないだけ、まだましか。ライバル紙はどうやらこの事件をまだ知らない。

日本の海軍関係者の口は重かった。この事件は日本国内では伏せられたが、調べてみると、大破してクレタ島に曳航されたのは駆逐艦の「榊」だった。上原太一艦長はじめ五十九人の乗組員が戦死していた。のちに、攻撃したUボートは、ドイツのものではなく、オーストリア＝ハンガリー帝国海軍の所属とわかった。

地中海への駆逐艦隊派遣は、日英同盟に基づく「情誼（じょうぎ）」ばかりとはいえない。日露戦争の日本海海戦での参謀で、「本日天気晴朗ナレドモ浪（なみ）高シ」と大本営に打った名文の出撃電報で知られ、日本を歴史的大勝利に導いた秋山真之（さねゆき）少将は「地中海への艦隊派遣で貢献すれば、戦後のわが国の地歩にも役立とう」と力説した。秋山の目論見（もくろみ）どおり、この貢献が高く評価されて、戦後、日本は「戦勝五大国」のひとつとしてヴェルサイユ会議への参加が許され、発足した国際連盟の常任理事国の地位を勝ち取ることになる。

しかし、日本の駆逐艦隊が波濤（はとう）万里を越え、遠くインド洋を渡り、スエズ運河を抜け、地中海で連合国海軍と共同行動をとる。そんなことは、数年前にだれが想像しただろうか。日本艦隊が終戦までに護送した軍艦、輸送船はイギリスを中心に七百八十八隻にのぼり、連合国各国の海軍に大いに感謝された。敵がうようよといる危険海域では昼夜の別なく総員哨戒（しょうかい）の態勢をとって、任務を忠実に、整然とこなした日本海軍の力量と練度は賞賛された。その一方で、艦隊を極東から地中海まで遠征させるほどまでに急速に軍事力をたくわえてきた、日本に対する世界の警戒感を呼びさますことにもなる。

歴史の大きな曲がり角だったかもしれない。

翌年十一月、キール軍港での水兵の反乱が引き金となって「ドイツ革命」が起きた。ロシア革命にならって、百を超える都市に労兵協議会（レーテ）が成立し、南ドイツのミュンヘンでは「バイエルン社会主義共和国」の独立が宣言された。キール軍港での反乱の翌日、ミュンヘンでドイツ復興について講演したナショナリストで社会学者のマックス・ウェーバーは、革命を「血なまぐさいカーニバル」と呼んで反対した。

そして、この混乱の極にあったミュンヘンの地から、戦場で毒ガスにやられた眼の治療をようやく終え、ドイツ国防軍の情報宣伝係に抜擢されたひとりの男が、歴史の表舞台に踊り出ようとしている。

男の名はアドルフ・ヒトラーといった。

これは戦争中にはほとんど知られなかったことだが、一九一七年から一九一八年の冬にかけて、ドイツ国内では七十六万人の餓死者が出た。前線におけるドイツ軍の死者百八十万人のうち四二％が餓死者だった（藤原辰史『カブラの冬―第一次世界大戦期ドイツの飢餓と民衆―』）。「世界強国（ヴェルトマハト）」をめざして、海軍力を増強したものの、連合国による海上封鎖が食糧の破滅的な枯渇に結びついた。体力が弱っているところに、スペイン風邪が襲いかかる。

このときの「パンへの不安」、飢えの苦しみという民族のトラウマが、ドイツ革命をもたらしたし、東方に入植地を求める「生存圏のための闘争」というヒトラー・ナチスのスローガンを、ドイツ国民が熱狂的に支持し、やがて第二次世界大戦を導いていくことになる。

民族にわだかまる恨(うら)みと憎悪は、かくして増幅していく。

平たく言うなら、第一次大戦は「終わりそこねた戦争」であり、第二次大戦を育てる「苗床(なえどこ)」だったのだ。

強気の対外膨張一点張りの「新航路」政策を推進した「カイザー」ことドイツ皇帝ヴィルヘルム二世は、左右両端をはね上げたカイザー髭(ひげ)で知られ、威風堂々とした君主の印象を与えたが、見かけによらず気が弱かった。「開戦は早ければ早いほどわが方に有利です」と訴えたモルトケ参謀総長の口車に乗せられて戦争を始めたことを今ごろになって悔やみ、廃位されて中立国オランダに亡命した。

オーストリアは一九一八年十月、ハンガリーの独立を承認する。この大戦争で、ドイツ、オーストリア＝ハンガリー、オスマントルコ、そしてロシアの四つの帝国が、まるで魔法をかけられて蒸発したかのように、そろって地上から姿を消したのだ。

一九一九年（大正八年）六月二十八日、サラエボ事件からちょうど五年目の日である。対独講和条約がヴェルサイユ宮殿で調印された。物見高い世界中の新聞記者たちがヴェルサイユに殺到し、祝砲が打たれた。一千万人とも、一千二百万人ともいわれる戦死者を出し、文明を破壊し尽くし、新兵器以外は何も生まなかった狂気の戦争がようやく終わろうとしている。

長かった暗いトンネルの先に明かりが見え、パリのモンパルナスも解放感と自由な空気に包まれつつある。芸術家たちもしだいに戻り始めていた。

ほぼ一年を疎開先のロンドンで過ごした藤田嗣治も戻ってきていた。自然と心も浮き立ってくる。ある日、パリに近い行楽地ル・プレシ＝ロバンソンまで汽車に乗り、島崎藤村らと一緒に遊んだ。男ばかりではつまらないからと、モデルをなりわいとする三人のフランス人女性も誘った。広い栗林の中のレストランに陣取り、藤村はワインを水で薄めて飲んだ。

嗣治はドランブル通り五番地のアパルトマンに一九一七年（大正六年）三月から暮らし

始めていた。ここに初めてアトリエを構えた。このアトリエはのちに、嗣治に影響を受けた十二歳年下の洋画家で、一九二五年（大正十四年）にパリに渡る岡鹿之助が借りることになる。

いまだ嗣治は無名に近かった。

三日も何も口にせず、芋一個だけの日もあった。生活費は底をつき、ベッドやナイフ、スプーンなどの什器（じゅうき）類まで売った。

それでも毎日二枚ずつ描く水彩画を一日に七フラン五十サンチームで買い取ってくれる奇特な画商が現れ、暮らし向きはわずかながら上向いていた。三か月後、水彩画百十点を集めた初めての個展がラ・ポエシー街のシェロン画廊で開かれ、旧知のピカソも会場に姿を見せて、三時間以上も嗣治の絵に向かい合った。パンフレットの表紙には箔（はく）をつけるためだろうか「帝国陸軍参謀本部藤田将軍の子息、ツグハル・フジタ」という紹介文が載った。詩人で著名な美術評論家のアンドレ・サルモンは、そのパンフレットに「古来のスペクタクルを異国の鏡が反射する光で蘇らせた藤田の芸術はあらゆる喜びを与えてくれる」という序文を寄せた。

噂を聞き及んだわたしは、彼のアパルトマンからほど近い「カフェ・ラ・ロトンド」で嗣治と落ち合った。嗣治と会うのは大戦が始まる年一九一四年の二月以来のことだ。

フランス語の響きは美しい。フランス語とフランスに狂おしいほどの恋をしたのは永井荷風だ。「自分はいまだかつて、英語に興味を持った事がない。一語（ひとこと）でも二語（ふたこと）でも、自分はフランス語を口にする時には、無上の光栄を感じる」「ああ！　わがフランスよ！　自分はおん身を見んがためにのみ、この世に生まれて来た如く感ずる」と『ふらんす物語』に書いた。

フランス語で春のことをプランタン（printemps）という。口に出すと、音の響きがよく、いかにも若々しい感じがする。パリの春には「待ち焦がれた明るさ」がある。この日もそんな春の一日だった。

嗣治はわたしのことをよく覚えていた。

「あなたがまだ欧州にいたとはね。ワインがそれほど旨くて離れられなかったのですかな」

酒をたしなまない嗣治がそんな軽口をたたき、愉快そうに笑った。

戦争の暗い影は、嗣治には微塵（みじん）も差さず、自分の才能をついに開花させることがなかった祖国日本への郷愁も格別に沸かないようだった。東京の妻とみとは、ロンドンへの疎開中に離別していた。

おかっぱ頭にロイド眼鏡、奇抜な服装は変わらない。野心も相変わらずだ。しかし、あの頃に比べて、ともかくパリで初の個展を成功裏に開けた嗣治には、パリ画壇で生きていく確かな手ごたえのようなものをつかみ、いちだんと活力が漲(みなぎ)っていた。創造への意欲が身体じゅうに渦巻いていた。国境を越えゆくボヘミアンの覚悟、というのだろうか。嗣治はまったく例を見ない新しい日本人、いや国際人として、時代を切り開くかもしれない。

わたしはポーズ写真付きのインタビュー記事「新星フジタ画伯が初のパリ個展　ピカソも来訪」をまとめ、東京に打電した。


嗣治はその後、裸婦を題材にした新たな作品に挑むことになる。「すべての地球上に存在する万物の中で、女の美しい表面の女体ほど優美なものはない」。それは嗣治が画家仲間や画商に口癖のように言っていたことだ。

その理想のモデルが、ブルゴーニュの田舎町生まれで、やがて「モンパルナスの女王」として君臨することになるキキ、ことアリス・プランだった。モノトーンに近い独特の乳白色で、真珠のように滑らかな肌を表現し、平面的な画面構成が目を引く『横たわる裸婦』

は、三十六歳になっていた嗣治の会心の作品となり、各界から賞賛を浴び、嗣治の元には大枚四千フランが舞い込んだ。

以下、嗣治の『随筆集　地を泳ぐ』から――〈注4〉

冷たい秋風が吹く夜、外套（がいとう）の襟（えり）をたててアトリエにやってきたキキに、嗣治は紙幣の束をさしだした。

「さあキッキー、温かいものを食べにゆこう。美味（おい）しいものをウンと御馳走しよう！」

大金を手にした嗣治はキキを誘ったが、キキはなぜかためらった。

「フジタ！　チョット待っててね。このお金で、あたし……着物を買ってくるわ」

外套の下は裸だった。モデル代を要求しなかったキキは一フランの収入もなく、自分の着物まで売り払ってパン代にあてていたのだった。

嗣治の前途に光がさし、アフロディテ（愛と美の女神）が微笑（ほほえ）む。

嗣治のアパルトマンでは土曜日ごとにパーティーが開かれ、芸術家や美術愛好家が集い、第一次大戦後の「エコール・ド・パリ」時代を代表する画壇の寵児（ちょうじ）へと階段を駆け上っていく。その後、嗣治にはフランス政府から、シェバリエ・レジオン・ドヌール五等勲章が贈られた。

「狂騒の時代」が扉を開けつつある。

萎れかかった花が、太陽の燦燦とした光と水を浴びて息を吹き返したように、芸術家たちがパリに戻った。やがてファシズムの嵐が吹き荒れるまでの束の間であったにしろ、不条理な戦争とスペイン風邪の恐怖から解放された若者たちは、パリの街に溢れ、都市はアール・デコ建築によって変容し、既成のものを否定し、破壊するダダイズムの風潮と、パーティーに酔いしれていく。アフリカ系アメリカ人の歌手でダンサー、ジョセフィン・ベーカーが、パリで活躍するのもこの時代だ。

アメリカの新聞記者アーネスト・ヘミングウェイや、スコット・フィッツジェラルドが麗しきパリを謳歌し、若き日の小説家・劇作家、獅子文六（岩田豊雄）も一九二二年（大正十一年）に私費留学生としてフランスに渡り、パリの学生街カルチェ・ラタン地区に住んだ。身重のフランス人妻を伴って文六が帰国するのは三年四カ月後のことである。

アメリカでは、クーリッジ大統領の政権のもと、フランスと軌を一にしたように空前の繁栄と消費文化をもたらした「狂騒の二十年代」「ジャズ・エイジ」を迎える。一九二七年にはスウェーデン移民の息子で無名の青年チャールズ・リンドバーグが、単発の「スピリッツ・オブ・セントルイス号」を駆って、ニューヨーク―パリ間の大西洋横断無着陸飛行に成功し、喝采を浴びた。ニューヨーク・ヤンキースの主砲ベーブ・ルースが本塁打六十本の新記録を打ち立てるのもこの年だ。

ただし、同じ「狂騒の時代」でも、欧州とアメリカでは、その色合いがいくつかの点で異なる。エコール・ド・パリという、いかにもコスモポリタン的な美名の陰で、ユダヤ人排斥や外国人と前衛美術に対する憎悪が頭を擡げ始めていた。

主戦場となって、くたびれ果てた欧州のさんざめきは、埋火の残照に過ぎなかった。欧州の古い秩序は崩れ去り、喪失感にうちひしがれた欧州には、冷んやりとした影が差し、「白鳥の歌」を歌っていたのかもしれない。第一次大戦を境に、世界政治のグローバル・パワーの重心は、はっきりと欧州から大西洋を越えてアメリカへと移っていった。新たなルール・メーカーとして、アメリカが世界史の檜舞台に躍り出ていく。

「其巨大ナル財力ト無限ノ資源トヲ擁スル」アメリカの台頭を、日本にいながらもっとも正確に見通していたひとりは、晩年を迎えていた元老山縣有朋だった。明治以来の天皇制国家の屋台骨を支えてきた山縣は、国民的人気はさっぱりだったが、単に狭量な国権絶対主義のイデオロギーの信奉者と片づけるわけにはいかない。パワーバランスの変化にはまことに鋭敏で、柔軟な国際感覚を備えていたと言うべきだろう。

一九二〇年（大正九年）にフランス郵船のアンドレ・ルボン号で洋行し、マルセイユからパリに到着した皇族の東久邇宮稔彦王（のちに海軍大将、敗戦直後の首相）は、「花の都」の印象をこう記している。

「パリのガード・リヨン（リヨン駅）に着いたが、此処も戦争中、手入れがしてなくて、停車場を初め、前の広場、ホテルへ行く間の道路もずゐぶん汚かった。わたしが考へてゐたパリとはまるで違ってゐた」

「町の人は皆、質素な服装で、殊に婦人は大抵喪服か黒がかったくすんだ着物を着てゐた。日本で想像したような、ケバケバした服装をしたフランス人は殆んどゐなかった」

戦勝国のフランスでさえ、それほど大戦の爪痕は深かった。

鹿島茂氏は『パリの日本人』の中で、狂乱の二十年代が到来するのは、アメリカからのドルが大量に流れこんで、フランス経済が立ち直りをみせてからのことだった、と記している。

◇

高崎に移り住んでいた、富男の話に戻らなければならない。

小さな絹織維工場の経営者におさまっていた富男のもとに召集令状が舞い込んだのは、欧州での戦争が終わったばかりの一九一八年暮れのことだ。

（勘弁してくれよ。もう、戦争は終わったのじゃねえのか）

何が背景にあったのか皆目わからない。しかし、役場に事情を尋ねることも許されず、陸軍高崎歩兵第十五連隊に二等兵として入営した。

「すぐ戻ってくる。しばらく預かってくれねえか」

富男は工場の経営を、もっとも信頼していた同い年の従業員の男に託した。御宿町の母のひさは、悲嘆のあまり床に伏した。

ことの発端はロシアでの共産革命だった。

大戦の戦勝国となったイギリス、フランス、アメリカ、そして日本の間では、ソヴィエト・ロシアに対する恐怖感が日増しに高まりつつあった。いまや「カイザー」なきドイツに代わる最大の脅威は、世界共産革命の輸出を目指すソヴィエト・ロシアなのだ。「ロシア国内にとどまるチェコ兵捕虜の救出」を口実にした軍事干渉によって反革命勢力（白衛軍）を支援し、あわよくば共産主義政権を転覆させようという目論見(もくろみ)から、シベリアへの派兵が浮上した。

第一次大戦で、ほとんど力を損なわずに、かすり傷を負った程度で戦勝国の「うまみ」を味わった国が二つある。

それが、アメリカと日本だ。

フランスでも、イギリスでも、第一次大戦の戦死者の方が、第二次大戦での死者よりも圧倒的に多かった。遅れて第一次大戦に参加したアメリカでさえ約十二万人が戦死したが、高みの見物的な参戦だった日本の戦死者は四百十五人に過ぎなかった。

しかも、日本は大戦中、空前の特需景気に沸いた。わけても、造船業などの製造業は開戦時の五倍以上に成長した。巨万の富を手にした「にわか成金」の実業家が世に溢(あふ)れた。輸出が増えたため、正貨が大量に流入し、物価は四年間で約二倍に上昇した。大正天皇の即位に国内は奉祝気分に溢(あふ)れて「御大典景気」と呼ばれた。戦争に便乗した水ぶくれの不良企業が世に溢(あふ)れ、永井荷風は一九二一年（大正十年）に発表した短編小説『雨瀟瀟(しょうしょう)』に「その頃世の中は欧州戦争のおかげで素晴らしい景気であった。株式会社が日に三ツも四ツもできた」と書いている。いまでいう「バブル経済」みたいなものだったろう。極東の貧乏国が一夜にして、大英帝国に金を貸すまでの債権国にのしあがっていた。

身の程知らずの慢心が、シベリアに目を向けさせる。日本の食欲はさらに旺盛になった。シベリア出兵問題のきっかけは、一九一七年（大正六年）十二月の連合国最高軍事会議でフランスが「日米両軍によってシベリア鉄道を占領し、ドイツのロシア侵入を防いでもらいたい」と提案したことだった。

日本国内では、パリ大学やリヨン大学で学び、フランスとの関係が深かった本野一郎外相らが、さかんに単独派兵論を訴えていたが、アメリカの出方がよくわからない。長州閥の総帥、元老山縣有朋ははなから出兵反対というわけではなく、アメリカなどとの共同出兵の必要を唱え、あわせて撤兵の条件を本野らに問うた。「わしは一介の武弁（武士）」と称した山縣は「およそ刀を抜くときには、まずどうして鞘におさめるか、それを考えた後でなければ、決して柄に手をかけるものでない」という言葉を残している。帝国議会や論壇でも反対論、慎重論がまさって外相は孤立していた。

『東洋経済新報』によって立つ急進自由主義者、石橋湛山（戦後に首相）は「蓋し一部の軍人、時代遅れの（出兵論を唱える）九博士、事を好む浪人等を除き、苟しくも相当の思慮分別あり、真面目に国を憂うる誠意の士は、一人として西伯利亜出兵に反対せぬものはない」（「不出兵を中外に明示せよ」）と出兵反対の論陣を張った。

一月十七日の同誌社説では「私は繰り返して言う。日本は、今ここで立ち止まって考えなおさなければ、近い将来に、多大な困難に遭遇することになるだろう」と書いている。

福島県二本松の出身で、当代の傑出した警世家である、アメリカのイェール大学教授、朝河貫一の論評を引いておこう。一九二〇年（大正九年）四月、東京帝国大学史料編纂所の友人、三成重敬にあてた手紙だ。

「世界は全般的に大戦の緊張を離れて、いくらか余裕が出てきたと思うまもなく、重大な新問題がつぎつぎとあらわれ、各国とも奇怪な状況を呈している。こうした新展開によって、われわれは明らかに新時代を迎えようとしているが、従来の経験では対処できなくなってしまい、各国ともあわてふためいている」「旧式な目でしかロシアの改造運動をみないので、その刻々に変遷していく姿を認識できないでいる……世界革命の急転時代に、日露戦争ごろの思想で行動するならば、必ず日本はおそるべき損害を受けるであろう」

朝河は、七十八歳と高齢で病気療養中だった実業家の渋沢栄一にも、シベリア出兵を憂慮する手紙を送った。渋沢からは「ただ嘆息（たんそく）するばかりである」との返信があった。

ただ、言論界も出兵反対論の一色かというと、そうとも限らない。大正デモクラシーの担い手で、論壇の寵児（ちょうじ）だった吉野作造は「出兵に何の合理的根拠ありや」と、基本的には派兵を是としない立場ながら、石橋らの絶対反対論とは一線を画し、現実政治を俯瞰（ふかん）して、ウラジオストクへの「限定的派兵」なら容認する方向にしだいに傾いていった（ただし、後年、撤兵が本格化した頃には、吉野は再び非戦論に戻っている）。

幕が上がる前に、舞台はすっかり整っていた。

この頃、陸軍上層部の間では、上原勇作参謀総長、田中義一参謀本部次長を中心に「チェコ兵救出に、兵力の援助も敢えて辞さず」という方向で、すでに内々の調整が進んでいた。シベリアと日本をたびたび往復し、寺内毅（たけし）首相や上原勇作参謀総長ともひそかに通じて暗躍していたのは、参謀本部第二部長の中島正武少将（陸士一期）だった。第一次大戦中には観戦武官としてロシア軍に従軍した中島少将は、ロシアをめぐる事情に精通していた。

チェコ兵救出はしかし、言ってみれば「お題目」に過ぎなかった。上原参謀総長の一九一八年九月一日付の日記が、あからさまなほどに、その事情を伝えている。

「真意は、我国の東亜に於ける位置と利害に鑑み、専ら我の力を以て東露の秩序を回復し、他国に比し、之に対する一層緊切なる利害関係を保持し、一層有力なる発言権を保有するに存す」

日露戦争にかろうじて勝って、日本は南サハリン（樺太）を手にしていた。「このうえ日本海の北側、沿海州をわがものにすれば、日本海は内海になる」。それは、田中義一がしばしば公然と訴えていたことだった。

アメリカが限定的な共同出兵を提案したこともあって、山縣は「それならば」と容認論へと態度を変える。このへんが潮目を見るのに敏いというか、老獪なリアリスト山縣の面目躍如というところだろう。政友会の原敬はなお反対の旗を振り続けたが、本心は必ずしも絶対反対というわけではなく、大きな障害は取り除かれて、大勢は決した。

一九一八年（大正七年）八月二日、寺内正毅内閣はシベリア出兵を内外に宣言した。正式の宣戦布告ではなかった。同十二日には最初の陸軍部隊一万四千人がウラジオストクに上陸した。

「前代未聞の瀆武といえる」

瀆武の瀆は、冒瀆（ぼうとく）の瀆だ。難しい言葉をつかって大正七年のシベリア出兵を手厳しく批判したのは、司馬遼太郎だった。「瀆武」とは道理をはずれた戦争で、武の権威を汚す、というほどの意味だろうか。司馬は日本がましな国だったのは日露戦争までだった、と断じた。「シベリア出兵からは、キツネに酒を飲ませて馬にのせたような国になってしまった」という司馬の巧みな比喩はよく知れている。

うべなるかな。しかしながら、「日露戦争までの日本は清く正しく美しかった」とでもいうような、手放しに近い明治礼賛論には与（くみ）しがたい。大正時代になって、いきなり日本が肩を聳（そび）やかし、まっとうな道から踏み外してしまったわけでもないだろう。

ともあれ、高崎にいた富男の臨時召集も、シベリア出兵決定のあおりを受けたのだった。

（シベリア？　そりゃまた寒いところだっぺ）

シベリアについて何の予備知識もないまま、翌年四月、第一大隊に所属する富男は青森港から軍艦に乗ってウラジオストクに降り立つ。まだ異国の春は浅く、シラカバやアカシアの林越しに望む三角錐（さんかくすい）の山々は白銀に覆われていた。

墨絵のような淡い濃淡の世界の中に、黄やピンクのシベリアヒナゲシの花が咲いている。

富男は幼いころから花に親しんできた。わけても畦道にひそやかに人知れず咲く、野薔薇や菫みたいな小さな花が好きだった。ここでも、名も知らない花弁の花がそよ吹く風に揺れているが、どんな花でも気ままに自由を奪われることなく、自分よりはよほど幸福だと羨ましくなった。

「富男よ、人の一生は籤引きみたいなもんじゃ」

（おかあは、昔からそう言っていたが、おれは籤運が悪すぎねえか）

母のひさや、妹と弟、許嫁の文子、そして幼馴染みの友垣たちの俤が次々と瞼に浮かんだ。

（おれは何しにこんな、縁もゆかりもねえところまで来たっぺ。ロシア人を殺しにか？ロシア人に会ったこともねえし、何の恨みもねえ。こんなことになるなら、雲助か泥棒にでもなった方がよっぽどましだっぺ）

なんだか、人生に騙された気がした。

それからしばらくは行軍も突撃もなく、拍子抜けするほど、何もない穏やかな日が続いた。近くの川では投げ網で鱒が捕れた。日本兵を「ヤポンスキー」という蔑称で呼んで小馬鹿にしている、というロシア・ソヴィエトやパルチザンの赤衛軍の兵隊にそもそもお目にかからない。

〽雪の進軍氷を踏んで、どこが河やら道さへ知れず、馬は斃（たふ）れる捨ててもおけず、此処（ここ）は何処（いづこ）ぞ皆敵の國〜

兵舎では酒盛りのたびに、兵士たちがメートルを上げ、日露戦争中につくられた軍歌や、お国自慢の民謡などを高吟した。尽きない夜咄（よばなし）に、閨（ねや）に連れ込んだ女の色香の自慢をして鬱（うつ）を散らした。湯呑をカネの箸で叩いて、ぶつぶつと南無妙法蓮華経を唱える初老の男もいた。富男は馴染めず、そうした場からそっと抜け出して、ロシア兵が残した鉄製のベッドに潜り込むことが多かった。

極北の地でも、兵舎には無数の蝿（はえ）と蚊が群がり、天井が真っ黒になるほどで、頭から毛布をかぶらないと眠れなかった。兵舎のガラス窓からは、月明かりに照らされて、雑木林の中に淋しく葬られた、戦病死した陸海軍将兵や日本人居留民の小さな墓標が見える。クレゾールの消毒液の臭いがどこからか、部屋に立ち込めてくる。

そのうち、富男は群馬の水上（みなかみ）の農家の三男坊だという横井昌夫二等兵と懇意になり、話をするようになった。歳は二十二歳。ずいぶんと自分と離れているが、同じ小作農家の出身とあって、弟のような気がして可愛がった。昌夫は剽軽（ひょうきん）な男で、気取りがなく、古典落語が好きだった。

ある日、富男が歩哨（ほしょう）に立っていると、背の高いロシア人婦人が、製材所の裏の、なだらかに起伏した丘の上の草叢（くさむら）の道をつたって家に戻るのが見えた。富男はひそかに心をそそられた。

「上品で、人がよさそうなご婦人だっぺ。せっかくロシアにまで来たのに、ロシア人を一人も顔も知らないで内地に帰るのもちょっとつまんねえ。ご挨拶に行くか」と昌夫に声をかけた。「ええっ、面倒なことになるだんべ」と昌夫は二の足を踏んだ。「馬鹿、別に軍紀に背くような悪いことをするわけじゃねえ。おれがそんな男に見えるか、昌夫」と富男は笑った。

非番の日の昼、湯を沸かしてむさい髭（ひげ）を剃り、当て布で補修した着古した軍服を着て、日本から持ち込んだ群馬の駄菓子や乾麺（かんめん）を手土産に、黒い板塀（いたべい）の家の厚いドアをノックした。三八式歩兵銃や拳銃は兵舎に置いてきた。

アナスタシア・スベトラーニは、丸腰の日本兵を怖がる風でもなく、微笑みながら二人を迎え入れた。亜麻色（あまいろ）の髪の毛をした幼い男の子が、絨毯（じゅうたん）の床を這（は）い、にこにこ笑って愛嬌をふりまいていた。「マルティーン、マルティーン」と彼女は呼ぶ。そうか、マルティーンという名なのか。昌夫は床にかがみこみ、「マルティーン、ほらこっち向いて。プルプルプル」と剽軽なひょっとこの真似をして、突き出した口を震わせ、あやした。マルティーンは喜んで、見慣れない東洋人の顔を、涎だらけの手でぐじゃぐじゃにして撫でまわした。アナスタシアは手を叩き、それから口を両手で押さえ、涙を浮かべて笑った。

亭主がいるのかどうか、わからない。言葉がまったく通じないので、会話は成り立たなかったが、身ぶり手ぶりで、彼女が昼食を食べていけ、と言っているのは理解できた。富男と昌夫はそろって手を合わせて礼を言い、何度も頭を下げ、彼女の厚意に甘えることにした。

トナカイの干し肉の細切れとジャガイモ、豆の煮込みは、久々に味わうご馳走だった。「ピローグ」という名の、ほぐした鮭の身を小麦粉でくるんで焼いたもの（焼きパイ）も、もちろん初めて口にする。涙が出るほど美味かった。いや、昌夫は肩を小さく震わせ、噎び泣いて食べていた。彼女は台所の柱に凭れたまま、食事に熱中する二人の異邦人の男を、ブロンドの髪をときどき指でかきわけながら、嬉しそうに眺めていた。

まだそれほど寒い季節ではなかったが、ペチカで燃えるシラカバの焚き木がパチパチと音を立ててはぜた。赤い縮れ毛の犬のぬいぐるみや、繕(つくろ)いかけの、白鳥のつがいの図柄のクッションがペチカのそばにあった。彼女はサモワールで湯を沸かし、二人はシロップを入れた甘いロシアンティーを堪能した。苺(いちご)ジャムを舐(な)めながら、熱いティーをすすっていると、どこからかオオカミの遠吠えが聞こえてくる。真冬の厳しさと寂しさは想像に余りあるが、できるものなら、いつまでもいたくなる心地よさだった。

（御宿(おんじゅく)もいいが、シベリアも案外いいところだっぺ。ロシア人もおれたちと同じだ。人間同士、何も変わらねえ）

　富男は初めてそう思った。

帰り際に玄関で富男が「ハラショー(すばらしかった)」「スパシーボ(ありがとう)」とわずかに覚えたロシア語で礼を言って敬礼すると、アナスタシアは柔らかく微笑み、「また、来てください」と初めて片言の日本語を口にした。彼女の胸に抱えられたマルティーンは、すっかり昌夫が好きになったらしく、別れだと知るとぐずった。彼女は丘の向こうに二人が見えなくなるまで、見送ってくれた。

　富男はある日の早朝、タイガと呼ばれるシベリア特有の針葉樹林の間を縫い、鯨か巨獣の白骨のような倒木の横を抜けた。さらに菖蒲の生えた汀を辿り、わずかに凍らずに、ちょろちょろと清水が湧いている池の畔に、ひとりで秋の野草を採りに行った。遠くに、高崎からも望める榛名富士に似た秀麗な稜角を持つ山が見えた。水晶のような尖った霜柱が立つ鹿の子斑の地面から、可憐な白百合とともに、ヨモギやホトケノザなどが顔を出している。それらを背負った竹籠一杯に摘んだ。お浸しにすれば朝飯のおかずになる。その帰り途でのことだ。

幽かに霧が立ち込めてきた一本道を下っていると、前方に巨大な塊が立ちふさがっている。

――虎だ。

富男は兵舎で古参の上等兵が少し前に、遠くで虎を見た、と興奮して話していたこと思い出した。

「シベリア虎よ。アムール虎とも言うらしいな。とにかくでかい。あんなのに森の中で出逢ったらひとたまりもねえ。エゾシカもトナカイも、ときにはヒグマも食っちまうそうだ」

富男と虎は十五メートルほどの距離だろうか。虎の眼光炯炯とした目が、まっすぐに富男の目をとらえている。朝の光を跳ね返して、毛皮が艶やかに金色に輝き、額にはくっきりと「王」の字が浮かび上がっている。小銃は兵舎に置いてきていたが、そんなものは役に立たない。どこにも逃げ場はない。

富男は観念した。

（そうか、おれもこれでオダブツか。昔、ばあちゃんから、「お釈迦さまは前世、飢えた虎の親子の前に身を投げた」という話を聞いたことがあったっぺ。しかし、こんな淋しいところで虎に喰（く）われて死にたかねえなあ）

富男はゆっくりした足取りで前に歩き出した。靴底で踏む土がところどころ凍っていて、薄い氷が割れ、パリパリと音を立てる。虎は太い肢（あし）を大地から生やしたように仁王（におう）立ちし、みじろぎもしない。距離が詰まる。ここで走り出したり、慌（あわ）てた様子を見せたりしようものなら、たちまち跳びかかられて命はない。富男はそのまま虎のすぐ横を無表情で通り抜けた。

でかい。体長二メートルはゆうにある。喉をゴロゴロと鳴らしている。虎の吐く息づかいや、体温までたしかに伝わってきた。

（恐れてはならねえ。ひたすら敬うのだ）

虎は襲って来なかった。

富男はけっして振り返ることなく、一本道をゆっくりと下って行った。虎はじっと富男を見送っている気配があった。

すっかり離れたところまで来ると、心臓が早鐘を打ち、全身から汗が噴き出した。身体じゅうから湯気がたっている。極限の恐怖から解放された安堵感はあるが、それよりも、富男の心をつかんでいたのは、太古の昔から森の奥にひそむ王者のごとき、虎の神々しいまでの美しさと威厳だった。

（朝の光の中で、おらと虎は、この世に生きとし生けるもの同士、あの瞬間、間違いなく心を通わせていたっぺ。あいつは獲物を倒すための銃も、爆弾も持たない。ひたすらに純粋で、矜(ほこ)りに充ち、侵しがたいほどに神聖だ。それに比べれば、人間様なぞは惨(みじ)めで汚ねえもんだ）

かつて、房総半島の鴨川の山中で、一頭の牡鹿(おじか)と出くわしたことを思い出した。そのときの鹿はおびえきっていて、視線を交わす暇(いとま)もなく、踵(きびす)を返すと森の中に逃げ込んだ。あの虎はまったく違う風格を漂わせていた。

富男は自分が生きてきた中で、これほど輝かしく、おごそかな、魂が交差した一瞬があっただろうか、と考えた。あの心の高鳴りを何に譬(たと)えればよいのだろう。もしかすると、あの虎は富男が幼い時に死んだ父の生まれ変わりだったのかもしれない。自分を襲うどころか、ずっと、遠くから自分を見守ってくれていたのではないか。この稀(まれ)な経験が、自分だけが特別に天から贈られた宝物のように思えてきて、昌夫にも誰にも話さなかった。

霧は晴れ、雲の合間から菫(すみれ)色の空がのぞいた。

昌夫の水上の実家の農家も、地主の過酷な取り立てに喘(あえ)いでいた。そこに政府からシベリア出兵が発表されると、米商人や投機家たちは軍隊に高く売れると当て込んで、大量の買い占めに走る。売り惜しみもあった。そのせいで、市場に出回る米が不足して値上がりした。これに怒る富山の漁村の主婦たちが輸送船への米の積み出し中止を求めて立ち上がった。

フランス革命では、パンを求める女性たちが国王ルイ十六世や王妃マリー・アントワネットが暮らすヴェルサイユ宮殿までの二十キロを行進した。ロシア革命でも首都ペテログラードで、国際婦人デーに合わせて数万人の女性労働者が「パンと平和」を求めてデモを繰り広げた。「かまど」を守る女たちの悲痛な叫びが革命の狼煙になった。

七月二十四日付『富山日報』には「窮乏せる漁民、下新川郡魚津町の漁民は、近来不漁続きにて大いに困憊なし居る上、米価はますます暴騰するより、その日の糊口に窮するもの続出し、ついにやりきれなくなったと見え、二十二日夜より寄り寄り集会を催し居りし結果、窮状を町当局へ迫らんとする形勢ははなはだ険悪となりたる……」とある。

八月五日付『大阪毎日新聞』は「女一揆起る　出稼漁夫の女房連百七八十人」の見出しを掲げ「女だてらに巡査に抵抗するもありて数名の負傷者を出し……」と書いた。

この富山が発火点となって、米の安売りを要求する民衆が商人や地主、精米会社などを襲って警官隊と衝突した。この動きは、大阪、岡山、広島、福島などたちまち全国に広がって、最終的には全国で七十万人以上が加わり、「米騒動」として知られることになる。名古屋の鶴舞公園に集った五万の群衆は警官隊や陸軍第三師団と激突した。一種の内乱状態といっても差しつかえないだろう。政府は鎮圧にのべ九万二千人の軍隊を動員した。

歩兵第十五連隊を送り出した高崎市でも内田信保市長が「目下米価非常ニ暴騰シ、各所ニ不穏ノ情報アリ、本市ニアリテモ相当ノ救済ヲ行フニアラザレバ、何時如何ナルコト勃発スルモ難計ク」と切迫した事態を群馬県に急報した。

八十歳の元老、山縣有朋は米騒動をきっかけに社会主義思想が国内に広がることを甚(はなは)だしく恐れた。一九一八年（大正七年）一月、目白の椿山荘(ちんざんそう)に客を招いた折には「レ（ー）ニン主義に感染したる露国在住の日本人などに接して彼(か)のレニン主義の黴菌(ばいきん)が我が軍隊に蔓延するやうの事あらば、是れぞ国家の大事にして、殆(ほと)んど之(これ)を救済するの途(みち)なかるべし」と顔を曇らせた。

危機感を漲(みなぎ)らせた政府は、言論統制を強める。

当時の検事総長平沼騏一郎(きいちろう)（のちに枢密院議長、首相）は寺内毅首相、後藤新平内相から「朝日新聞の政府反対が甚(はなは)だ強硬、激烈で傍若無人(ぼうじゃくぶじん)なのは、政府として至極迷惑なので、何とかしてこれを弾圧退治する方法を講ずるべきだ」としきりに迫られていた。

大阪のホテルでの寺内内閣糾弾記者大会を報じた八月二十六日の『大阪朝日新聞』夕刊の記事の中に、「白虹(はっこう)日を貫(つらぬ)けり」という、中国の『史記』や『戦国策』に見える故事を引いた個所があることに当局はかみついた。これは天皇に対する兵乱のような凶変の兆しを意味しているのではないか。「朝憲紊乱(ちょうけんびんらん)の疑いがある」として発売が禁止された。さながら、徳川家康が方広寺の鐘の銘の「国家安康」「君臣豊楽」に因縁(いんねん)をつけ、豊臣家を滅ぼしたようなもので、言いがかりもいいところだった。

ついで編集責任者と記者の二人が新聞紙法四一条（安寧秩序）違反容疑で起訴された。大阪中之島公園で、黒龍会系の数名の右翼の暴漢に襲われ、麻縄で縛られ、ステッキで打たれた村山龍平社長は、筆禍事件の責任を取って辞任し、なんとか廃刊の危機を免れた。世に「白虹事件」と呼ばれ、わが国の言論史上に名をとどめる弾圧事件である。

もちろん、いまとは時代が違う。日本国内の農村の窮状がシベリアに駐留する日本の軍隊、それも下級兵士にまで伝わることはほぼない。ただ、給仕当番で将校数人の昼食の用意をした時、彼らが「日本はどうなる。過激な民衆運動がえらく広がって、ピリケン（寺内首相のあだ名）も抑えきれずに辞任した。内地はえらくがたがたしているそうじゃねえか」「越中女一揆はロシアの革命のようなことになるのかのお」と話していた声が昌夫らの耳に届いた。

噂はゆっくりとだが、ころがるたびに大きな塊になる雪達磨のように、富男や昌夫がいた部隊の間に広まっていった。「一揆」という言葉が富男の頭の中で点滅した。

煉瓦を積み重ねただけの粗末な造りの兵舎に吹き込む隙間風が、頓に冷たくなった。もうすぐ白い悪魔の冬がやってくる。

「やっとこさ（どうにか）水上さ帰ってもさー、おらの家はいつまで米がつくれるか、よい（容易）じゃねえがね。富男さん、日本のお国はいったいどうなるだんべ？　おらは何しに、こんなとんで（とても）寒いとこにおるべ？」

ときどき、こらえようのない弱気が胸を塞ぐ昌夫は、ポツリと言った。そんなことをいまさら聞かれても、富男にも答えようがない。肌にあたる風が鞭打つように痛くなった。太陽が斜めに這って地平線を掠め、地上のあらゆるものが凍てついて青白く染まっている。

「昌夫、がまんだ。おれは高崎でおめえの家と遠くねえから、無事に内地に帰ったら、お互いの家を訪ね合うっぺ」と約束した。

「水上に帰るとさあ、利根川沿いに誰でも朝から浸かれる共同の温泉場が近くにあってなあ。いい湯だぞお。谷川岳が望めて景色も晴れ晴れとしているし、そりゃあ極楽、極楽よ。富男さんも来たら入れてやる。背中を流してやるべ。楽しみだなあ」

昌夫は遠い目をした。

兵士の間にも、果てもない対パルチザン戦争は、何のために、誰のために戦っているのか、どこに「大義」があるのか、任務への疑問を口にする声が増えていた。救出するチェコ兵など、とっくにどこにもいやしない。下級兵士の中には、徒党を組んで、頭ごなしに権力をふるう理不尽な上官に詰め寄る者たちまで出て来た。「上官の命令は天皇陛下の命令と同じと思え」と絶対服従を叩きこまれてきた明治以来の帝国陸軍の軍隊で、これまでにはおよそ考えられなかったことだ。それほど、兵士たちは精神的にも疲弊し、士気は地に落ち、軍紀も乱れた。

「軍人自身の間にも、かかる不徹底の出兵なれば寧ろやむるに如かざる議論を聞き、兵士が一日も早く帰朝を希望しつつあるも亦論無きところ也。他国の党派争ひに干渉して人命財産を損する、馬鹿馬鹿しき限りなりとの説は、兵士間にも多く聞くところ也」（『八杉貞利日記　ろしや路』）という不満が充満していく。一九一九年の陸軍省の機密文書も、兵士のモラル低下の実態を強い危機感をもって記録している。

　高崎歩兵第十五連隊は十月から十一月にかけて、エルコーチやロハゾーカの雪の曠野で正規、非正規の、神出鬼没のソヴィエト革命軍と交戦した。零下三〇度などはざらで、四〇度を下回る日もあった。降りしきる雪のなか敵のパルチザンの姿がまるで見えず、翻弄された。羊毛メリヤスの防寒覆面の上に、裏地が兎の毛皮の防寒帽を目深にかぶっていても、目や口や耳の中に、おかまいなく雪が入り込んでくる。手足の指は終始動かしていないと、凍傷でやられて爛（ただ）れてしまう。

近くの木の根っ子に雪煙をたてて敵弾が跳（は）ねた。

「こら露助（ろすけ）、危ねえじゃねえか」

昌夫が声を上げた。

音もなく降り積もる雪で気配を消した、パルチザンの狙撃兵がいる。

しかし、シベリアの抗日パルチザンは、ロシア人だけではなかった。中には、沿海州に移住していた朝鮮民族でロシア国籍を持つ高麗人が多数流れ込んでいた。徴兵されてドイツとの戦いに加わった後に帰還し、革命派のパルチザンにあらためて加わった者もあった。

朝鮮の裕福な武班（武臣）の家に生まれた金撃天（キムギョンチョン）（金光瑞（キムカンソ））は、東京の陸軍中央幼年学校、陸軍士官学校（二十三期）に学んで大日本帝国陸軍の騎兵中尉となった。日本支配下の朝鮮では民族自決と独立を求める機運が空前の盛り上がりを見せ、一九一九年（昭和八年）三月一日、京城（現ソウル）のパゴダ公園で独立宣言が読み上げられてからは、「独立（トンニプ）万歳（マンセー）」の叫びがまたたくまに朝鮮全土にこだました。

金はこの「三・一」事件の前に傷病休暇を願い出て、京城に戻り、陸士の三年後輩の池錫奎らとともに朝鮮の独立運動に身を投じた。以来、おもにシベリアでパルチザン部隊を率い、「白馬にまたがった金撃天将軍」は中国の馬賊部隊を打ち破り、日本軍との熾烈な戦いを展開し、伝説の英雄となる。『東亜日報』にインタビュー記事が掲載されたのをはじめ、朝鮮の有力新聞がこぞって一面で取りあげるほど勇名を馳せた。ソ連共産党には与しなかった金撃天は、スターリン独裁時代に粛清され、収容先のラーゲリで病死したとも伝えられるが、詳しいことは何もわからない。

この金撃天こそがシベリアの英雄「金日成将軍」その人で、北朝鮮の建設の父・金日成（金成柱）氏は、伝説を巧みに利用してキムイルソンに僭称したという見方は、いまも根強く存在している。

抗日パルチザン遊撃隊の狙撃兵となった朴旭俊は朝鮮東南部の大邱市の農家の生まれで、日本で機械技術を習得することを夢見て一九一七年春に釜山から関釜連絡船で日本に渡った。日本は第一次大戦による空前の好景気で、労働力が不足し、朝鮮半島から多くの労働者が安い賃金で日本の炭鉱や紡績工場に送り込まれた。この年、関釜連絡船の日本行きの乗客は急増した。朴は週に二回、池袋の日本語学校に通いながら、川口の繊維加工工場で働いたが、暮らしは劣悪だった。六人部屋の蚕棚のベッドだけが自分の居場所だった。日本人の工員たちから「おまえはニンニク臭い」とわざとらしく鼻をつままれた。厠へ立つのも、回数が制限された。日本は憧れの地から失望の地へと、急速に変わっていく。

東京が三十年ぶりの大雪に見舞われた一九一九年（大正八年）二月八日、東京神田の朝鮮基督教青年会館（ＹＭＣＡ）に留学生六百人が集まった集会の場に、朴もいた。民族自決を求めた、熱気が充満する集会で採択された宣言には「日本がもしわが民族の正当な要求に応じないならば、わが民族は日本に対して永遠の血戦を宣するであろう」とうたわれた。

その途端に警官隊が踏み込み、朴は警棒で顔と頭をひどく殴られ、口から血が噴き出した。鼓膜が破れ、左の耳が聞こえなくなった。

朴は日本を脱出し、中国東北部の奉天（瀋陽）を経てシベリアのウラジオストクに流れ着いた。この地で、抗日パルチザン部隊に加わる。

「日本の兵隊を殺したくはない。たいていは、おれと同じような貧しい農家や労働者の息子たちだ。だが、日本の暴虐から祖国朝鮮を守るために、おれは弾が尽きるまで小銃の引き金を引く」

朴はパルチザンの同志にそう語っていた。

　富男と昌夫は、どこからみても強そうな兵隊には見えない。へっぴり腰で足をとられながら雪原を進み、小動物や、雪の重みを跳ね返す小枝のそよぎを耳にしただけで、敵のパルチザン兵かと思って、身をすくめた。二人とも初めて三八式歩兵銃を、そこら中に向けて何発か撃った。癇癪玉か、子どもが遊ぶ花火のような乾いた音がした。銃声はあたりの雪山を跳ねて谺となって返ってきたが、敵兵に当たったとも思えない。それより何より、寒さで耳がもげるほどに痛い。上下の歯ががたがたと震えて嚙み合わず、眉毛も鼻水も凍る。話もまともにできない。膚を劈く酷寒だ。

「富男さん、あとどれくらい歩くと兵舎だんべ」

「よけいなことを考えずに歩け。無駄に体力を使うだけだっぺ」

　遠くでも銃声がする。敵か味方かわからない。

　極度の緊張と疲労から無性に腹が減ったが、ふだん食べるパンは底をついている。近くの雪の窪みに身を投げるように飛び込むと、穴が開いて使い物にならなくなった飯盒の代わりに、けさ、琺瑯引きの洗面器で炊いた、凍りついて固い麦飯の残りを銃剣でかち割ってほぐした。藻塩を振りかけた。兵舎で温めてきた水筒の湯はとっくに冷え切っていたが、ともかくそれを注ぐと、必死の思いで胃の中に搔きこんだ。

「うめえ」

昌夫がそう言って笑った瞬間だった。

鈍い音がして、昌夫の眉間（みけん）を弾が撃ち抜いた。即死だった。分厚い防寒手套（しゅとう）（手袋）で竹のスプーンを握ったままだった。

この一連の戦闘で、群馬県出身者八十四人を含む、高崎歩兵第十五連隊の百四十二人が戦死、戦病死し、故国の土を踏むことなく、シベリアの凍土に葬られた。

アメリカやフランスなど各国が撤兵した後も、日本だけは国際世論の非難を顧みずに、日本人捕虜らがパルチザンによって多数殺害された一九二〇年（大正九年）二月の「ニコラエフスク（尼港（にこう））事件」への報復を口実に、占領した北サハリンの石油、石炭の利権確保などを理由に居座り続けた。当時の金で十億円という巨費を継ぎこみ、大陸進出への飽くなき野望をむきだしにしたシベリア出兵は足かけ七年に及んだ。場当たり的で、国内に重い疲労感だけを残し、何も得ることのない戦いだった。一九二二年（大正十一年）六月二十六日付『東京朝日新聞』は、「失敗の二字を以て（もって）総勘定を終わったと云う（いう）外（ほか）はない」と書いた。

第五章　赤い罌粟の花

しばらく「四人組」とは離れた話になる。

旧海軍では海軍兵学校（以下、海兵）の卒業時の席次、または同期生間の先任順位（ハンモックナンバー）が一生ついてまわり、出世もほぼ、その席次によって決まる。天皇から「恩賜の軍刀」を賜る成績優秀の最上位組は、極めつけのエリートで、将来の大将や海相、幕僚への栄進が半ば約束されたようなものだった。

ペーパーテスト万能の「日本式人材評価」は、役人だけでなく、比較的にリベラルな組織と思われた海軍にも蔓延していた、と言って差し支えない。

太平洋戦争開戦時に、ワシントンで駐米大使を務め、真珠湾攻撃の日まで日米開戦阻止に塗炭の苦しみを味わうことになる野村吉三郎大将は、和歌山市の出身で、一八九八年（明治三十一年）に卒業した海兵二十六期五十九名中の次席だった。

野村と海兵同期に、愛媛の三津浜（現松山市）生まれの水野広徳がいた。

六歳にして父母を失い、一家離散の憂き目にも遭って辛酸を舐めた。いつも使い古しの錆びたブリキの弁当箱を小学校に持ってきたので、悪童たちから「銀ブリッキ」というあだ名を奉(たてまつ)られた。松山市の愛媛県立尋常中学校（現松山東高校）を学年でただひとり落第し、海兵受験にも何度か失敗し、海兵卒業時の席次も二十四番と平凡なものだった。これでは海軍での先行きも、おおよそ知れているというものだろう。

その二人がなぜかウマが合い、広徳が吉三郎を「吉(きち)公」とあだ名で呼び捨てるほど、生涯を通しての無二の親友となった。

一九一八年（大正七年）、四十四歳の水野広徳は海軍大佐に任じられた。広徳は「大戦の爪痕(つめあと)をぜひ見ておきたい。敗戦の惨状下にあるドイツの戦後事情にも目を凝(こ)らしたい」という思いを抑えがたく、日本郵船の乗船を申し込み、翌年の三月、私費留学名目で二度目の欧州視察に旅立った。

「おう、待っておったぞ」

パリで広徳を迎えて破顔一笑したのは、大柄な吉三郎だ。

「貴様、潮っ気が抜けたな、吉公」

広徳も嬉しくてたまらない。

ワシントン駐在勤務三年の経験がある吉三郎は、英語力が抜群で、海軍で指折りの国際派として知られるようになり、ヴェルサイユ講和会議委員付の海軍大佐としてパリに滞在して、西園寺公望全権を支えていた。

六月、広徳のたっての希望で、吉三郎は戦跡回遊自動車による激戦地の視察に同行した。朝の八時に凱旋門で落ちあった二人は、北フランスの惨憺たる戦場跡をめぐった。

人生には雷に打たれるような経験をすることが、一度や二度はあるものだ。広徳にとってはこんどの視察旅行がそうだった。

まだ硝煙がくすぶるようなワイン産地の古都ランス付近の戦場跡では、ホテルも劇場も崩れ落ち、村落はことごとく壊滅し、田園は荒れ果てていた。あたりに人影はなく、破損した飛行機は真っ逆さまに突っ立ち、戦車は赤錆びて横倒しになっていた。掘り返された塹壕の中では、穴のあいた鉄兜が転がり、戦死したドイツ兵が武装したまま白骨と化して横たわっている。無人の草原に十字の墓標が延々と続いている。

最大の激戦地となったヴェルダンの高地の頂上に立つと、全山がすべて褐色と化し、夏草の中に罌粟（ポピー）の花が点々と血のような紅の色を散らしている。

「血に咲くや　ヴェルダン城の　罌粟の花」

まさに、「奥の細道」を行く松尾芭蕉が平泉で詠んだ「夏草や兵（つわもの）どもが　夢の跡」だ。

広徳は戦慄（せんりつ）し、海軍軍人として過ごしてきた自分の半生を振り返った。

日露戦争では第四十一号水雷艇長として旅順港閉塞（へいそく）作戦や黄海海戦、日本海海戦にも従軍し、いずれの戦場でも勇名を馳（は）せ、勲功を立てた。閉塞作戦の記録が全国紙に掲載されたことから、その文才がうたわれ、これが縁で軍令部戦史編纂部に出仕した。広徳は学業全般、成績はそれほど芳しくはなかったが、小さい頃は小説をよく読んだ。そのせいなのか、作文は海兵の入試で最高点を取ったほどで、文筆の素養はあったらしい。日本海海戦を生き生きと活写して、一九一一年（明治四十四年）に出版された『此（この）一戦』は、同じ松山出身の陸軍軍人、櫻井忠温（ただよし）の『肉弾』とともに、戦記文学のさきがけとなり、明治のベストセラーになった。

広徳が「国家は最高の道徳」であることを疑ったことなど、一度とてない。しかし、ヴェルダンの高地に立って、聞きしにまさる戦争の愚かで悲惨な現実を目の当たりにした以降の広徳は、まるで別人のようになり、国家への疑念が膨（ふく）らみ、深い内省に沈んでいった。

国家観も、戦争観も、世界観もすべて変わった。

広徳は書いている。

「……彼等は決して死にたくて死んだのではあるまい。唯国家の為（命令の為）という一念のもとに、子を捨て、妻を捨て、親を捨て、はては己の命まで捨てたのである。国家の為とは、国民の為以外の何物でもない。現代政治意識によれば、国家は多数国民の幸福の為には、少数国民の幸福を犠牲とする権力を持って居る。彼等が死の戦場に駆り出されたのも、多数国民の幸福を擁護せんが為であった。彼等は国家の要求によって否応なしに命を取り上げられたのである。然るにこれ等の国家は多数国民の貧困を救う為に、少数国民の富を犠牲に供することを敢て為さない。之は国家として正しい行為であろうか」

「……弱い国民からそのかけ替えのなき生命さえ奪いながら、強い国民からその有り余れる富さえ奪い得ぬ国家、それが最高の道徳と言い得るであろうか。僕の心膜に理想せられた、荘厳にして神聖なる『国家』のフィルムは、忽焉として暗霧の掩うところとなった」

ドイツへの入国許可がなかなか下りず、スイスに二カ月滞在して、ようやく、おんぼろ列車でライン川の鉄橋を渡ってドイツの首都ベルリンに入ったのは八月の末のことだ。

広徳は、うらぶれた敗戦国の悲哀をまのあたりにする。

街は汚く、腐臭が漂い、肩章や階級章をはぎとった薄汚れたカーキ色の旧軍服を着た廃兵が物乞いをし、泥棒が横行していた。痩せ細った人びとはそぼ降る雨の中を、わずかな食べものや煙草を求めて長い列をつくった。あばら骨が浮き出た馬が、金具がぼろぼろに錆びた二輪車を引いている。あの誇り高きドイツ帝国は、どこへ消えてしまったのだろうか。

八月三十一日は大正天皇の誕生日で、ヴィルヘルム広場に面したドイツ随一の高級ホテル「カイザーホーフ」のラウンジには、在ベルリンの日本人軍人、官吏、実業家ら約二十五人が集い、天長節奉祝会が開かれた。ベルリン滞在中の広徳も招かれ、テーブルスピーチを求められた。拍手と歓声が起きた。なにしろ広徳は、日本で著名なベストセラー作家である。

「あの凄惨な北フランスの戦跡、このドイツの陰惨な国民生活の実情を見て、現代戦争の惨禍に心を暗くしない人はいないでしょう。近代戦の破壊力は凄まじいものです。この未曾有の大戦が残したものは、果たして何でしょうか。ただ地上を覆う千万の墓標と、数百万の未亡人と孤児、そして新たな国家間の怨恨のみです。今度戦争が起こったら、国どころか地球そのものを破壊してしまうかもしれません」

「大戦が終わったいま、戦争を呪い憎まぬ者はおりません。二度と戦争をしてはなりません」

「すべての国が軍備を撤回するしかありません。それも、第二のドイツと世界中から猜忌(さいき)されている日本が、率先して軍備の撤廃を世界に向かって提唱すべきです」

会場は水を打ったように静まり返った。まわりを見渡してから、反論に出たのは軍事調査団長の渡辺錠太郎(じょうたろう)陸軍大佐だった。

「水野大佐のいわれることは空論にすぎる。もちろん、わたしも戦争は絶対にしてはならぬと思う。そのためには敵に侮られず、侵略してこないように軍備をしっかりしておかなければならないのです。これからの日本は近代戦に耐えうるように社会経済を改造していかなければなりません。それでこそ日本の将来はあると確信します」

広徳の論旨に内心は半ば共感しながらも、あまりに極論すぎて、この祝賀の席にはいかにもふさわしくない、と渡辺は咄嗟(とっさ)に判断したのかもしれない。

広徳は、初対面の渡辺をあるいは同憂の士かもしれぬと感じたが、穏やかに再反論した。

「いままでの私だったら渡辺大佐のご意見に全面的に賛成したでしょう。しかし、いまは違います」

広徳は仮想敵国がある限り、軍拡がとめどなく進んで行くことの非を訴えた。

「私は今後、ヴェルダンの惨状を訴え、ドイツの悲惨さを伝えて、戦争の実相を国民に伝えていく覚悟です。わたしはいままで微力ながら日本の軍備を充実することがいかに必要かを国民に訴えてきましたが、今日からは国民に軍備を撤廃すべきことを訴えていく覚悟です」

広徳が言論雑誌『日本及日本人』に「世界に於ける黄人唯一の強国たるもの、予め備ふる処なくして、可ならんや」と書いたのは、わずか四年前の一九一五年四月のことである。広徳はこの日、軍国主義者から、非戦主義者、反戦主義者へと百八十度転換したことを宣言した。

この異様な光景は、そのころパリに滞在していたわたしも、日本の大使館関係者を通して、たちまち知ることになった。ドイツに八カ月滞在して、アメリカ周りで帰国の途につく予定だという広徳に手紙を書き、パリ中心部の六区にあるリュクサンブール公園で会ったのは翌一九二〇年二月のことだ。広徳はわたしより十二歳年長だった。

もともと元老院の庭園で、園内には幾何学模様に整えられた芝生や、大きな円形の池や花壇、噴水があり、数々の彫刻が配されている。広徳がパリ滞在中によく散歩した、なじみ深い公園だった。撞球台の緑の羅紗のように、手入れされた芝生の庭が整然と四角に区切られている。人が作り出した人工美の極致のような公園だが、ふしぎと人を緊張させない。広々とした開放感にあふれている。

この季節にしては珍しく陽光が溢れる、物静かに晴れた日で、マロニエの街路樹の下のベンチに並んで座ると、鳶色の髪を後ろで束ね、鮮やかな紅をさした若い母親がよちよち歩きの二人の幼な子の手を引いて通り過ぎて行った。双子かもしれない。二人の服の胸にはお揃いの黄色いアヒルのアップリケが縫いつけてある。母親は童謡のような歌を口遊んでいる。隣のベンチでは、膝の上の毛糸の玉でセーターか何かを編んでいたお婆さんが手を休めて、頭をこくりこくりしながら微睡んでいる。ほほえましい平和な風景だ。

平和はいい。何よりもいい。広徳とわたしは思わず顔を見合わせて笑みを交わした。歴戦の勇士なのに、穏やかで、武張ったところがない。

広徳は「あなたも新聞記者なら、戦争がいかに悲惨なものかよく見ておいた方がいい。落剝して見る影もないベルリンやウィーンは、将来の日本の姿です。次に戦争が起きたら、日本中の都市が焼け野原になるのは必定。この世界は間違いなく破滅ですよ。それを政治家も軍人も、国民もよくわかっていない。勇ましいことばかりがまかり通る」と言った。

「わたしは百万人といえどもわれ行かん、の覚悟で、これからは国民に軍備撤廃を訴えていく覚悟です。しかし、けっして孤立しているわけではない。たとえば陸軍にも、先見の明がある立派な人はおられますよ」

わたしははっとした。その頃、縮軍（しゅくぐん）を唱える論壇の評者や、新聞社の仲間らから聞き及ぶようになっていたのは、何人かの陸軍軍人の名だった。

広徳がベルリンで会った渡辺錠太郎（陸士八期）や、駐スイス公使館附武官となっていた永田鉄山（同十六期）は代表格だ。ともに、第一次大戦の惨禍を欧州で実際に見聞していたことが、何よりもわたしの関心を引いていた。

渡辺は帰国後、「軍事だけが独り走りした大国は何よりも心配だ。ドイツも戦争だけは大間違いをやらかした」「戦い破れたドイツ、オーストリアばかりでなく、勝った国のイギリス、フランス、ベルギー、オランダなどもつぶさに見て来たが、どこもかしこも惨めな有様（ありさま）であった。どうでも戦争だけはしない覚悟が必要である」と、軍拡をあおって勇ましい新聞記者をたしなめた。

第一次大戦の見聞をもとにした「歩兵運用」についての論文では「攻撃精神の誤用に依（よ）

る無謀猪突の空元気と固陋なる精神万能主義より来る肉弾戦術」がいかに回復不能な損害をもたらすかを警告した。にもかかわらず、日本は第二次大戦では圧倒的な重火器を備えたアメリカ軍に対して、無謀な肉弾突撃を繰り返して、いたずらに玉砕を重ねていくことになる。

永田は国家総動員体制の礎づくりに腐心することになるが、大戦に飛行機が兵器として投入されたことに注目した。「帝国が他国に宣戦を布告した暁には、その当日からただちに東京、大阪はもちろん九州北部の工業地や呉・佐世保の軍港は先もってこれら悪魔の襲来を受ける運命を有つことになったのである。不幸もし日本がかかる立場に立ったとすれば、それは、実に一大事である。市街は焼かれ、工場も破壊され、隧道や鉄道も爆破され、動員・輸送・軍需品補給等の軍事行動が著しく沮害されるのみならず、一般人民は家を焼かれ、食需を断たれ、たちまち生存上の大危機に逢着せねばならぬのである」と一九二〇年（大正九年）の中学校の歴史地理教員向けの講演で話した。

その二十五年後、ほぼ全土の主要都市が空襲に焼かれ、灰燼に帰す日本の末路を、永田はおそろしいまで怜悧に、正確に見通していた。

渡辺は陸軍きっての読書家で、非戦を唱える「異色の学者将軍」として知られ、陸軍教育総監となるが、一九三六年（昭和十一年）の二・二六事件で反乱軍の銃撃の前に斃れる。永田は陸士首席卒業で頭脳明晰、「陸軍の至宝」とまでうたわれた伝説的な偉材だったが、白昼、陸軍省軍務局長室に闖入してきた相沢三郎中佐の凶刃によって殺害された。

広徳は別れ際に、握手を交わしながら言った。

「埴生さん、地球はいずれ消滅します。富貴何するものぞ、功名何するものぞ、権勢何するものぞ。我に生きて我に死するこそこれ人生です。観ずれば、人生元来空寂々ですな」

（この人は時代の烈風に真っ向から立ち向かっている。これからは、辛い人生が待ち受けているのではないか）

そんな懸念を抱いたが、広徳は武骨な顔に不退転の決意を秘めている。わたしは広徳の揺るぎない信念に、粟立つほどの強い感銘を受けた。

広徳より二年遅れて、ヴェルダンの戦場跡に立った日本人がいる。のちに昭和天皇となる二十歳の裕仁皇太子だ。

まだ生々しい戦場跡を視察して、昼食のために戻ったヴェルダンの市内も廃虚になっている。皇太子を道案内するフランス将校は「ここに不発弾があります」と注意を促した。皇太子は焦土と化したベルギーの西部戦線の激戦地跡への訪問に続いて「実に悲惨の極みである」と繰り返した。それから二十年後、裕仁天皇は同じ光景を東京で見ることになる。

一九二〇年（大正九年）の初め、ロンドンの支局にいたわたしを、思いがけない人物が訪ねて来た。中華民国臨時大統領になった孫文のもとで内務部参事などの要職を務め、中国政界で重きをなしていた林長民（リン・チャンミン）だ。

わたしの早稲田大学時代に、林も早稲田の「清国留学生部」の学生として法学を修めていて、ときどきお互いの下宿を訪ね合い、食事をともにする間柄だった。彼をわたしに紹介したのは、林の学友で、のちにジャーナリストを経て、雄弁で鳴らす政治家になり、東条英機首相を批判して割腹自殺する中野正剛（せいごう）だ。

林は初対面のとき、「日本人が中国人をチャンコロなどと呼んで侮蔑するのは許し難い。お互いの国民が尊敬し合わないと君、未来はないぞ」とまくしたてた。学生時代もそうだったが、この来訪の折も「日本は中国の東北部（満州）から直ちに手を引くべきだ」と日本の大陸政策を痛烈に批判した。前年に終幕したパリ講和会議で、中国の山東利権の回復が不調のままとどまったことに失望し、憤懣やるかたない様子だった。

中国の近代は、内には太平天国の乱の混乱を抱え、外からは列強諸国の植民地支配によって、ずたずたにされた歴史だった。まるで鮟鱇が「吊るし切り」されて身をナイフでそがれ、解体されるみたいなものだ。気息奄々だったところへ、とどめを刺したのが日本である。

先にも触れたように、日本は一九一五年（大正四年）五月、大隈重信首相、加藤高明外相が、対華二十一カ条要求を突きつけていた。これを受諾した中国はその日を「国恥記念日」とした。わけても加藤の対中強面外交は筋金入りで、いまに始まったものではない。

一九一三年（大正二年）一月、第三次桂太郎内閣での外相就任に先立ち、駐イギリス大使だった加藤はロンドンでグレイ外相と会談し、こう述べている。

「日本は、旅順大連及其背後の地を含める関東州（満州の別称）には永遠に占拠するの決心を有するものなり。是れ我国現政府の方針と云ふにあらず、如何なる政治の下に於いても不変の方針にして畢竟日本国民の決意に外ならず」

「（日本人が関東州に）樹木を植うるは百年の長計であり、十年、十数年の後に還付せざるべからざるとする土地なりとせば、何人も之を試みざる可し」

日本には、かつて日清戦争後に獲得した遼東半島を「三国干渉」で泣く泣く手放し、煮え湯を飲まされたトラウマがある。戦陣に斃れた帝国兵士の血で贖った満州の利権を明け渡す気など、さらさらない。急進自由主義の論客、石橋湛山が唱えていた「満州放棄論」などは戯言とされ、一顧だにされなかった。のちに社会主義者となる大杉栄も、新潟県の新発田での少年時代には軍国主義に染まり、少年向け総合雑誌『少年世界』の投書欄にあった臥薪嘗胆論に感激し、遼東半島の還付を友人たちに訴えた（『自叙伝』）。

富国強兵という、明治以来四十年間張りつめ続けた国家目標が色褪せ、大正期には、東京などの大都市をモダンガールが闊歩し、カフェやデパートが現れて消費文化の波が暮らしを変えていく。「帝劇を見ずして芝居を論ずる勿れ、三越を訪わずして流行を語る勿れ」という三越百貨店の広告が初めて新聞に登場した。舶来の中折れ帽、ラクダの下着、本絹の兵児帯が売れに売れた。常設映画館が全国で七百軒近くもできて娯楽が大衆化していく。サラリーマンという職業が定着していくのもこの時代だ。竹久夢二の美人画が「大正ロマン」を彩った。パリやニューヨークに通じるモダンでハイカラな「新文化」と、リベラルな「大正デモクラシー」を謳歌しながら、外に向かっては、武力にものを言わせて居丈高にふるまう日本――。

「埴生君、日本はいったいどうするつもりだ。世界中を敵に回して孤児になりたいのか」

林は流暢な日本語で詰め寄ってきた。

林は、パリ講和会議の随員として、西園寺全権ら一行とともに丹波丸でフランスに向かう途中に上海に寄った貴族院議員の近衛文麿（ふみまろ）を、孫文がフランス租界の莫利愛路（モリエール）の隠れ家に晩餐（ばんさん）に招いて密談したことを明かした。この家はカナダ在住の華僑が孫文のために集めた資金で手に入れ、寄贈したものだった。浄土真宗西本願寺第二十二代門主で、中央アジア探検や世界の美術品収蔵で知られる大谷光瑞（こうずい）も同席していた。近衛は五摂家（せっけ）筆頭の貴族で、一九一八年（大正七年）に言論雑誌『日本及日本人』に「英米本位の平和主義を排す」という論文を投じ、世間で注目されていた。

「そこで何を？」

わたしが尋ねると林は言った。

「もちろん、わたしがその席にいたわけではないから、詳しいことは承知していない。ただ、中山先生（孫文）が『いまの日本は西洋覇道（はどう）の走狗（そうく）になろうとしているのではないか』とおっしゃったのは間違いない。『日本が東洋王道の守護者になることを期待している。それは、明治維新でアジアの人たちを奮い立たせた日本の責務です』とも言われたそうだ」

近衛は無名の青年だが、天皇にもっとも近い貴族であり、将来の日本のリーダーのひとりと目されていたからこそ、孫文は招いたのだろう。

「ただ、近衛の反応は終始煮え切らなかったそうだ。中山先生はさぞ、失望したに違ない」

わたしものちに知るが、優柔不断は近衛文麿という人に生涯つきまとった属性みたいなものだ。その程度の男が、最も困難な時代のリーダーに推されてゆく日本の不幸を思わざるをえない。

「林君、日本は欧州列国からの数十年の遅れを早く取り戻したくて焦っているのだよ。若造扱いされたくない。イギリスのように老成した大国になりたいのさ」

そう言いながら、わたしは何も祖国の弁護をする義理もないし、そんなことは解説しなくとも、林にはとっくにわかっているような気がした。

しかし、ロンドンにいる一介の新聞記者の立場で、わたしに何ができるというのか。林はただ、旧友に積もる鬱憤（うっぷん）をぶつけたかったのかもしれない。

「どうだ、そのへんのパブで久々にビールでも飲んでいかないか」と誘ったが、林は「いや、遠慮しておこう」と首を横に振った。

林はまだ何か言いたかった顔つきだったが、憂いを残して、新聞社を出ていった。結局、中国代表は講和条約の調印を拒否した。林が中国の奉天省で、奉天派軍閥の張作霖軍との小競り合いに巻き込まれ、流れ弾に当たって四十九歳の若さで死んだ、と聞くのは五年後のことだ。

前にも触れたが、孫文という革命家はよほど人柄に魅力があったのか、あるいは自分こそが一身を投げ打って彼を助けないと彼は生きていけない、と周囲の誰にも思わせる不思議な「人たらし」の磁力があったのか。国境を越えて様々な人の支援の輪を広げて革命に突き進んでいく。その代表的な日本人が、実業家の梅屋庄吉であり、社会運動家で浪曲師の宮崎滔天だった。

滔天の『三十三年の夢』には、一八九七年（明治三十年）九月に、横浜で孫文と初めて会ったときの光景が講談調で記されている。印象的な問答であり、少しだけ引いておこう。

「余は先づ問を発せり……願くは君の所謂革命の主旨と、これに附帯する方法手段の詳を聞くを得んかと。彼は徐に口を開けり曰く、『余は人民自ら己を治むるを以て政治の極則なるを信ず。ゆえに政治の精神に於いては共和主義を執る。然り、余や此一事を以てして直に革命の責任を有するものなり。況や清虜政柄を執る茲に三百年。人民を愚にするを以て治世の第一義となし、その膏血を絞るを以て官人の能事となす。即ち積弊推委して今日の衰弱を致し、沃野好山、坐して人の取るに任するの悲境に陥る所以なり。心あるもの誰か袖手して傍観するに忍びんや』

「ほら吹き」という意味で孫大砲というあだ名を奉られた孫文だったが、おおかたの革命家のイメージとは違って、実際は大言壮語するタイプではない。確固たる理念を天真爛漫に語り、書生的な純粋さを失わない孫文の不思議な魅力に、宮崎はたちまち虜になったのだろう。

卓越した警世家のことに、いまいちど触れておきたい。

福島県二本松の出身で、早稲田大学を首席で卒業し、アメリカ東部の名門イェール大学で初の日本人教授となる朝河貫一だ。

朝河は、二十一カ条の要求に怒り、かねて親交があった大隈重信首相に、異議を唱える書簡を送った。

「日本が眼前の利益だけをみて、世界の文化社会の感情や世論の進歩を知らないならば、日本の前途はまことに危険である。世界の進歩とは、一つは、自国の利害のために他の弱小国の利害を犠牲にするようならば最後には必ず自国に害悪を招くにいたるであろうと知ることであり、他の一つは国と国との協約を守る事である」

いまひとり、八十一歳になっていた渋沢栄一は一九二一年、ワシントン会議から戻ってまもなく、千葉の安房中学校で講演した。

「二十一カ条日支条約の如き、殊(こと)に英米をして我帝国に領土的野心あるやに誤解せしめたのも又無理からぬことで、実力を穏便に増進せしむることを考へなければ、将来国交上大変な問題を惹起(じゃっき)する恐れがあることを、私は断言して憚(はばか)らないのであります」

朝河や渋沢の警句を、近代日本はついぞ深く噛(か)みしめることがなかった。

わたしは一九一九年（大正八年）夏にパリに渡り、ヴェルサイユ講和会議の取材に『東日新報』から派遣されていた政治部記者の堀芳一と会った。

堀はわたしより四年先輩だった。堀は会うなり、「勇んでパリに来たが、記事にする話もないよ。埴生君、おれはとんだ給料泥棒だな」と自嘲した。『東方時論』の特派記者として、大学時代から旧知の中野正剛もパリに来ていた。中野は「一刻も早く帰国して全権の無能、使節の更迭を天下に訴えてやる」と息巻いていた。

首席全権委員となった元老の西園寺公望は、病気を理由に全権を固辞し続けたが、原敬首相らの説得でしぶしぶパリにやって来た。しかし、会議に二カ月も遅れたうえに、議題の多くはドイツの戦後処理問題にさかれ、西園寺は一度も発言する機会がなかった。一八七〇年代に十年もパリに遊学し、フランス語に堪能で、いまのクレマンソー首相とも親交を結んだ西園寺だったが、そもそも戦後の新ルールをつくらんとする国際会議に臨む気概が欠けている。気概だけではない。新時代の潮流をとらえた外交の俯瞰図をそもそも持ち合わせていなかったのだ。日本はいまや列強の一員として山東半島や南洋での旧ドイツ委任領の利権確保を訴えるのは当然と考えていたが、すでに風向きが変わっていることを、理解できなかった。

アメリカでの日本人移民に対する排日機運を鎮める効果を狙って、人種差別撤廃を国連規約の前文に入れる提案こそしたものの、議長のアメリカのウィルソン大統領はとりあわない。これでは何をしにはるばる日本からやってきたのか、わからない。

西園寺は、近衛や吉田茂、芦田均、松岡洋右ら六十人の随員のほかに、同行記者団、娘新子夫婦、医師二人、女中頭、それに大阪の有名料亭「灘萬（なだ万）」の主人楠本萬助（まんすけ）と料理人二人らを引き連れていた。客船丹波丸には船内や停泊地でのパーティー用に五トンの和食食材を積み込んだ。その絢爛（けんらん）たる二十世紀版「大名旅行」が、パリジャンや各国代表団の下世話な興味を引き、揶揄（やゆ）されたのにひきかえ、日本が初めて参加した列国による多国間（マルチ）の国際会議での日本の存在感は悲しいまでに乏しかった。

「埴生君、西園寺公はアメリカやイギリスの新聞記者たちに、何とあだ名をつけられているか知っているかい？　黙ってただ座っているから『スフィンクス』さ。な、なかなかうまいものだろ。日本は戦勝五大国なんて肩をそびやかしても、所詮はサイレント・パートナー。会議ではだれからも相手にされていないのが実態だ。腹立たしい限りだよ。外交戦のみじめな敗北だな」と堀は言った。

歌人で小説家の安成（やすなり）二郎は「五大国とは言ひながら米国の金が物言ふ　講和会議かな」と皮肉な句を詠んだ。

わたしはパリで会った水野広徳が言った言葉が、頭の奥にずっとこびりついていて、一九二一年（大正十年）の春遅く、ベルリンを訪ねることにした。

帰国した後、東京の陸軍参謀本部で大尉に昇進していた林太郎に相談したら「陸士同期の大島浩（のちに中将）がベルリンに最近着任したから、彼に会ったらどうだ。紹介文を電信で彼に送っておくよ。ただし、言っておくが、大島は筋金入りのドイツかぶれだから、あおられるぞ」と返事が来た。

ベルリンの街は敗戦からかなり時間が経っても、水野広徳から聞いていた通り、荒(すさ)み果てていた。

片足のない帰還兵が屯(たむろ)し、失明した傷痍軍人がブツブツと独り言を言いながら、手探りでゴミ箱を漁っていた。戦場から帰還した青年は精神に異常をきたし、自宅の前を歩く男たちの顔がすべて戦死した兵士の顔に見える幻覚に悩まされ、四六時中、母親にしがみついていた。ベルリン最大の目抜き通りウンター・デン・リンデンでは。古新聞の切れ端や生ゴミが風に舞い、すえた臭いがする帝国議会前の広場では、化粧の濃い売春婦が媚(こび)を売っていた。そのわきを、痩(や)せた黒い野犬がとぼとぼと歩いていく。ここがドイツ・プロシア帝国の輝ける首都だったとは、にわかに想像もできない。

青いリボンを髪につけた三つくらいの女の子が、真っ黒に焦げた鍋が風に転がる家の玄関のドアから、血色が失せた顔を出して、通りがかりのわたしをじっと見ている。靴の下で、剝げ落ちた石畳がゴツゴツと音を立てた。

都市は富むものと貧しいものを、残酷なまでに分かつ。

この年、同じベルリンの裕福な家庭に育った一人の天才少女が、ダンサーとして初めて舞台に立ち喝采を浴びた。レーニ・リーフェンシュタール。いずれはドイツ舞踊界を代表するスターになると期待を一身に集めていたが、膝をケガしたことから映画監督に転進し、独特のカメラワークを駆使し、映像美で観客を魅了したベルリン五輪の記録映画『オリンピア』や、ナチス・ドイツのニュルンベルク党大会を活写した『意志の勝利』で国際的な名声をうたわれた。しかし、戦後は国威発揚に協力したナチスの「おかかえ芸術家」として追及を受けることになる。

大島浩は陸軍大臣まで務めた大島健一（陸士旧四期）の長男で、岐阜県恵那郡岩村町（現恵那市）で生まれた。ドイツに留学した父親の影響で、幼少時代からドイツ語を学び、ドイツ式に染め抜かれた家庭教育を受けた。のちに、ドイツ駐在日本大使となり、ナチスのヒトラーと親交を結び、一九四〇年九月の「日独伊三国同盟」の立役者となる大島はこの時、ドイツ国在勤帝国大使館の陸軍武官附補佐官として赴任したばかりだった。大島のあまりのドイツへの心酔ぶりに、日本の外務省などには眉を顰（ひそ）める向きも少なくなかった。その「勇名」はわたしも耳にしていた。

ポツダム広場の真ん中にある「カフェ・ヨスティ」でわたしは初めて大島と向かい合った。

「埴生さん、ドイツは今大戦に惜しくも負けたが、必ずや不死鳥のように蘇りますよ。日本に大和魂があるごとく、ドイツ人には不朽（ふきゅう）のゲルマン魂があります。彼らをけっして侮ってはなりません。やがて、次の戦争では日本は再建なったドイツ軍と血盟を結んで、『生存圏（レーベンスラウム）』を確保し、ロシアや、英米に立ち向かうしか生き残る道はない。わが国が頼みとするのは、新生ドイツをおいてほかにありませんな」

のっけから大島は力説した。聞きしにまさる、手放しのドイツ礼賛（らいさん）だ。

(これはかなり、イカレている。同じ陸軍でも、あの渡辺錠太郎あたりとはえらい違いだな)

わたしは唖然（あぜん）とした。彼を少し挑発してみたくなった。

「次の戦争ですって？　大島さん、それは破滅と亡国への道ですよ。意味のない大戦に懲（こ）りた世界には、国際協調と軍縮の新しい流れが生まれつつある。ヴェルサイユ講和会議では、アメリカのウィルソン大統領の提唱で国際連盟の創設も決まったではないですか。ドイツの再軍備はむろん、日本のこれ以上の軍備拡大にもわたしは賛成できません。あなたは日本の針路を誤らせるつもりですか」

大島は気色ばんだ。

「ウィルソン？　ああいう輩（やから）は信じるに足りない。外交は素人同然じゃないか。彼が弱腰だから、イギリス、フランスが敗戦国のドイツに千三百二十億マルクという法外な賠償金をふっかけるのをみすみす許してしまった。それが、今日のドイツの困窮の最大の原因ではないですか。じゃあ、あんたに聞くが、英米主導の世界秩序に日本は黙って服するべきだというのか」。

「そんなことは言っていませんよ。ただ相手がドイツであれイギリスであれ、覇権を求めての軍事同盟は早晩、必ず破綻（はたん）します。それは歴史の必然です。あなたは、ヴィルヘルム二世が武力を頼みに領土拡大に走ったあげくが、今日のドイツの惨状を生んだとは考えないのですか」

「英米主導のヴェルサイユ体制が定着してしまうとだ、わが国は虎の子の大陸利権を失うのだぞ。国益を考えておらんのか、国益を。あんたは要するに国際協調主義者というわけですな」

そう言うと、大島は憮然として黙りこくった。

わたしは広徳のことを話題にしてみた。

「そんな奴は知らんが、ベルリンの天長節奉祝会でのふるまいは逐一聞いておる。腑抜けだ。帝国軍人の風上にもおけない」とにべもなかった。

明らかにいらだち、感情の抑制がきかないようだった。癖なのか、机の角をせわしなく指で弾いている。ふと気がつくと、お気に入りだと言って自分で注文したサクランボの蒸留酒キルシュヴァッサーにも、ほとんど口をつけていない。

「いや、同期の樺に頼まれたからあんたに会ったが、時間の無駄だった。新聞記者という手合いは何も時局が分かっておらん」

大島は不機嫌極まりないという顔で、マルク紙幣を数えることもなく何枚かテーブルに置いて席を立ち、カフェを出て行った。

紹介してくれた林太郎には悪い気がしたが、親ドイツ派陸軍軍人の頭目の本音を聞き出すにはまたとない機会だった。

ロンドンの支局に舞い戻ったわたしは、パリでの水野広徳との出会いや、ドイツでの街頭インタビューや見聞をもとに、ほとんど一夜をかけて「大戦の大禍いまだ癒えず　戦後平和秩序の構築こそ日本の使命」という長行の解説記事をまとめ、東京本社に打電した。

本社の若い記者たちは「埴生さん、これは読者の評判を呼びますよ。論旨明快ですっきりしました」と大いに賛同してくれた。

しかし、その記事が陽の目を見ることはなかった。

わたしは編輯権を一手に握る東京の山下元玄編輯総長に事情を照会したが、なしのつぶてだった。懇意にしている東京の同僚記者にそれとなく探ってもらったら「どうやら山下総長に陸軍から圧力がかかったようだ。君は危険人物扱いらしいぜ。彼と軍部、とくに陸軍のエラいさんとのただならない癒着ぶりは君も先刻ご承知だろ」という話だった。

ロンドンに発つ前、外信部長だった山下は、京橋の小料理屋でわたしを送別する小宴を開いた。「埴生君、編輯局内には反対する声もけっこうあったが、英仏語が堪能な若いおぬしを抜擢したのはおれだ」と恩着せがましいことを言った。「おぬしがずっとおれを支えるつもりなら、悪いようにはしないぜ。まかせろ。おれは将来の社長の有力候補だからな」と笑った。権勢欲むきだしの俗物だ。山下が赤坂の料亭「星岡茶寮」などで陸軍報道部長ら軍部の要路をもてなし、深い人脈を築いていることを自慢げに話していたことを思い出した。いやしくも新聞記者であるなら権門富貴に近づくのをいさぎよしとしない、という感覚は、山下の頭には毛ほどもないのだろう。

わたしは、この一件で、新聞社勤めにすっかり嫌気がさしていた。誰が記事差し止めを指示したのか、見当はついていた。

ロンドン赴任からすでに八年近くが経ち、わたしの帰任の日が来た。大戦のため特派員の途中交代がままならなかった事情があったとはいえ、異例の長さの欧州滞在だった。

二カ月後、東京に戻って本社の編輯総長室に顔を出すと、山下はソファから立ち上がって「よーっ」と手を挙げると、わたしの肩に手をかけ、満面の笑みを浮かべた。

「いやいや長い間、しかもたいへん困難な時期にご苦労さんだったな。元気そうじゃないか。どうだ、今晩でも、そのあたりでちょっと一杯行くか」と、指で猪口(ちょこ)を持つ格好をして、如才なかった。

わたしは丁重に申し出を断り、懐に用意してきた辞表を手渡した。

「本気か？　それともジェスチャーかね」

「むろん本気です。社の外の空気を吸いたくなったものですから」

山下は一瞬、驚いた顔をしてみせたが、すぐに、安堵したような、いや、喜色を漲らせた表情になった。

「ベルリンで大島とひと悶着あったそうだな」

ソファに腰をおろした山下は煙草にライターで火をつけ、先刻とは一転して、にこりともせずにそう言ったが、わたしは何も答えなかった。

「おぬしは少し理想主義に走り過ぎるきらいがあるな。まだまだ青い。もっと世界の現実を見なきゃいかんな、現実を」

社を辞めるというのに、お説教か。

大島は瞬間湯沸かし器そのもので、軍人によくいる直情径行タイプの男だったが、陽気で磊落、裏で陰謀をたくましくするような卑劣漢には見えなかった。わたしと林太郎との関係も承知している。記事を握りつぶしたのは、陸軍からの圧力というより、おそらく、わたしの噂を耳にした山下が忖度したのだろう。こいつがやりそうなことだ。

「この時節に、千葉の田舎でのんびりと百姓暮らしか。ま、それもいいだろう。うらやましい限りだな。落ち着いたら、たまには顔を出してくれ」

心にもないことを平気で口にする。自分に属さず、もはや必要と価値を認めない人間に対しては、弊履（へいり）を捨てるほどの仕打ちをしても痛痒（つうよう）を感じない。権力に憑（つ）かれた類（たぐい）の人間はたいていそういうものだ。

山下の顔を見ることは、もうあるまい。

編輯局の庶務アルバイトの少年に資料の本や戸棚の中の私物を処分するように頼み、帰国の旅費を清算し、人事部に寄り、受付の馴染みの女性に缶入りのキャラメルのロンドン土産を渡して別れの挨拶をし、玄関を出た。

陽炎（かげろう）が立つ暑い日で、夏雲が眩（まばゆ）い空には熱気が漲（みなぎ）っている。青々と繁る松の幹で、ミンミン蝉（ぜみ）の数珠（じゅず）を繰（く）るような声が零（こぼ）れていた。蝉といえば、嘉吉も林太郎もわたしも、御宿では蝉を網で獲って籠に入れて遊んだものだ。たいてい、足を折り畳んで仰向けになってすぐに死んでしまう。憐（あわ）れなほど、わずかな地上でのいのちだ。富男はいつもその仲間には加わらず、家の中に飛び込んで来た蝉をそっと両手でつかまえては、空に放してやっていたことを思い出した。

その頃、二十世紀のフランス文学を代表する詩人、劇作家で、外交官でもあったポール・クローデルが、駐日フランス大使の職にあった。多才な人物で、自作の能『女とその影』が帝国劇場で上演された。わたしは新聞社を出た足で、在日フランス大使館を訪ねて帰任の挨拶をした。

クローデル大使は日本の政治家、芸術家たちと幅広く交流し、日本についての論評や私信を電報でフランスに送っていた。彼は国際的に孤立を深めていく日本を憂い、日本がドイツやロシアとではなく、フランスと協調していくことを求めていた。一九二三年十月二十五日の私信にこうある。

「現在の世界情勢は広大な東半球全体に影響を及ぼしており、そのなかにあって日本は追放され、いわば（漂流して孤島で過ごした）ロビンソン・クルーソーと化しているのです」

小さい時分からの憧れだった新聞記者のキャリアは、ほろ苦い思いとともに途絶えた。わたしはこれから何をして、何を目的に生きていくのか、目の前には途方もない虚無が口をあけて広がっているような気がした。考えがまとまらないまま、東京駅を午後三時六分発の国鉄房総線（現ＪＲ外房線）の汽車に乗り、ふるさとの御宿に向かった。長旅から帰って早々、品性下劣な奸物の山下に向かい合った疲れもあり、ガタゴトと揺れる車中でうつらうつらしていると、やがて、あの頃と少しも変わらない、縮緬皺の波が立つ御宿の蒼い海原が車窓に迫ってきた。キラキラと眩めく水平線に白い船や艀がゆったりと浮かんでいる。

（おれは、何をくだらないことで、うじうじとしているのか）

開け放たれた汽車の窓から、海藻の甘酸っぱい匂いが混じった懐かしい潮風が流れ込んできた。見覚えがある校章をつけた帽子をかぶった中学生三人が、近くの座席で談笑している。母校の後輩に違いない。わたしの胸の底にわだかまっていた澱はいつしか、泡のように潰えていった。

「一夫、久しぶりじゃのお」

すっかり朽ちてしまったぼろ屋の自宅に、日本酒の一升瓶を手にぶら下げた玄晏こと嘉吉がひょっこりと姿を見せた。図体が並外れてでかく、左目がないところへ、ひげ面をくしゃくしゃにして豪快に笑うと、容貌魁偉という形容がまさにぴったりだ。武蔵坊弁慶もかくあったか。「人三化七」（人間が三割、化け物が七割）という四字熟語を久々に思い出した。

わたしの両親は四年前に相前後して他界したが、わたしは欧州で大戦取材に追われていて、一時帰国はとてもかなわなかった。葬儀は崇福寺（そうふく）で玄妟の父親の院主（いんじゅ）が導師となってささやかに執り行われた。床に置かれた櫟（いちい）の小ぶりな仏壇は、大工の心得がある玄妟がこしらえてくれていた。

「富男は？」と聞くと、「富男は高崎で兵隊にとられ、シベリアからまだ戻らん。どこぞで生きてくれとるのかのお」。玄妟は心配顔になった。玄妟は、脈絡がない思い出話をしながら、わたしをそっちのけで手酌（てじゃく）で茶碗に何杯も酒を注ぎ、頭陀袋（ずだぶくろ）に入れたイワシの煮干しと南京豆を齧（かじ）りながら、口の中へ抛（ほう）り込んだ。一升瓶はたちまち空になった。

「おかしいのお。あげ底じゃねえか」

玄妟は空になった一升瓶を右目で覗き込んで、ぺろりと舌を出し、悪戯（いたずら）が見つかった童（わらべ）のように笑った。

玄妟のはからいで、わたしはまもなく落成する御宿町役場の広聴広報部門の臨時雇いとして、ガリ版の単色刷りの広報紙「ひろば」を週に二回、企画、編集、印刷する仕事にありつき、わずかな収入を得ることができた。上司はおらず、一人だけの職場だ。妙な干渉はされないし、仕事柄、役場で定期購読していた新聞各紙に毎日目を通す機会があるのはありがたかった。

　ある日、パリのリュクサンブール公園で会った、あの広徳の動静を伝える小さな記事に目が止まった。

「水野広徳氏、郷里松山で時局講演」

　帰国後の広徳は、ますます非戦・反戦を文筆や講演で訴える機会が多くなった。海軍内では彼を難じる声が上がり、疎ましくさえ感じる空気が強まっていた。『東京日日新聞』に「軍人心理」という記事を書き、文中に軍人の参政権を論じた記述があることが「現役軍人としての矩を超えている」と部内で問題にされ、三十日間の謹慎処分を受けた。

　文才豊かな海軍の「異端児」は、いまや「問題児」となっている。

　謹慎が明ける前日、海兵同期で親友の野村吉三郎が、広徳を東京・青山の自宅に訪ねて来た。吉三郎は、広徳の才を惜しみ、憂国の至情を解する国際協調派の加藤友三郎海相（広島県出身、海兵七期、のちに首相）の意を受けて、広徳の海軍復帰の条件を探るつもりだった。欧米列強の指導者たちとの交流を通して、加藤は「いずれ日本も、近い将来には、イギリスと同じように軍部大臣は文官となるだろう」という考えを抱いていた。

広徳が欧州から帰国して加藤に報告すると、加藤は「何か得ることがあったか」と聞いた。水野は「大いにありました」と答えて、非戦の必要を訴えた。加藤は眼鏡の奥の目でじろりと広徳を見て「フン、そうか」と気のない返事をしただけだったが、愛想がなく言葉がぶっきらぼうなのは加藤のいつものことだ。加藤は内心、広徳を高く買っていた。

「もう一度（海軍に）出るつもりか、出ないつもりか。もし出る気があるなら、そのように取り計らうが」

加藤からの温情ある、ありがたい申し出だったが、広徳は「このまま引退させてくれ」と頼み、吉三郎は「そうか」と小さく頷き、広徳の予備役編入が決まった。

二十五年六カ月の軍人生活を終え、海軍を去った後も、広徳の反骨精神は健在で、いささかも筆勢を緩めることがない。戦時色一色に塗りつぶされていく世相に抗って、ひとりドン・キホーテのように理想と正義の旗を掲げ、「今やわが国の問題は、如何にして戦争に勝つかではなく、如何にして戦争を避けるべきかにある」「軍備は平和の保障というは偽りなり」と機会あるごとに非戦を訴え続けた。ついに太平洋戦争が勃発する直前の一九四一年（昭和十六年）二月には、内閣情報局の通達で矢内原忠雄、馬場恒吾、田中幸太郎、横田喜三郎、清沢洌らとともに、執筆禁止者に指定され、政治評論の発表の場を失う。それでも桐生悠々の個人誌『他山の石』などに原稿を送り、自爆戦争になだれ込んでいく日本に警鐘を鳴らし続けた。

広徳が愛媛県今治市の病院で波瀾の七十一年の生涯を閉じたのは、彼が予告した通り、アメリカ軍による空襲で日本中が焦土となって無条件降伏した直後の、一九四五年（昭和二十年）十月のことだった。突然の腸閉塞だった。晩年、無二の親友になった松下芳男によって戦後、松山に建てられた碑には、水野の生前の和歌が刻まれている。

「世にこびず人におもねずわれは我が正しきと思ふ道を進まん」

除幕式には野村吉三郎が参列した。

「孫文氏講演会——演題　大亜細亜問題　今二十八日午後二時、県立神戸高等女学校講堂」。

『大阪朝日新聞』の旧友から、孫文の講演の案内ちらしがわたしの元に送られてきたのは一九二四年（大正十三年）十一月の下旬のことである。手紙には「君にまだ新聞記者魂があるなら、この講演を聞き逃してはならんぞ。汽車賃を借りてでも神戸に来られたし」とあった。

孫文の名は、ロンドン時代に大英博物館でもたびたび耳にしたし、わたしを訪ねて来た林長民からも聞き及んでいた。いまや辛亥革命を導いた「中国革命の父」としてその令名は世界に轟いている。

一刻もぐずぐずしてはおられない。わたしは急きょ、御宿役場に休暇願を出し、東京から神戸への夜行列車に乗った。

孫文は日本訪問に先立ち、広州の黄埔（こうほ）軍官学校を二度訪れている。校長の蒋介石に対し、この軍官学校の学生たちが革命を担ってくれるなら、自分が近いうちに死んでも心残りはない、と語ったといわれる。

孫文は広州から上海、長崎を経て、神戸に入港して「歓迎孫総理」の旗が打ち振られる大歓迎を受け、神戸オリエンタルホテルに投宿していた。日本政府は、不平等条約や治外法権の撤廃などを声高に唱える孫文の訪日を必ずしも歓迎しなかった。ホテルには大アジア主義者の頭山（とうやま）満やインタビューを求める新聞記者など、ひっきりなしに訪問客があり、わたしは短時間しか面談できなかったが、自らを恃（たの）む信念の強さを感じるとともに、その相貌（そうぼう）の窶（やつ）れに慄（おのの）いた。この日本への旅が、彼の尋常ならざる決意から出たものであることを悟った。

（彼は日本への遺言を授けに、波濤を越えて、命がけでやって来たのではないか）

講堂には三千人の聴衆が押しかけた。定員二千人の講堂では収容しきれず、会場は二つに分けられた。孫文はアジアの民族解放へ、日本と中国の連携を求め、日本がリーダーシップをとることを期待した。

「仁義道徳は正義合理によって人を感化するものであり、功利強権は洋銃大砲を以て人を圧迫するものであります」

並居る聴衆の顔は紅潮していた。

翌朝の『神戸新聞』は「聴衆一同帽子を打振り、『万歳』と連呼して送れば、氏亦帽子を振ってこれに対へ、夫人同伴、李烈鈞氏等と共に退場……」と報じた。

孫文は埠頭で五百人の見送りを受け、荒天の玄界灘をついて近海郵船の北嶺丸で天津に向かい、二度と日本の土を踏むことはなかった。重い肝臓がんに侵された孫文が百五十字足らずの遺書の中に「革命いまだ成らず」の言葉を残し、北京で客死するのは、その四カ月後のことである。享年六十歳だった。

第六章　小作争議

富男が所属する高崎歩兵第十五連隊は、シベリア出兵から撤退した後、転戦して一九二七年（昭和二年）には関東軍隷下となる。富男はその前に除隊が許されて、五年ぶりに故国日本の土を踏んだ。一九二四年（大正十三年）春のことだ。青森に入港する船からは、頂上にまだ雪を頂く美しい岩木山の姿が望めた。

富男は絹織維工場がある群馬県高崎市に戻る前に、水上町（現みなかみ町）の郊外にある横井昌夫の実家を訪ねた。利根川がすぐ近くを流れている。庭では桜の老木が空いっぱいに枝を広げ、見事に満開に花開いている。古い農家の板間には先祖代々の霊を祀る小ぶりな仏壇が置かれ、そのいちばん端に三男の昌夫の黒い位牌が並び、線香の煙がたなびいていた。昌夫の小さな遺影は、実の昌夫とは似ても似つかない、間に合わせの模造写真だった。富男は正座して、うつむいたままの両親と長男、親族らにお悔やみを言い、「遅くなり申したが」と、昌夫の水筒や防寒手袋、手帳などの遺品を手渡した。

昌夫が絶命した時の様子を話しかけると、額に皺がよった還暦が近い父親が初めて顔を上げ、「もう、いいでさー。死んだもん（者）のことをいまさら聞いても。昌夫さ、帰ってこないです」と遮り、またうつむいて押し黙った。

襖を隔てた奥の部屋から、幼い子の笑い声が聞こえてきた。ロシア婦人の家で、男の子に「マルティーン、ほら、プルプルプル」とひょっとこの真似をしてあやしていた、二十二歳の昌夫の人懐っこい童顔が思い浮かび、富男は胸をかきむしられた。

高崎に戻った富男は目を疑った。

工場はとっくの昔に人手にわたり、富男が苦心して買い集めた織機もほぼ売り払われて、がらんとしている。顔見知りの従業員はだれひとりとしていない。出征前に、留守の間の経営をゆだねた男は、流行りのスペイン風邪にものの見事にやられて亡くなっていた。

五年の歳月は、ふるさと御宿も大きく変えていた。

「富男よお！」

母のひさは、富男の帰還が現実のこととは信じられず、玄関先に突然現れたわが子の胸を両手で叩き、顔をあちこち撫でまわし、声を上げて泣いた。その物音を聞きつけ、家の奥から、下駄も引っ掛けずに裸足で走り出て来たのは、許嫁の文子だ。文子の両親はこの間に相次いで世を去り、ひさのたっての頼みで、文子は後田家に移り住んでいた。

妹も弟もいないことに富男は狼狽した。

ひさは、喉を引き絞るような声を出して、咽(むせ)び泣いた。胸を長く患っていた妹はサナトリウム（結核病棟）がある館山病院で療養していたが、手当ての甲斐なく、二年前に朽ち果てるようにして亡くなっていた。「肺病はうつるから」と病院の看護婦長に言い含められ、ひさは娘の夜伽(よとぎ)もできず、死に目にも会えなかった。その頃、結核は「死病」として忌み嫌われており、死因は秘された。ひさは世間への憚(はばか)りから、近所には「肺浸潤(しんじゅん)とかいう難しい病気で死んだ」ということにした。富男は「お兄ちゃん、ごめんね」と病床で囁(ささや)いた妹の顔を思い出し、泣き崩れた。弟は一年前に茨城県阿見町の霞ヶ浦海軍航空隊に入隊し、航空兵をめざして訓練に明け暮れていた。


あたりの農家の窮状は、五年前よりさらに深刻になっている。ついに、自殺者が出た。富男もよく知っている、妻を早くに亡くした五十がらみの独り身の男だ。収入の道を絶たれ、朝から酒浸りの自暴自棄の毎日を送っていた。死後五日たって、裏の納屋の煤(すす)けた梁(うつばり)で首をくっているのが見つかった。人間のはしくれであることも誰からも顧みられず、道端で斃れる野良犬のように、生きていたことさえ忘れられて迎える死。人間の尊厳などひと欠片もない。

富男はひさびさのわが家でも、よく寝つけなかった。ひもじいからだけではない。(昌夫は赤紙一枚で召集され、シベリアの雪の中で虫けらのように殺された。あいつは何のためにこの世に生まれてきたっぺ。妹は薬も買えずに死に、おらの家はばらばらになるし、農民たちは芥のように泥の底を這いずりまわったあげく、明日にも死ぬか生きるか、食うや食わずの、ぎりぎりの暮らしを強いられている。誰じゃ、この国をこれほど粗末なものにしてしもうたのは、誰じゃ！)

富男の中に、祖国に対する青白い炎が燃え立っていく。

祝言を上げないまま中途半端にほったらかして、母ひさの面倒や家の雑事をまかせている文子には、すまない気持ちがいっぱいだ。しかし、富男には昔のように、農家のあるじにおさまる気はなかった。自分が家庭をもって安穏と暮らすことを、おのれに厳に封じたかのようだった。着替えや身の回りのものを風呂敷に包んで、家を空けることが多くなった。

前の年には相模湾西北部を震源地とする関東大震災が起き、物情騒然とした空気は千葉南総の農村地帯にも及んでいく。財政難に直面した政府による税金の取り立てはいっそう苛烈になり、米作りだけでは食べていけない夷隅郡東村の農民たちの多くは、副業として竹を使って箒や籠をつくって出荷し、糊口をしのごうとしたが、そこにも追いかけて、重い税金がのしかかってきた。

小作という制度は、古く江戸時代からあったが、明治維新で封建的な諸制度が次々と廃止され、近代化されていく中で、一八七三年（明治六年）の地租改正に基づく土地私有の確立によって、例外的に残された。金貸し業者や、米の仲買業者らからの、べらぼうに高い利子の借金の負担に耐えかねて農家が零落する「構造的な問題」は、ついぞ顧みられることなく放置され、大きな社会問題となっていった。

「米騒動」が火をつけて、民衆が異議申し立てを起こす動きが各地に広がっていく。全国で小作料の引き上げを求める小作争議が勃発し、日本農民組合が結成された。千葉県でも一九二四年（大正十三年）五月、佐倉女学校近くの、江戸時代前期に、重税に苦しむ農民の窮状をときの将軍に直訴して死罪となった「義民伝説」で知られる佐倉宗吾（惣五郎）を祀る霊堂を借りて、農民組合連合会が開かれ、八街町第一、西部、榎戸、印旛郡久住、白井村、山武(さんぶ)郡千代田村など十三支部が結成された。

この年の暮れには南総で、細谷広告(こうこく)の指導の下に、個々の小作人が収穫した米を集めて、一括して処理する抵抗運動が始まった。獲れた米を各農家に置いておけば地主が強制的に運び出してしまいかねない。それを防ごうという、切羽詰まっての防衛策だ。

富男は細谷と知り合い、南総や千葉県下の農民運動に、憑(つ)かれたかのようにのめり込むことになる。


一九二二年（大正十一年）には東京府豊多摩郡渋谷町（現渋谷区恵比寿）で日本共産党が堺利彦、山川均(ひとし)らによってひそかに結成されていた。御宿町では誰が言いだしたのか、「富男は隠れ党員らしいぞ」という噂が広がっていった。

玄晏は夜更けに富男の家を訪ねた。玄晏は低く問うた。

「富男、おれには隠さずに正直に言え。噂はほんとうか？」

富男は口を噤(つぐ)んだ。そのうち、「嘉吉、この国には世直しがいる。おれは天子様も、お国も、信じねえ。もう後戻りしねえっぺ」とつぶやいた。目に涙を浮かべていた。玄晏が「世直しとは何のことぞ。赤の連中がいう天皇制打倒の革命のことか？」と詰め寄ると、富男は一瞬、あいまいに目を泳がしてから、暗く笑った。

「そんなもんを企てても、この世が救えると思うか。わん（おまえ）がせっかく帰ってきたのに、母さまをまた悲しませるぞ」といさめたら、富男は何も言葉を返さなかった。

　しばらくしてから、ポツリと言った。

「嘉吉よ、おれは人間よりも虎に生まれてきたかったたっぺ。それが無理なら、いっそうのこと虎に食われて死にたかった。虎はなあ、神々しいほどに気高いぞ。生きるとはどういうことかを、誰に教わるでもなく知っている。虎はおのれが虎として生きることに迷いがない。次に生まれ変わったら、おれはシベリア虎になりてえ」

　玄妟は富男が何を突拍子もないことを言い出すのか、まるでわからなかった。虎だと？

「わん（おまえ）、シベリアの寒さで頭がいかれたか」

　富男は苦笑した。嘉吉の顔を初めて仰ぎ見た。

「嘉吉、わん（おまえ）は仏を説いて、ほんとうに農民の貧しさ、苦しみを救えるのか。農民は死んでからでないと、お浄土とやらには行けねえのか。病の妹を誰も助けてはくれなかったっぺ。おれは神仏の冥加（みょうが）も天子様も信じねえ」

　母のひさは障子一重（ひとえ）を隔てた隣部屋で二人の話に耳を澄ましながら、ただただ怯（おび）えていた。

ある日の昼下がり、町役場のわたしの仕事場に、千葉県警察の若い刑事二人がやってきた。当時は警察に犯罪について独立した捜査権はなく、検事の指揮のもとに「補助的捜査」名目で来訪したのだった。わたしが作成に携わる町の広報紙に、農民運動の集会場所を伝える小さな記事が載っていたことを刑事は見咎（とが）め、いきなり、わたしの髪を後ろから引っ張った。

「後田（うしろだ）とは昔からのつきあいらしいな。おい、この記事は後田に頼まれたのか。おまえも奴と同じ不逞（ふてい）の一味だろう」

（不逞の一味？　富男はそれほどまでに危険人物扱いされておるのか）

わたしは富男の運命に、暗い翳（かげ）が差していることを肌に感じ、慄然（りつぜん）とする思いに襲われた。

「乱暴はやめろ」とわたしが言うと、刑事のひとりは額に青筋を浮かべて机を叩き、わたしの頭を机に打ちつけた。唇の端が切れて血が出た。机の上の原稿やペン立て、インク壺を床にぶちまけた。

「ほざくな、この非国民めが。ネタはあがっているんだ。嘘をつくのなら、おまえも後田と一緒に監獄にぶち込むぞ。ふん、文屋あがり風情(ふぜい)が」と凄(すご)んだ。

もうひとりが、顔をゆがめて、わたしの額を人さし指で弾いた。

「埴生、お前の正体も暴いてやるからな。ほえ面(づら)かくな。芋づる式に引っ張ってやる」

千葉の津田沼町の農民集会で、富男は、本名かどうか知れたものではないが、川村昇という男と知り合った。川村は富男より十五歳年長の、関係者の間ではよく知られたインテリの反政府活動家だった。一九〇八年（明治四十一年）六月に東京・神田の映画館「錦輝館(きんきかん)」に集まった社会主義者、無政府主義者たちが警官隊に一斉検挙された、いわゆる「赤旗事件」の現場にも居合わせていた。

幼少時を北京で送った川村は中国語をよく解し、地下で流通した文献を読み、中国国内で広がる共産主義運動、労働運動のうねりについても通じていた。上海では、北京大学を辞して一九二〇年初頭に上海に戻って来た陳独秀を中心に、共産主義グループが作られていた。一九二一年には、上海のフランス租界の一角で、上海の李漢俊、北京の張国燾、長沙の毛沢東らが集まり、中国共産党が結成された。鉄道や炭鉱では大規模なストライキが行われるなど労働運動もかつてない盛り上がりを見せていた。

川村は富男に、「世界は軍閥やドル買による亡国的行為に走る財閥による封建的支配の打破、革命に向けて大きく動こうとしている。後田、いいか、おまえも農民運動のリーダーになるつもりなら、この動きに目を凝らせ」と説いた。

マルクス主義や無政府主義の教義、プロレタリアートや、コミンテルンなどについて教えこもうとしたが、高等教育とは無縁だった富男の耳には何も入らない。「目を通してみろ」と川村から渡された何冊かの関係書も、板の間の隅に風呂敷に包んで埃が積もるままにほったらかしだ。富男が好きだったのは大佛次郎の「鞍馬天狗」など剣劇の大衆小説だ。小難しい思想書など手に取る気にもならない。農民運動の寄り合いで、やれ指揮系統がどうの、やれ党のオルグ活動がどうの、というややこしい話になると頭が痛くなり、その場から逃げ出したくなった。

「おれは主義者などにはかかわりねえっぺ。ただ、おんだら（おれたち）が死ぬ気で百姓一揆を起こさねえと、農民はみな飢えて死ぬ。大塩平八郎みてえな一揆を起こして世に訴えねえとならねえ」

「百姓一揆だと？　後田、お前はわかっているのか。おれたちが目指すのは革命だぞ」

「いや、一揆だっぺ」

富男は頑（がん）として譲らなかった。

川村は呆れ顔になった。

川村はその後、一九二九年（昭和四年）の日本共産党に対する一斉検挙「四・一六」事件で逮捕されるが、それからの消息は知れない。

時代は少々遡（さかのぼ）る。

一九一〇年（明治四十三年）には、当時の社会主義思想の旗振り役だった幸徳秋水や、菅野スガ、宮下太吉、和歌山県新宮の医師大石誠之助らが明治天皇暗殺を企てたとして芋づる式に検挙され、翌年、十二人が死刑になった大逆事件が起きていた。

人びとは事件に凍りつき、世の中は急速に閉塞感を深めつつあった。

翌年に結核のために二十六歳の若さで世を去ることになる石川啄木は、同じ年の一九一〇年に起きた日韓併合に憤り、「地図の上　朝鮮国に黒々と墨をぬりつつ　秋風を聞く」の歌を詠んだ。大逆事件の裁判記録にも熱心に目を通している。没後、出版された啄木の『悲しき玩具』には、この歌が編（あ）まれた。

「ひとがみな同じ方角に向いていく。それを横より見てゐる心」

政府はロシア革命やドイツ革命で帝政が打ち倒され、その波が日本の君主制に及ぶことを、滑稽なほどに恐れた。「米騒動」をきっかけに、翌年には全国で二千三百八十八件もの労働争議が起き、労働組合が次々と結成され、各地で農民運動や社会主義者の活動が激化していったことにも危機感を抱いた。一九二三年（大正十二年）には無政府主義者の難波大介が、裕仁皇太子をステッキ仕込みの散弾銃で狙撃する「虎ノ門事件」も起きている。カール・マルクスの『資本論』が高畠素之によって最初に邦訳されたのもこの年である。このころ、日本はソヴィエト・ロシアとの国交正常化交渉を進めていたから、ソヴィエトの共産主義組織やコミンテルンとの交流が深まることも懸念材料だった。一九二五年（大正十四年）に普通選挙法の成立が迫ると、無産政党の伸長は現実の脅威となっていた。

この年の四月、加藤高明内閣は治安維持法を制定した。大正末期、第二次護憲運動の熱気が国中に広がる中でのことだ。

第一条「國体ヲ變革シ又ハ私有財産制度ヲ否認スルコトヲ目的トシテ結社ヲ組織シ又ハ情ヲ知リテ之ニ加入シタル者ハ十年以下ノ懲役又ハ禁錮ニ處ス」。（一九二八年には、昭和新天皇の即位式である御大典を控え、田中義一内閣によって最高刑が死刑に引き上げられる）。

これを奇貨として、思想、言論、結社の自由は封じ込められ、全国での弾圧が強められていく。だが、これでおじけづくどころか、富男は農民を搾取する地主や、彼らを擁護する国家への憎悪をますます募らせた。

一九二六年十二月に大正天皇が病没した。

新たな年号は中国古典『書経』の「堯典」にある「百姓昭明、協和万邦」にちなんで昭和と改元された。ここでいう「百姓」は国民一般をさすが、その理想は実現するどころか、時代はますます苦悶を深めていく。

父が陸軍獣医官で、京城（現ソウル）に住んでいた幼稚園時代の作家安岡章太郎は、母が「昭和だなんて、古臭い名前だわねえ、何だか明治に似ているじゃないの。大正の方がずっとスッキリしていてハイカラなのに……」と漏らしていたのを記憶している。小説家の芥川龍之介が「唯ぼんやりとした不安」という言葉を残して、ベロナールとヂェアールの劇薬を大量に服用して自殺したのは、一九二七年（昭和二年）七月のことだった。

千葉の農村の窮乏にも拍車がかかる。

この年の五月、千葉県東村高谷の地主池田愛三郎が前触れもなく、小作人十一人の田に「立ち入り禁止」の札を裁判所に立てさせた。これ以上の小作争議を恐れて、土地取り上げという前代未聞の強硬手段に訴えたのだ。

怒った小作人たちは一斉に抗議の声を上げ、事態を知った近隣地域の小作人たちは「東村に応援に行け」と連帯を呼びかけた。小作人たちは夜間、集団で城郭のように聳える池田の屋敷を取り囲んで、革命歌を高吟しながらデモ行進をした。こんな光景は、千葉では誰も見たことがない。

長生郡土睦村の水兵あがりで、一九二三年（大正十二年）に南総で最初の小作争議を率いた平賀寅松らとともに、この支援運動に馳せ参じたひとりが富男だった。この池田邸をめぐる騒動では、邸宅内の小火をめぐって二人が自殺する悲劇が起きている。

六月、田中義一内閣は、小作争議を厳重に取り締まる緊急指令を全国の府県知事宛に出した。この年、全国での小作争議は二千五百五十二件にのぼった。

富男は、日本大学在学中から農民運動に携わり、戦後に社会党の衆議院議員となる山武郡千代田村出身の實川清之と知り合い、彼の隠れ家で何度か戦術を練るようになる。實川は千葉県内の反政府運動家の中でも、当局がもっとも動静をマークする「不逞分子」の筆頭格だった。

自由民権運動などに目を光らせるために東京警視庁に設置されていた「安寧課国事掛」が、一九一〇年（明治四十三年）の大逆事件をきっかけに強化、再編されて生まれたのが悪名高い左派危険思想取締り専門の「特別高等課（特高）」だ。千葉県警部にはまだ、特高は置かれていない。

だが、この頃から富男の周りには、尾行などで、すぐに警察官とわかる影がちらつくようになった。家に届いた封書の多くは開封されていた。

わたしは久々に御宿に戻ってきていた富男に、夜陰にまぎれて会い、「検察や警察を甘く見んな。あいつらは何でもでっちあげる。もっと注意をしねえと危ねえぞ」と忠告したが、富男は「あんとんねえ（なんでもない）。しんぺー（心配）ねえ」と無頓着だった。

ただ、別れ際に真顔で、気になることを言った。

「一夫、めったにねえと思うが、おれにもしものことがあったら、おかあと文子を頼むっぺ。おれが死んだら、どこかそこいらの畑の隅に埋めて、野の花を手向けてくれ」

しばらくして、富男が治安維持法違反容疑で検挙され、成田警察署に拘留された、という知らせが御宿町役場に勤めるわたしの元に知らされた。

わたしはすぐに接見を申し込もうとしたが、役場の助役は「いや、あんたにも後田の共犯の嫌疑がかかっとるそうじゃ。面会は認められねえだっぺ。しばらくは、おとなしくしとったほうがええ」と言った。言葉は穏やかだったが、断じて行かせまい、という意志が感じられた。玄旻が富男の着替えや、身の回りのものを文子から預かって風呂敷に包み、成田まで会いに行ったが、「公安関係容疑の者には、たとえ家族でも接見はまかりならない、という検事局からのお達しが出ている」ということで、玄旻は富男との関係や、現住所、職業を聞きとられただけで、憮然(ぶぜん)とした顔で帰ってきた。

「情状酌量(じょうじょうしゃくりょう)嘆願書」を二度出したものの、なしのつぶてで、何の連絡も取れないままひと月が過ぎようという頃だった。千葉県警察部から町役場に連絡が入った。

「貴町在住ノ無職後田富男ナル者、本県警察部佐倉警察署内ニ於ヒテ治安維持法違反嫌疑ニツキ取調中ノ處、突発ノ腹痛ヲ訴ヘテ死亡セリ。当地宮尾病院ニテ同署警察官立会ノモト検視、身体ニ特別ノ異状所見ヲ認メズ死因不詳。即日、遺体焼却。遺族等ニ速ヤカナル遺骨引渡ノ手続乞フ」

わたしは血の気が失せた。ほとんど息をしていなかったと思う。

――富男が死んだ。

海が見渡せる林太郎の家で、泣きながら白米のご飯を掻きこんでいた、あの富男が死んだ。

とめどなく涙があふれてきた。「南総四人組」のひとりが、突然、永遠にこの世からいなくなってしまう。喪失感などという生易しいものではない。自分の体の一部がもぎとられる気がした。

悲報を耳にした玄旻は涙ひとつこぼさなかった。鬼瓦のような赤い顔を、さらに真っ赤にして、憤怒の表情だった。

「富男は獄死だ。病死じゃ絶対にねえな。お国に殺されたんじゃ」

富男の死亡日時は明らかにされなかった。遺体は誰も見た者がないまま、そそくさと荼毘に付されていた。

「そもそも、それがおかしくねえだっぺか。証拠隠滅（しょうこいんめつ）じゃ。警察で拷問（ごうもん）されて嬲（なぶ）り殺されたのに間違いねえ。くそーっ！」

　役場に訪ねて来た二人の刑事の、狂気をはらんだ形相を思い出した。玄妟と同様、わたしも同じ思いだった。人間はだれでも鬼にも邪にもなれる。人間はそういうものだ。それはわかっていても、恣意的（しいてき）にひとりの男のいのちを、ネコが捕えたネズミを弄（もてあそ）ぶようにしていたぶり、殺してしまったとすればその非道は許せない。警察に事情を照会する手立てを考えていると、役場の年嵩（としかさ）の職員が飛んできた。「これ以上、町を巻き込まんでくれよ。な、埴生、頼む。この通りだ」と懇願し、わたしの目の前で手を合わせた。


　風が騒がしく吹いている。

　富男の野辺（のべ）送りは、弔（とむら）いの鉦（かね）も五色（ごしき）の吹き返しもなく、導師の玄妟を先頭に、骨壺が入った白木の箱と位牌を持つひさら遺族のほかは、わたしや千葉県内の農民運動の関係者数人がつき従うだけの寂しいものだった。どこからか、たばしる霰（あられ）に混じって風に吹きまくられて飛んできた古新聞が、足元にしつこくまとわりつく。風と、衣擦（ず）れと、重く引きずる足音しか聞こえない。潮の流れが注ぎ込む浅瀬をまたぐ古い木の橋を渡り、緋の椿と櫟の木が疎らに立つ土手の畦道をしずしずと進んだ。サーベルを腰に吊った制服の警察官が二人、葬列の後ろを少し離れて歩き、不穏な動きがないかと目を光らせていた。

東京の陸軍省大臣官房にいる林太郎から久々に手紙が届いた。富男の死への痛恨の思いがしたためられていた。富男は御宿の海の底で藻に絡まれて溺れていた林太郎を救った命の恩人だ。手紙には、五年前に京都帝大教授の長女と結婚し、二人の息子をもうけたことが書かれていた。

「あの御宿の日々を思い出し、息子たちはいま少し大きくなれば、自然が豊かな田舎で育てようと決心しました。かつて自分もいた宮城県の宮城野原陸軍練兵場に近い尋常小学校に編入させようと思案している処です」

わたしは、落ち着かなかった。

（林太郎、そんなことより、わんこそ、まっさきに富男の墓に額づくべき男だっぺ。あして（どうして）御宿に弔いにこねえのか）

林太郎の手紙にどこか、うそ寒いものを感じた。幼馴染みの死を悼んでいることは、その通りだろう。しかし、林太郎にとって、御宿での日々は遠い少年の日の追憶のひとコマであって、彼が、富男や嘉吉（玄妟）が、それからどのような人生を過ごし、どれほど苦悶しているかに、深く思い致すことなどなかったのではないか。新聞記者だった頃のわたしにはたまに連絡があったが、御宿に引っ込んでからは、もはや会ったところで意味のない予備役に入った軍人のように思われたのか、音信（いんしん）はほぼ絶えた。富男や玄妟には手紙一つよこさなかった。

（やっぱり、林太郎はとうきょっぽ（都会人）だっぺ）

挫折を知らない彼は、わきめもふらずに帝国陸軍の幕僚へのエリート街道をばく進するのだろう。

（林太郎が御宿に来ることは、もうあるまい）

わたしはいたたまれない気持ちになった。

晩秋の空が抜けて究（きわ）まりなく高い。堪（たま）らなく淋しい空だ。

それから一年近くが経っても、富男の実家は昼間もひんやりとして暗く、嵐のあとのように静まりかえっていた。墓参の帰りに、少し肌寒さを覚えながら富男の家を訪ねると、ふだんは奥で臥せっていることが多くなっていた母親のひさが、この日は珍しく、囲炉裏が切ってある板の間に足を引きずって出てきた。囲炉裏に火が入ることはない。富男がいなくなった衝撃と悲歎は、時が経とうと癒えるものではない。町にはいまだに「アカを出した家じゃ」と後ろ指を指す心ない者までもいる。ひさの髪はすっかり白く、少なくなり、痩せさらばえて痛ましく老けた。絶望にとらわれ、生きがいを失い、不承不承に生きている感じだ。起居が大儀そうだった。文子が週に三日、近くの農家に竹細工づくりの手伝いに出かけて、糊口をしのいでいる。茨城の海軍航空隊にいる末の息子からも毎月、多少の仕送りがある。

ひさは、文子も一緒にそばに座るように頼んで、思いがけないことを口にした。床に頭をすりつけている。

「一夫さん、一生のお願えがあるだ。文子をわれ（おまえ様）の嫁に娶っておくれ。死んだ富男の遺言だと思うて、何も言わずに娶ってくれ。この通りだ」

ひさは、体裁を繕うこともなく、涙をぼろぼろと流した。ふと傍らの文子に目をやると、彼女は目を赤くして、折り畳んだ膝の上のハンカチを握りしめていた。朝な夕な、水をつかい、糠味噌をこね、家事に打ち込んできた文子の手の甲は皸て、赤く荒れていた。

簡単に二つ返事ができるような話ではない。

文子が表まで見送ってくれた。無言のまま、互いにぎこちない礼をかわして別れた。

わたしは暮れなずむ帰り道をとぼとぼ辿りながら、ひさの話を考えた。草叢でかぼそい蟋蟀の音がする。

富男に会った最後の日、あいつが、さも自分の運命を悟っているかのように、わたしに後事を託したのはなぜだろうか。ひょっとしたら、富男は自分が遠からずこの世から跡形もなくいなくなってしまうことを、どこかで本能的に察していて、最愛の文子の将来を考え、あえて結婚に踏み切らなかったのではあるまいか。富男はそういう男だ。そう思うと、富男が不憫でならなかった。

（富男よ、文子をおれの嫁にして、わん（おまえ）はほんとうにいいのか）

わたしは一番星が輝きを増してきた蒼天を仰いで問いかけた。星が涙に浮いてぷよぷよと滲んで見えた。

文子はひさからそれとなく、わたしに嫁いではどうか、ともちかけられたことがあったらしいが、まさか、いきなり切り出すとは夢にも思っていなかった。生真面目な文子は次の日も、そのあくる日も、富男の仏壇の前で手を合わせて考え続けた。屋根を叩く叢雨の音に身を強張らせながら、まんじりともせずに夜を過ごした。東の空が白み、払暁の梵鐘の音を聞くのを待ちかねたように、文子は崇福寺の玄妟を訪ねた。寺の門の上に張られた大きな蜘蛛の巣に女郎蜘蛛が独り蹲っている。糸に雨粒が光っていた。

「文子、どうしたっぺ。その顔色は」

玄妟は見咎めた。

「母が前ぶれもなくあんな話を持ち出して、一夫さんはさぞ困っているのではないでしょうか」

文子は見たこともないほど憔悴し、一途に思いつめた表情だった。

「こんなになりゆきまかせで、物事が決まってよいものでしょうか。一夫さんには一夫さんのお考えがおありでしょうし」

玄妟は首を小さく横に振って笑った。

「わん（おまえ）は心得違いをしておる」

「心得違いでございますか？」

文子は鸚鵡返しに尋ねた。

「よいか文子、わんが一夫と連れ添うことは、富男があの世から真に望んでおることじゃ。わがはからいにあらず。これぞ自然法爾ぞ。仏の思召ぞ。おのが定めにただ従え。夫婦になれ。一夫はわんにふさわしい立派な男よ」

玄旻は微笑し、いたわるように言った。

文子の切れ長の目から大粒の涙がこぼれた。

玄旻はその日のうちに寺にわたしを呼んで、文子の話を伝えた。

「文子がそのようなことを……」

玄旻は一条の沈黙を置いて、胡坐に組んでいた足を伸ばし、文子には言わなかったことをわたしに話した。

「一夫、文子の心の裡には、夫婦として契ることをひたすらに待ち続けた愛しい富男が灰色のしこりとなって、棲みついておるんじゃなかっぺ。死んだ富男を忘れきれない。それで迷っとる気がしてのお」

「おれもそのことを考えとった」

「だがのお、一夫、いまの地獄の苦しみから文子を救い出すのは、あん（おまえ）しかおらん。富男はもう帰っては来んぞ。あんが、菩薩となって手を差し伸べて、文子を幸せにしてやれ」

文子への愛おしさが、わたしの胸に溢れた。

四つ年下の文子はよく気が回り、賢く、楚々として、いつも身のこなしがきりりと締まっていた。申し分のない女性だった。数日後、文子と二人になった時に、わたしは彼女に正式に結婚を申し入れ、彼女は含羞を浮かべて顔を赤らめ「よろしくお願いいたします」と閾際に指をついた。

わたしが富男の家で、ひさと文子と三人で暮らすことを申し出ると、ひさは驚き、また涙を流して喜んだ。

御宿海岸の小さな料理旅館の座敷でささやかな祝言を挙げた。披露の席で、玄旻はいつものように手酌で大酒を呷り、頼まれもしないのに大声で次から次へと詩吟を吟じ、誰も知らない流行り歌を歌い、「勘弁してくれよ」と照れて逃げ回るひさの手を取って踊り、ひとりで道化を演じて座を賑わせた。しまいには、へべれけに酔っぱらって正体を失い、畳の上に大の字になってひっくり返った。

〽何をくよくよ北山時雨、思いなければ晴れてゆく～

馬唄だか道歌だかを口遊(くちずさ)んでいたが、そのうち寝息を立て始めた。悲しみと嬉しさが入り混じって、心の整理がつかなかったのに違いない。玄旻もまた、そういう男なのだ。玄旻の大鼾(いびき)に、打ち寄せる波の音もかき消され、文子は可笑(おか)しそうに笑った。

一九二八年（昭和三年）の秋が過ぎようとしていた。

第七章　遊行の捨聖(すてひじり)

甍(いらか)が小糠雨(こぬかあめ)に濡れている。

富男が死んでから、玄旻は朝夙(はや)くに起きると、人気(ひとけ)がない寺の本堂で、経を唱えるでもなく、ただ静かに坐(すわ)って、親鸞の言葉を弟子の唯円(ゆいえん)が綴った『歎異抄(たんにしょう)』を読みふけることがめっきり増えた。薄暗いなかで、有明行灯(ありあけあんどん)が小さく点(とも)っている。寺に住みついていた一匹の三毛猫が玄旻の傍らに足音もなく寄ってきて、ニャーとひと鳴きし、ぐるりと寝転がって媚(こび)を売ったが、何か異様な気配を感じとったのか、本堂から静かに出て行った。

室町時代初期の創建と伝えられる浄土真宗の寺、崇福(そうふく)寺は戦乱で二度焼け落ちた、と寺社縁起(えんぎ)の古文書は伝えている。「南総の古刹(こさつ)」と言われるが、おそらく現存の建物も江戸時代の享保(きょうほ)年間以降に再建されたもので、それほど古いものではないだろう。

本尊の阿弥陀如来像は、木曾檜(きそひのき)の「寄木造(よせぎづく)り」で金箔(きんぱく)が押されている。千葉県登録文化財に指定されているが、古色の感じは乏しく、しもぶくれのお顔やお身体、透かし彫りの光背(こうはい)にも、どこにも目立った剥(は)がれや煤(すす)の汚れで黝(くろ)ずんだところがなく、鈍い金色(こんじき)の光をやわらかく跳ね返している。唇には珊瑚のような一点の朱を止めている。もっと新しい時代に寺に持ち込まれたのかもしれない。

その隣に宗祖親鸞聖人の小ぶりな、赤松一本づくりの座像が安置されている。数珠を持つ左手は皸のようにひび割れ、袈裟の襟元にはまるで太刀で斬りつけられたかとも思える大きな傷がある。

玄昊は子どもの頃から、穏やかで、いかにも円満具足の相好を保ち、慈愛に満ちたご本尊より、この飾り気がなく武骨なまでの親鸞像に強く惹かれてきた。眉はつり上がり、目は宙を睨み、口元や頬は引き締まり、柔和さなど微塵もない。老をたたんだ顔には無常の隈どりこそまつわっているが、些かの翳もない。人間存在の根っこを抉り、風雪に耐えた不屈の戦闘者の強い意志を感じさせる、荒々しい相貌だ。

この影像が、玄昊に覚悟を問うている。

（御聖人さま、どうぞお導き下さいまし。罪悪深重の衆生である玄昊は、いかなる道を歩めばよろしいのですか）

玄昊は惑いのなかにあった。

齢(よわい)四十を迎えた自分は、この先も寺にとどまれば、いずれ父親の跡を継いで院主(いんじゅ)となるだろう。町の檀家の衆もそれを疑わない。亡き者を供養し、葬儀や法要で経を読み、同じような法話を繰り返し説き、お布施を頂戴し、夜な夜な、「忘憂(ぼうゆう)の妙薬」、つまり酒に溺れる。

それはそれで、食うや食わずのいまの世にあって、人も羨(うらや)む暮らしに違いない。しかし、玄晏よ、おまえはほんとうに、このまま安逸(あんいつ)な余生を送って、それでよいのか。富男はひたむきに生き、貧窮する農民の救済にいのちを捧げたではないか。

(富男が虎になりたいと言ったのは、どういうことだ。富男がどこで見たのか知らぬが、薄明(はくめい)の孤独な虎の中に、生きていくものすべての愛別離苦の悲しみを、いのちの奥深くにひそむ尊い何ものかを、感じとっていたのではないか)

玄晏はそう考えるようになっていた。

冷害による米の大凶作で、思い余って娘を芸妓や娼妓(しょうぎ)に売る家が絶えないほどの窮状に陥っている東北のことを聞き及んでいた。

(地獄は往生を遂げた先にあるのか。いや、そうではねえ。この世こそ生きながらの地獄だっぺ。救いはどこにもないのか)

役場からの帰りにわたしが訪ねたときも、糠雑巾(ぬかぞうきん)で磨かれて、鏡とまではゆかぬものの黒光りがする板の間の本堂でひとり、呆けたように坐(すわ)り込んでいた。どろりとした闇が淀んでいる。背中がこころなしか小さくなったような気がした。あの陽気な玄妟が眉根(まゆね)を寄せ、珍しく悶々(もんもん)として塞(ふさ)ぎ込んでいる。この男、何かを裡(うち)に秘めている。この男が鬱(うっ)して泥壺(どろつぼ)に沈んでいるものは何なのか。

わたしは玄妟が心の秘密を打ち明けてくれることを願った。一方で、このまま何も言わないでいてくれることを望んだ。

「富男のことが忘れられんか」

わたしはそっと話しかけた。

返事までに、だいぶ間がある。

「それはもちろんじゃ。いまでも富男の顔がちらちらする。あいつはなあ、生まれ変わったら虎になりたい、と言うておった。四有輪廻(しゆうりんね)を転生し、今頃はシベリアで虎になって生まれたかのお」

「虎？　なんじゃそれ」

「知らん。菩薩が本願成就(ほんがんじょうじゅ)して往生を遂げてから白鳥に転生した話は聞いたことがあるが、虎とはのお。どのような因縁にあることよ。しかし、おれのような生臭坊主より、富男の方がよほど親鸞聖人様の教えの道を一心に歩いた気がしてのお」

玄晏は、すっかり色褪せたが、古代蓮の花が乱れ咲く極楽浄土が描かれた、本堂の天井を見上げて、しばらく沈黙した。

「それにしても、生きることは空しいぞ。浮き世のことは一場の夢じゃ。どの桜も散りしきる徒桜よ。現世は辛いのお、一夫よ」

わたしは吹き出した。

「玄晏、定めないこの世の無常を人に説き、我欲を捨てよ、執着を断てと諭すのが坊さんだっぺ。わん（おまえ）の勤めだっぺ」

玄晏は何もこたえず、それ以上、口をきかなかった。口をきくのさえ物憂いように、わたしには感じられた。

ある夜、玄晏は冷え冷えとした本堂に父親を招き入れて対座した。年老いて膝が悪い父には気の毒だったが、なんとしても今夜はここに来てもらう必要があった。板張りの本堂だが、仏壇の前だけは十七、八枚の畳が敷かれている。父のために金襴菊花唐草紋の分厚い座布団を用意した。玄妟は一段低い板の間に坐って居住まいを正し、頭(こうべ)を垂れている。

「父さま、玄妟は、この親鸞御聖人様の座像とじっと向かい合って、ようやく決心がつきました」

　父はあらたまって何事かと訝(いぶか)った。

「おれは寺を離れて、東北の地に赴(おもむ)き、凶作に苦しむ人々に念仏を説き、救済の廻向(えこう)にまいります。あの人たちの苦難を見過ごして、わが身だけ安楽な場所に閑居して仏門修行することは、おれには、できねえ」

　本堂には冷気が満ちているのに、父の顔は愕(おどろ)きをあらわにして、みるみる赤くなった。

「玄妟、わん（おまえ）は気でもおかしくなったか。誰が寺を守るのじゃ。檀家はどうする。あじして（どうして）手前勝手な、あてこともねえ（とんでもない）ことを言うのか」

と声を震わせた。

「永遠にというわけでもねえです。半年か、一年かそこら」

　父にそれ以上のことを今言うのは酷(むご)いと思った。もう寺に帰ってくる気はない。玄妟がいなくとも、檀家が多く、実入りがいいこの寺を継ぎたい者は、掃いて捨てるほどいるはずだから後継ぎは心配ないだろう。二十年も前になるが、母は七夕の夜に知り合った隣町の若い会社勤めの男と恋仲になり、駆け落ちしてしまった。気の毒に思った檀家の年配の婦人たちが交代で寺にやって来ては、持ち寄った魚や野菜の食材で毎食の献立を工夫し、風呂の湯を沸かしてくれた。白湯で薬も飲ませてくれる。日常の不自由はない。

「父さま、よくよく考えてくだされ。御聖人様なら、末法の世にどうしたっぺ。御聖人様は安住の地を捨て、一切を捨てて、苦しい日照りの修羅の道をひとり、とぼとぼと歩まれたのじゃねえですか」

非僧非俗の僧親鸞は、越後への流罪を赦された後も、京の都には戻らず、その後の約二十年を荒れ果てた関東の地で送った。常陸の稲田に草庵を結び、噂を耳にして訪ねて来る農民や、善光寺聖、熊野修験の山伏らに他力本願や専修念仏を説き、『教行信証』の執筆に打ち込んだ。

「この寺があってこそ、檀家衆の先祖代々の供養ができ、貴ばれてきたことがわかっとらんのか。この寺を離れて、未熟者のわん一人で何ができるというのか」

父の声は怒気を帯びて鋭くなったが、玄昊は生半可な気持ちではない。引き下がらなかった。

「父さま、口はばったいことですが、親鸞御聖人様の曽孫の覚如聖人が遺した『改邪鈔』

に、御聖人様のおことばとして『某親鸞、閉眼せば、賀茂河にいれて魚に与うべし。……いよいよ葬喪を一大事とすべきにあらず。もっとも停止すべき（葬式などは問題にならない。すぐにやめなさい）』とあります。人が死んで初七日だの、四十九日の法要だのというのは、寺がおのれの懐を肥やすための方便だっぺ。お釈迦様が、親鸞聖人様がいつ、そのような教えを説かれましたか。親鸞聖人様は死者の供養のための念仏をきっぱりと退けておられます。この玄旻も草生す山野辺で行き倒れ、野垂れ死にして無縁仏となる覚悟で遊行に出とう存じます」

玄旻がこうまで父に抗うことはなかった。重い沈黙が続いた。寂として静まりかえった本堂に、遠くの潮騒の音が幽かに聞こえてくる。

「わんの母ばかりか、わんも、この父と寺を見捨てる気だっぺ。顔に書いてある」

父は洟水を垂らして唇を噛みしめ、やっとのことで声を絞り出した。父は慄えていた。玄旻は身の置き処を失くした心地がした。大きな身体を折り曲げ、涙が滾々と溢れ出るのを拭おうともせず、額を板の間にすりつけた。

父に義絶された玄旻は、黎明の紅が空を染め、いずこともしれぬ遠くで鴉が啼き始めた頃に寺を出て、遊行の捨聖となる。

わたしには出立の挨拶に来るでもなく、ほどなく「風に吹かれるまま、水雲の僧となり、修羅の道を歩いてまいる。あいた右目では表の世しか見えない。潰れた左目で人の心の裡を見たいもの」と不退転の覚悟を綴った封書が届いた。

手紙には松尾芭蕉の「奥の細道」の旅に同行し、病を得て途中で離脱した門弟河合曾良の「行行て　たおれ伏すとも　萩の原」の句が添えてあった。

（富男も、林太郎も、そして玄旻も、無二の親友と思っていたのに、その心の裡の叫びを、おれは何も聞いてやれなかったのではないか）

玄旻がいなくなると、御宿の町が広くなった気がした。日ごと、深い無力感と、いいしれぬ寂寥感が沁みわたるように溢れてきた。心の空洞を冷たい風が吹きぬける。

玄旻の行方は知れず、風の噂にも聞かなくなって、月日は流れた。

◇

一九二九年（昭和四年）十月、ニューヨークの株式市場が大暴落した「暗黒の木曜日」の影響は、たちまち日本にも及び、アメリカに生糸を輸出していた国内養蚕農家などに打撃を与えた。明治の中頃から、全国の五百六十万農家のうち、約四割の農家が養蚕を兼業していた。それが導火線となって、他の農産物や海産物の生産者価格も下落し、失業者は増え、恐慌の色合いは日ごとに強まっていった。

　御宿の町役場も税収の落ち込みに泣き、職員削減などの合理化に取り組まざるをえなくなっている。わたしが取材、編集、印刷を一手に引き受けていた広報紙「ひろば」は休刊となり、それとともに、臨時雇いから正規職員の専門職になっていたわたしも職を解かれ、収入の道は途絶えた。助役はわたしのところにやって来て、「また景気がよくなったら、戻って来てもらうっぺ」と気休めを言った。

　寒空に放り出されてみると、田舎町では、大手の新聞記者あがりというキャリアはつぶしが効かない。情けないほどだ。まだ自分は枯れてはいない。干涸(ひか)らびて、つましい余生を送る歳ではあるまい。

　この年の夏に、同居していた富男の母ひさは突然の心臓病で身罷(みまか)っていたが、文子を食べさせていかなければならない。文子の中には新しいいのちが宿っていた。文子はけっして良人(おっと)の内面に探りを入れるようなことはしなかったが、わたしの焦りを聡(さと)く察していた。

「わたしが知り合いの奥さんの竹細工づくりを手伝ってなんとかします。竹蜻蛉(とんぼ)や紙鉄砲くらいなら手内職でも作れます。草履も編みます」と文子は言ってくれたが、身重の妻に無理をさせるわけにはいかない。

思案に暮れて、あちこちと伝手を頼って、東京や千葉での働き口を照会した。第一線の法律家を退いていた東京・日比谷の叔父にも相談し、千葉の裁判所の庶務の仕事にありつけるかもしれなかった。君津の製鉄工場の保安管理係はどうか、と持ちかけられてもいた。ぜいたくを言える立場ではないが、どちらも自分に向く仕事とは思えない。そんな折に、『東日新報』でかつて同僚記者だった男から、思いもよらない話が舞い込んだ。

一九一八年（大正七年）に上海で発刊した邦字紙『上海経済日報』が、五万米ドルの増資を機会に『上海毎日新聞』と改名され、おもに経済記事を掲載している。その編集長が家庭の事情で急に辞めて空席となり、そのあと釜に、日本人の海外特派員経験がある記者を探している、というのだ。

（上海か……）

欧州へ向かう途中、上海に停泊した三島丸を下船し、林太郎とともに小料理屋で杯を酌み交わした一夜のことが蘇った。藤田嗣治を「六三亭」で見かけたのもその晩だった。殷賑をきわめる魅惑の国際都市だ。一九二一年（大正十年）に『大阪毎日新聞』の海外視察員として上海に派遣されたことがあった芥川龍之介は、上海の猥雑さに辟易して帰国したが、作家の横光利一には「君は上海を見ておかねばいけない」と勧め、横光は上海に約一カ月滞在した。フランスの作家アンドレ・マルローが、中国を舞台にした小説『征服者』『王道』を上梓して名を高めたことにも刺激された。一九二八年（昭和三年）のことである。「恐らく私の見た都会の中では、ロンドンに匹敵する大都会は上海を措いてないと思う」と横光は書いている。上海の人口は一九三〇年（昭和五年）頃には三百万人に膨れ上がった。

『東日新報』の元同僚だった男は「埴生、上海はこれから世界の耳目が集まる都市だぞ。おまえの腕がふるえるところじゃないか」と言った。

　わたしは、がぜん、乗り気になった。

「思いきって上海に渡ろうかと思うが、どうだろう」

　文子に持ちかけると、あっさりしたもので「あなたがよろしいなら、わたしはどこへでも」と落ち着いた顔で言った。

「文子、わん（おまえ）は上海がどこにあるか知っとるのか。外地だぞ。支那だっぺ」と言うと、文子は「あら、わたしだってそのくらいのことは知っていますよ。鬼や蛇が出るわけでもないでしょ」と笑い、屈託なかった。

紀子もそうだったが、いざとなると、うじうじと考え込むだらしない男より、女の方がよほど肚がすわり、度胸がある。

『東日新報』にいたときほどの俸給は期待できないにしても、町役場の専門職よりはよほどましのはずだ。中国語は全く解さないが、向こうへ行けば何とかなるだろう。日本人の居留民もたくさんいる。大都会の上海には、南総の田舎などより腕が確かな医師と、近代的な設備を揃えた外科、内科、婦人科、小児科、歯科などの病院がいくつもあり、富山県の重松大薬房はじめ四十を超す日本人経営の薬局がある、というのも心強かった。

上海では生水をけっして飲んではならない、というのは心得ている。道端で売っているアイスキャンディもご法度らしい。だが、ふだんの食べ物は大丈夫か。海風が始終吹き、湿気が多いという気候が文子の体に障らないか。気がかりなことがなかったわけではない。

いちばんの心配と言えば、大陸に侵攻する日本の軍靴の響きがいよいよ高まっていることだった。田中内閣による第一次山東出兵に続いて、一九二八年（昭和三年）六月には満州の奉天郊外で、馬賊あがりで満州一の強大な軍閥の支配者となってみずから大元帥と号していた張作霖が乗った特別列車が、関東軍の謀略で爆破されたという噂が欧米、中国など海外の新聞報道で広がっていた。杜撰なことに、現場には日本製の火薬の痕跡があったとされる。

「満州某重大事件」と呼ばれた張作霖爆殺の首謀者である河本大作大佐（陸士十五期）は、退役処分になったものの、軍法会議にはかけられなかった。それどころか、河本は英雄視され、陸軍省と参謀本部の幹部がそろって赤坂で盛大な「慰労宴」を開いた（河本はその後、満州鉄道の理事になる）。昭和天皇は当時の田中義一首相を難詰し、鈴木貫太郎侍従長（敗戦時の首相）に向かって「田中総理の言うことはちっとも判らぬ」と不満をあらわにした。涙を流して恐懼した田中は辞任したが、結局、関係者は「頬被り」して、原因や責任の追及はうやむやにされた。真相が明らかになるのは戦後のことである。

一九三一年には三月事件、十月事件という陸軍少壮軍人によるクーデター未遂事件が起き、そして九月十八日の柳条湖での満州事変勃発に至る。たまに東京に出ると、肩で風を切るような軍人が目立って増えてきた。軍部はいまや「夜郎自大」の無法者集団かと思うほどの存在に堕しつつあった。

戦争の惨禍は欧州で嫌というほど目にしてきた。パリで会った、非戦を訴え続ける水野広徳の武骨な顔が浮かんだ。

わたしと文子は、御宿の家をすっかり引き払い、神戸から日本郵船の汽船「長崎丸」に乗り、長崎を経て、上海に上陸した。十七年前に渡欧した時の辛い船酔いを思い出した。あの時は景色を見るどころの騒ぎではなかったが、幸い、わたしも文子も大丈夫だった。印半纏を着込み、脚絆に草履履きの男に手招きされて、車体に塗ったニスが強烈に臭う黄包車（人力車）を雇い、『上海毎日新聞』が借り上げてくれていた虹口マーケットの裏手のアパートの二階で旅装を解いた。

通りや市場の、賑やかなさんざめきが、薄いガラス窓を通して部屋の中まで滲みこんでくる。静まり返った御宿の田舎暮らししか知らない文子は驚いた。数棟の集合住宅がつながれた「里弄住宅」と呼ばれるアパートは、安普請の中国式の建物で、漆喰の壁を通して外の冷気も伝わってきたが、部屋は夫婦二人と、生まれてくる幼な子が暮らすには十分な広さだ。食卓やストーブ、ベッド、布団、身支度するための鏡など、生活に必要な家具や、茶碗や皿などの什器類は申し訳程度に備え付けてある。

がたつく木枠の裏窓を開けると、取り込み忘れたのか、男物の開襟シャツや、洗いふるした赤ん坊のおしめがたくさん干してある隣家の鉄棒の物干しが見えた。満艦飾だ。わたしはロンドンのサウス・ケンジントンの優雅なフラットを思い出して、もう少し上等な住まいが用意されているかと期待していただけに少々気落ちしたが、文子は浮き浮きした様子で、わたしよりずっと嬉しそうだった。

「ほら、あなた、見て。水道も栓をひねると出るし、電灯もちゃんと点(とも)りますよ」

「おいおい、いまじゃ御宿だって電灯くらいつくじゃねえか。上海は大都会だぞ」

「わたしの実家も、ひささんのうちも、電気が通ったのは町でも最後のほうでしたよ。富男さんもひささんも、それを悔しがって」

御宿町に電灯が点ったのは、わたしが欧州に旅立った翌年一九一四年（大正三年）三月だった。

早速、わたしの両親と、富男とひさの位牌を、居間の箪笥(たんす)の上に供えて、真鍮(しんちゅう)のりんを叩き、蜜蝋燭(みつろうそく)に灯を点し、白檀(びゃくだん)の線香を焚(た)いて手を合わせた。文子が仏具のりんや蝋燭、線香まで持ち込んでいるのは知らなかった。「切り花を売っている店は、市場にあるのでしょうかね。ひささんは女郎花(おみなえし)の黄色い花が好きでした」と彼女は言った。古木の香の匂いが部屋を充たした。

文子は北四川路にある市内最大級の総合病院・福民医院で、無事に元気な男の子を産んだ。三十九歳という、当時ではまれに見る高齢出産だったが、『上海毎日新聞』の劉さんという年配の女子職員が、毎日のように病院にやって来て、世話を焼いた。三人の子を産み、育てたという劉さんは、文子の下着や息子のおむつの洗濯まで、嫌な顔ひとつせずにやってくれた。金盥に湯を沸かして身体を拭き、髪も梳いてくれた。大餅などのおやつも差し入れしてくれた。会話はほとんど通じなかったが、母親のような彼女の優しさに胸がつまり、文子は涙を抑えきれなかった。ちなみに、地上七階の鉄筋コンクリート造りの福民医院は、香川県小豆郡小部村（現土庄町）出身の日本人医師頓宮寛が開設した。作家の魯迅のひいきの病院で、息子もここで生まれている。

上海の都心部は、東京の山手線の内側より少し狭いほどの広さだ。名物のトロリーバスに初めて乗った。草履を揃えて脱いで座席に後ろ向きに正座し、息子を腕に抱き、おでこを窓ガラスにくっつけて往来の景色をきょろきょろと眺めていた文子が、時おりわたしに話しかけた。

「ほら、あのご婦人の洋傘。あんな綺麗な花柄の傘なんか見たこともありませんよ。お高いのでしょうねえ」

「そうでもないさ。傘ぐらい、欲しけりゃ十本でも二十本でも、好きなだけ買ってやるよ」

「だったら、傘屋が始められますね」

「おっ、それはいいな。おれは髪結(ゆ)いの亭主ならぬ傘屋の亭主か」

「あなた、上海はほんとにいいところですね。支那の人はゆきずりの人もみんな優しい。もっと若い時に来られたら、もっとよかったかもしれません。でも、それだったらあなたには会えなかったかしら」

「そりゃ、どういう意味だっぺ。歌舞伎役者みてえな、鼻筋が通った、もっと二枚目のいい男を追いかけてのぼせあがり、おれなぞ眼中になかっただろうと。おめ、そう言いたいのか」

「そんなこと、だれも言ってやしませんよ」

わたしたちは軽口をたたいて、笑い合った。

文子は異国の地に生まれた我が子を、玉のように慈(いつく)しんだ。パリのリュクサンブール公園とは比べるべくもないが、郊外の江湾(チャンワン)の一角に、長崎出身の実業家白石六三郎が開設した「六三花園」は、日本庭園の意匠を凝(こ)らし、芝生や噴水、蓮池、葡萄(ぶどう)園、神社、茶屋、臥龍(がりゅう)の松などがバランスよく配され、日本人居留民にとって憩いの場所だった。鹿や鶴、尾長猿などの動物も飼われている。日本人には無料で開放された。文人墨客(ぶんじんぼっきゃく)にも愛され、数々の歌が詠まれている。わたしたちも週末によく訪れたが、山吹らしいものがしどろに咲き乱れ、その清々(すがすが)しさ、優美さに夢見心地だった。ことに江南の緑がやわらかく芽吹く、とろけるような春には、六三花園の夜桜に酔いしれた。

「日本人とはどう云(い)う人種か、それは私の知る所じゃない。が、兎(と)に角(かく)海外に出ると、その八重たると一重たるを問わず、桜の花さえ見る事が出来れば、忽(たちまち)幸福になる人種である」

芥川龍之介が『上海游記』にそう書いていたのを思い出した。

もっとも名残の惜しまれる黄昏(たそがれ)のひと時、郊外にある龍華(ロンホア)まで馬車で行って桃の花を楽しんだこともある。神苑の花の下のベンチで乳をふくませた後、息子を背に負った文子はうっとりとして佇み、わたしが上海で買った最新式のライカ製の写真機で撮る写真に、日傘をかざすポーズでおさまった。

文子はつましく、およそ贅沢ということを知らない女で、上海にも母親のお下がりの、洗いぬいて色が褪め、着古した地味な木綿の着物二枚と、夏物の色無地の小袖、それにたんねんに継をあてた久留米絣の薄物しか持ってこなかった。わたしが「新しい着物くらい拵えてはどうだい」と言うと、「そんな、もったいないことです」と頑ななほどに拒んだ。翌日、なかば強引に文子を虹口の目抜き通りにある呉服屋に連れて行き、店の主人に見立ててもらった。裾に白い小紋を散らした淡い藤紫色の正絹の一枚、銀鼠色の塩沢紬の帯が届くと、文子の顔は行燈に灯が点ったようにぽっと輝いた。着物を胸に押し戴き、それからしばらく頬で撫でた。仏壇の前で腰を折り、「お母さん、富男さん、見てください。一夫さんにこんな結構なものを買っていただきましたよ」と報告して、線香を燻らせ、手を合わせた。

レンジファインダーの中の文子は、藤紫色の着物がよく似あい、艶やかで、輝くばかりに美しい。

わたしはもともと写真機には目がなく、ロンドンに赴任した当時、わたしが出たばかりの新型コダック写真機をどこに行く時でも手放さないことに、支局の助手リーザから「ハニュウさんに恋人ができたら、その写真機に嫉妬しますことよ」と揶揄われたことを思い出した。

たいていは黄包車（人力車）に揺られてだったが、たまには若葉の鈴懸の道をつたって、「大世界」という上海随一の盛り場にも繰り出した。赤いターバンを頭に巻いたシーク教徒のインド人の巡査が、大通りの真ん中の台の上に立ち、大げさな身ぶり手ぶりで交通整理をしていた。

「大世界」は、創始者の黄楚九の死後、警察官でありながら、フランス租界を牛耳っていた巨大暗黒組織「青幇」の大親分、黄金栄が所有権を手にして新たなオーナーとなり、その財力にまかせて造り上げた、映画館、劇場、レストラン、ナイトクラブ、賭博場、鍼灸院などを備えた一大娯楽センターだ。黄は小柄で、顔中に水疱瘡の跡があり、「あばたの黄」と呼びならわされていた。その美貌とともに、黄金の声を持つ歌姫として知られた周璇は、民衆の誰もが憧れる「大都会」のスターだった。六つのフロアからなる施設は、人波が深夜になっても途切れない「不夜城」だ。たとえるなら、東京の浅草六区のような大衆芸能のメッカでもあり、舞台では芸人たちが京劇、手品、曲芸、動物の物まねを演じ、ユーモラスな歌を歌い、珍しい太鼓を撥で打ち鳴らし、三味線をにぎやかに弾いてお囃子を盛り立てる。

息子をおぶった文子は目に涙を浮かべて、笑い転げている。上海は彼女の「第二の故郷」になった。思えば、この頃が、わたしたちが、誰憚(はばか)るもののない、もっとも幸福な時代だったのかもしれない。

御宿、東京、ロンドン、パリ、御宿、そして上海。「流浪(るろう)の民」というほどではないが、あちこちに暮らし、世の変転もそれなりに見て来た。人生も半ばほどになって、ようやく平穏で落ち着いた暮らしを手にした、と思う半面、このなにものにも代えがたい静けさが破られる日が来るのではないか、という漠然とした不安が、わたしの頭を過(よぎ)った。

わたしは編集長として、毎日、取材や企画の指示を出したり、若手記者の原稿を書き直したり、チェックしたりの作業に追われた。もちろん、限られた数の記者しかおらず、編集長席でふんぞり返っているわけにはいかない。自分で警察や日本総領事館、日本人倶楽部などへの取材にも出かける。当地の記者仲間や実業家らとの会合で、あの「六三亭」にも何度か上がった。魯迅(ろじん)にも会った。『放浪記』で一躍人気作家となった林芙美子が、上海に立ち寄るというのでインタビューにも行った。

かつて、パリで藤田嗣治から聞いたフランス語でいう「アパッシ(無頼漢)」は、この街のどこにでも屯（たむろ）している。若い編集部員が夜の酒場やダンスホールで、暴力沙汰（ざた）やゆすりなどの揉（も）め事に巻き込まれ、青い顔をして、まだ新聞社にいたわたしの元に駆け込んで来たことも幾度かある。そうしたいざこざを「穏便に解決する」ために、柄の悪い連中と渡り合い、わたしのポケットマネーから小遣い程度の金子（きんす）をつかませて掛け合うこともあった。大昔、御宿の海岸で林太郎が「羽織ゴロの文屋か」とませたことを言ったのをふと思い出し、苦笑した。それもこの街では新聞社の編集長の職分のうちだろう。記者稼業は任侠（にんきょう）の世界に一脈通じるところがある。組の若い衆（部下）が危急の時に親分（上司）が逃げ腰になっては、組の名折れだ。誰も信用してくれない。

しかし、せっかく上海暮らしを気に入ってくれている文子を怖がらせるわけにはいかない。よく、黄浦江には痣（あざ）と傷だらけの身元不明の死体が浮いた。ときには顔が潰（つぶ）れた女のむごたらしい死体も揚がった。そのたびに噂にはなるが、すぐに忘れられる。なにかというとポケットの中の折り畳みナイフをちらつかせるチンピラや、ひしめく阿片窟（あへんくつ）、野鴨（ヤーチ）と呼ばれて裏街でゆきずりの客をとる売春婦がはびこる上海の薄汚れた無法地帯「黒社会」のことは、彼女の前ではおくびにも出さなかった。

文子を怯（おび）えさせたただ一つのことは、朝方、瀬戸物が粉々に砕け散る音がたまに聞こえてくることだった。年端（としは）もいかない子どもが死ぬと、親がその子が使っていた茶碗や箸を家の門口に叩きつけて割ってしまうこの地の風習だった。親子の痛ましい惜別の儀式だったのだろう。

スリリングで、猥雑（わいざつ）で、久々に充実した日々だ。自分はやはり、記者という浮き草稼業（かぎょう）が根っから好きなのだと、しみじみ思った。

ロンドンのフリート街の支局を根城に、欧州各地を飛び回っていた若い頃をたまに思い出す。ここ上海では、ひと休憩にどこの街角の茶館に入っても、うまい中国茶が飲めた。その種類は驚くほど多く、鉄観音、茉莉花茶（ジャスミンティー）から始まり、祁門（キーモン）という渋みが少ない紅茶も楽しめた。わたしのお気に入りのアールグレイの紅茶は、さすがに望むべくもなかったが。

湯恩路一号にあった五階建ての『上海毎日新聞社』の社屋の玄関脇には大輪の牡丹の鉢があった。そういえば、ロンドンのミセス・リーザは花がとても好きで、いつも支局のキャビネットの上の花瓶に、ロンドン郊外のウインブルトンの自宅の庭で丹精している季節の花の中から摘（つ）んできた花束を活（い）けていた。「春先に咲くスイセンや、青いムスカリの花がとくに好きなの。わたしの庭にいっぱい咲いているから、ハニュウさんも見に来てね」と言っていたが、果たせなかった。手紙の通信もとっくに絶えた。彼女はこの空のもと、どこで、どうしているのだろうか。

経済紙の編集長という仕事柄、さまざまなパーティーにも招かれた。日本人の居留民ばかりではない。英国人、フランス人、ドイツ人、ロシア人、インド人、朝鮮人、そして中国人。さまざまな国の、さまざまな背景と思惑を持つ人が集まる。没落した名門貴族の伯爵夫人だっている。そうした場でグラス片手に、虚実ないまぜの情報がやりとりされる。それを承知で、人は蜜(みつ)を求める蝶のように妖(あや)しい花芯に吸い寄せられる。これほどの多種多様な人種と階層の集いは欧州でも経験しなかった。「文明の坩堝(るつぼ)」である国際都市上海ならではの光景だろう。

黄浦江に面したイギリス租界には、イオニア様式の古代ギリシャ風の円柱が目につく威圧的な石造りの大廈高楼(たいかこうろう)が立ち並んでいる。シチリア産の白大理石の階段がある「上海クラブ」は男性会員のみの上海でもっとも格式のあるクラブで、二階にある世界でいちばん長いマホガニー製の「ロングバー」で知られた。

ある日、そうした建物のひとつで、屋上に巨大なドームがあり、あたりをはらう威厳に満ちた、いかめしい香港上海銀行（ＨＳＢＣ）で開かれたパーティーに招かれた。入口にはイギリスで鋳造したという銅製のライオンが鎮座していた。すぐ北側には高さ三十三メートルの鐘楼を持つ、チューダー朝様式の江海関（現上海税関）があり、鐘が十五分ごとにウェストミンスター式のチャイムを鳴らしている。

ところかまわずに自分たちの価値観を押しつける。それが七つの海を支配する大英帝国の、無神経で、いけすかないところだ。

そのパーティーで、わたしは亡命ロシア人の貿易商だという、蝶ネクタイをしめた中年の男に会い、スコッチウイスキーのグラスを手に英語とフランス語で会話した。

わたしが、ソヴィエト政権が一九二〇年代初めに打ち出した新経済政策について話題にしたら、顔を曇らせた。

「新経済政策ですって？　あなた、もう遠い昔のことですよ。いまは、それどころじゃない。深刻な飢餓をそっちのけで、共産党はレーニンが死んだ後は、スターリン、モロトフ、ブハーリンらが権力闘争に明け暮れています。絶望した農民たちは農民組合を各地で結成して、反ソヴィエト活動に立ち上がっています。物不足は深刻で、一年前からは食肉の配給制が始まっています。革命前よりよほどひどい。祖国は混乱の極みですよ」

男はモスクワに妻と三人の子どもを残してきたらしい。「すぐに戻る」と言ったまま十四年が過ぎた。家族の消息は途絶えて不明だという。持ち出した家族写真もなくしてしまった。子どもの顔もおぼろげにしか思い出せない。名刺をかわしたわけでもなく、名前もよく聞き取れなかった初対面のその男は、ズボンのポケットからくしゃくしゃのハンカチを取り出して隈が濃い目の周りをぬぐった。彼はこれからも、異郷の地で、砂を嚙むような漂泊の人生を続けていくのだろうか。

「空しいのお」。寺を出た玄旻の言葉が、ふと脳裏をかすめた。

しかし、上海は底知れぬ虚無の街か、というとそうとは言えない。ボードレールの散文詩が囁くパリのような深く沈んだ憂愁の溜息は似合わない。ウィーンのように世紀末の退廃のデカダンスに酔いしれるのともまた違う。刹那的に人生の流転を重ねようと、そこはやはり中国であり、あくまで生活の現実感覚を錆びつかせない、したたかな「生のエネルギー」がとぐろを巻いている。

人間の運命を気まぐれに呑み込み、弄び、吐き出しながら、混沌とした魔性の都は動きを止めない。

　本社のデスクで編集作業をしていると、部屋のドアの磨(す)りガラスに銀髪の見慣れない人影があった。席を立って近寄り、声を上げた。

「アレックス！　おいアレックスじゃないか！」

「カズオ！　久しぶり」

「来るなら、電報か手紙くらいよこせよ」

　わたしたちは肩を抱き合って再会を喜び合った。わたしが欧州を離れて以来だから、十年ぶりかもしれない。

　アレックス・モリーナの赤い顔はあの頃のままだが、さすがに歳月は嘘(うそ)をつかない。それだけの刻印を残している。櫛(くし)で筋目をつけて分けている銀髪は薄くなった。銀縁の眼鏡をかけている。向こうだって、すっかり歳をとって、頬はたるみ、だらしなく下腹が出てきたわたしに、似たような印象を持ったに違いない。お互いに「昔と変わらないなあ」とお上手を言える立場ではない。

『デイリー・メール』紙は五年ほど前に社内人事のごたごたに嫌気がさして辞め、今はトリノで発行されているイタリア語新聞『ラ・スタンパ』の特約移動通信員で、香港やシンガポールを根城にしてアジア各地のニュースを追いかけているという。そういえば、アレックスの母親はナポリ生まれのイタリア人だった。

腕時計に目をやると、ちょうどランチの時間どきだ。とりあえず、近くの、餃子とレバニラ炒(いた)めが旨い点心レストランに連れ出し、再会を祝して青島(チンタオ)ビールで乾杯した。

「おいおい、昼間から大丈夫か?」。わたしのことなど意に介さず、相変わらず呑兵衛(のんべえ)のアレックスは紹興酒も所望した。

「セイシュはないのか」

「ここは点心の店だから、そりゃ無理な相談だ」

「この世から戦災と天災が絶える日は来ない。人ができることは酒を飲み、憂いを忘れることくらいだ。違うかい?」

「おっしゃる通りだな」

「カズオ、どうだ、上海は面白いだろ」

「見ての通りさ。面白いどころか、おかげさまで刺激が強すぎて飽きることはない。毎日、サーカスの空中ブランコに乗っている感じかな。上海に飽きた人は、人生に飽きた人さ。世界最良で世界最悪のカオスの街だよ」

「ナポリも支離滅裂なほど無法で乱雑、くるまのクラクションが谺(こだま)するけたたましい街だが、上海はどうやらそれ以上だな。路地裏に干した洗濯物の数はいい勝負か。詐欺師やかっぱらいは、どっちが多いかな」

「で、君は上海で何を?」

「そりゃあカズオ、君に会おうと思ったからさ。東京の『東日新報』に連絡したら、君が一年前から上海にいることがわかったからね。驚いたよ。一時は田舎に引っ込んでいたそうじゃないか。もうひとつは、ぼくの知り合いの若く有能なジャーナリストに会おうと思ってね。彼は上海にいる。よければ、彼を君に紹介したい」

「エドガー・スノー。面白い男だよ」と言うと、アレックスはいたずらっぽくウインクした。

アレックスのような抜け目ない敏腕記者が、旧友と旧交を温める目的だけのために、はるばる上海にやってくるわけはない。

「正直に吐けよ。何を追いかけているんだい?」

わたしが顔を覗(のぞ)きこむと、アレックスは身を乗り出し、ナプキンで口元を拭いてから話し始めた。

「ずばり言えば、君の祖国、日本の動向だよ。日本の軍部、陸軍ばかりか海軍までドイツとの関係を深めているそうじゃないか。言っておくが、ドイツと手を組んでも何もいいことはないぞ。破滅への道だ」

わたしは十年前にベルリンで会った「ドイツかぶれ」の陸軍将校大島浩の顔を思い出した。大島は大佐に昇進して、いまはウィーンにいるらしい。海軍でもドイツの海軍兵学校、海軍大学を卒業した伏見宮博恭王（ふしのみやひろやすおう）の影響力がじわりと増しつつあった。伏見宮は一九三二年（昭和七年）には海軍軍令部トップの軍令部長（のちに軍令部総長）に就く。ミュンヘン、ベルリンで二年を過ごしてヒトラー礼賛者となり、やがて「日独伊三国同盟」締結の旗を振る神重徳（かみしげのり）海軍大佐（海兵四十八期、のちに少将）のような人物も出てくる。

欧州では、第一次大戦後の混乱の中で「反ヴェルサイユ体制、反共産主義」を掲げる新しい政治潮流が生み出されていた。ファシズムである。

アレックスが生まれ、母親がいまもナポリで暮らすイタリアでは、一九二二年十月、国家ファシスト党の武装民兵組織「黒シャツ隊」が、ナポリから首都ローマに進軍し、同党を率いるベニト・ムッソリーニが政権についた。以来、一党独裁体制を敷いている。イタリアのファシストたちの動きに刺激されたアドルフ・ヒトラーは一九二三年にミュンヘンで一揆を起こして、ベルリン進軍によるワイマール共和国打倒を試みた。これは失敗したが、彼はドイツ政治の表舞台に躍り出ていこうとしていた。

「おれの見るところ、おそらくドイツではナチスのヒトラーが、遠からずクーデターではなく選挙によって政権につく。いまやヒトラーは、ドイツ国民にパンと仕事と土地を、魔法のように恵んでくれる英雄さ。完膚なきまでに叩きのめされたゲルマン民族の栄光と誇りも取り戻してくれる。あの黒い森の神話に酔いしれる国では、皆、気高く、崇高なものを欲しがっているのさ。ヒトラーはまるで民衆を新たな王国に導くイエス・キリストのように崇（あが）められている。しかし、奴は史上最悪のペテン師で、危険きわまりない煽動屋（せんどうや）だ。ひと晩で何もかもが魔法のように片づくようなことが、この二十世紀にひとつでもあるかい？」。勃興（ぼっこう）するファシズムへの憎悪と警戒をあらわにした。

「カズオ、いま振り返ると、第一次世界大戦はアンティパスト（antipasto）（前菜）に過ぎなかったのかもしれないな。次の戦争こそは、ヒトラーや、エンペラー・ヒロヒトを奉る日本もまじえて、もっと悲惨な地球規模の戦いになる。つまり最終戦争さ」

アレックスの予言は不吉なものだったが、彼が予断をまじえずに導き出した帰結には抗（あらが）

いがたいものがあった。なんだか、わたしも息苦しくなり、紹興酒のグラスを注文した。

その日のランチは四時間に及んだ。最後の方はいったい何を話したのやら、アレックスもわたしも、まるで覚えがない。


エドガー・スノーはアメリカのミズーリ州カンザスシティに生まれた。大学でジャーナリズムを専攻し、一九二八年から世界一周の旅に出かけたが、その途中の上海で『チャイナ・ウイークリー・レビュー』紙に就職していた。中国共産党の毛沢東、周恩来らとも身近に接し、一九三七年にロンドンで出版された『中国の赤い星』は、まだ世界に知られることが少なかった共産党の隆盛を予言した著としてベストセラーになる。しかし、それはずっと後の話だ。

このとき、エドガーは満州への旅を打ち切り、「世界大戦以来もっとも派手な軍事行動の幕あきに間に合うように、大急ぎで上海の大劇場へやってきた」（ルポ『極東戦線』）のだった。

二日後の昼さがり、外灘（バンド）の「キャセイホテル」でアレックスとともにエドガーと対面した。わたしの見るところ、地獄の果てまで行って、なんでも見てやろうという、好奇心とジャーナリスト魂の権化（ごんげ）だ。悪く言えば見境のない「覗（のぞ）き魔」なのだろう。ただ、青年らしい覇気（はき）と情熱だけでなく、冷徹な歴史家の目と、精緻（せいち）でバランスがとれた観察眼も持ち合わせているように感じられた。たぶん一流の批評家として名を残す男だ。

　エドガーは満州への旅で、関東軍司令官の本庄繁中将（陸士九期、のちに大将、戦後に自決）との外国人記者の合同インタビューにも加わっていた。こんどの事変以降、何十万という農民が家と田畑を捨てて逃げ、膨大な財産と富が日本人によって接収されたり破壊されたりしたことを目（ま）の当たりにしてもいた。

　大連から奉天へ向かう途中、列車に乗り合わせた日本軍の将校にそのことを話すと、将校は「たいへん残念なことです。しかし間もなく満州はアジアの楽園になるでしょう。現在の困難は楽園への前奏曲にすぎないといえましょう」と言ったことを紹介し、「よくも言えたものですよ。楽園への前奏曲ですって」と舌打ちし、肩をすくめた。

「邦人の生命、財産を守る。それをこれからも口実にして、日本軍は中国の奥深くに攻め込むのではないですか。今や日本の戦争屋（ウォー・モンガー）たちは戦争をしたくてうずうずしていますからね。必ず次のステップを狙っているはずです。その舞台は間違いなく、ここ上海です」

「数だけでいえば、中国は世界最大クラスの陸軍を持っていますが、その二百五十万の兵隊は満州で、十万足らずの日本兵に何ら抵抗できませんでした。なぜ中国軍を率いるヤング・ジェネラル、いや、張学良（チャンシュエリャン）は不抵抗を指示して、奉天で抗戦しなかったのか。わたしは不思議でなりません。日本兵は抵抗らしい抵抗を受けずに、やすやすと中国領土の約五十万平方マイルを制圧してしまった。満州はテキサス州とニューヨーク州を合わせたよりも広い土地ですよ」

「日本の陸軍はホンネでは、中国とは長く拘り（かかずり）あいたくはない。あくまで仮想敵国はソヴィエト・ロシアでしょう。しかし、わたしは日本の思惑は外れると思います。いったん、中国に手を突っ込んだら最後、容易に抜けられませんよ。泥沼の戦争になるのは目に見えています」

エドガー教授の「時局講演」は淀（よど）みなく延々と続いた。このままいけば冗談ではなく日が暮れる。わたしは疲れを覚えて、いささか辟易（へきえき）とした。アレックスは時々、うつらうつらして舟をこいだ。

ある日、出先から新聞社に戻ってくると、わたし宛に一通の封書が届いていた。裏には住所の記載はなく、「胡玉蘭」とだけある。記憶にない名だ。

開封して、わたしは息が止まりそうになった。

見ず知らずの名の者からの手紙で、さぞ驚かれたでしょうね。紀子です。一夫さんがいまは上海にいらっしゃることを最近、ある人から偶然に聞いて、お便りします。

ウィーン郊外のハイリゲンシュタットの居酒屋でワインを飲みながら、最後にお会いしてから、十五年以上が経つのかしら。そんなにも遠い昔のことなのですね。その後のことを、この一片の手紙で子細にお伝えすることはとても不可能ですが、わたしは音楽家になる夢をきっぱりと捨てました。ウィーンを去り、スイスのチューリッヒの大学で社会学と哲学を修め、それからパリに移り住んで、生活費を稼ぐために、自動車工場や織機工場で青い菜葉服(なっぱふく)を着て、臨時雇いの職工兼事務職員として働き始めました。アルジェリアやモロッコなどアフリカ各地から出稼ぎに来て、賤業(せんぎょう)とみなされるような、過酷な仕事に就いていた労働者の実態も初めて知りました。お嬢さん育ちのわたしは、何もわかっていない、箱入り娘のねんねだったのね。一九二二年頃のことでしたたから、一夫さんはもう欧州を去って日本に帰られた後のことになるでしょうか。

わたしはパリのセーヌ川左岸にあった織機工場で、「勤工倹学」という制度を使ってパリに留学していた蔡洋森という四川省出身の青年と知り合いました。彼はわたしより二つほど年下でしたが、ロシアの共産主義革命に刺激を受け、夜間や休日は、フランスでの革命組織作りに打ち込みました。一九二二年六月のパリでの中国共産党青年組織の結成大会にも参加したそうです。それは蔡のひそやかな誇りでした。

蔡は、日本が西洋列強の後を追うように満州を足掛かりに、彼の祖国中国を侵食していくことに強い憤りを覚えていました。「いずれ帰国し、命を賭(と)して日本と戦う」。それが彼の口癖でした。「日本鬼子(リーベングイズ)」という言葉も彼からよく聞きましたよ。祖国を遠く離れたわたしの目にも、中国を土足で踏み荒らす日本のふるまいは許しがたいものに映っていましたし、父や兄がいる日本には、もはや何の未練もありません。

わたしは蔡と恋仲になり、結婚しました。あなたには昔、結婚は終身懲役みたいなもの、と生意気なことを言いましたっけ。ごめんなさい。わたしは日本人樺紀子を捨て、中国人胡玉蘭として新しい人生を歩み出したのです（玉蘭の玉は、あの懐かしい玉虫からとったのよ。これは一夫さんとわたしだけの秘密）。蔡に従って中国に入国するに際しても、中国国籍の取得は何かと都合がよかったし、彼の同志たちに日本人だったわたしを信用してもらう証立て（あかし）のためにも、欠かせない手続きだったのです。

蔡は組織の拠点のひとつ、パリ南方百キロほどにあるモンタルジーという小さな町とパリとの間を何度も往復し、共産党青年団の機関紙「赤光」の編集を手伝うようになり、わたしもそこで彼の仲間に紹介されました。

周恩来（チョウエンライ）という名の幹部は、フランスに渡る前に日本に留学し、一夫さんが通った早稲田大学には中国人の友人を訪ねて何度も行ったことがある、と話していました。早稲田の書店街や、日比谷公園、三越呉服店に立ち寄り、京都の嵐山に遊んだ思い出を、楽しそうに語ってくれました。周は饒舌（じょうぜつ）をひどく嫌い、少し繊細過ぎて、神経質な感じもしましたが、不思議な人徳があって、仲間の尊敬を集めていました。いずれ、もっと高い地位に就かれるはずの立派な方です。

わたしたちは六年前の一九二四年七月、周らの帰国からまもなくパリを離れて北京に入り、その後は周とともに一時は上海にいました。周は労働者を率いて武装蜂起し、「臨時人民政府」を打ち立てたものの、蒋介石や、彼と気脈を通じて反軍閥、反共を掲げる「青幇（チンパン）」のボス黄金栄（ファンチンジュン）や杜月笙（トゥーユエション）の配下にあるごろつきによる「四・一二クーデター」で上海を追われました。周恩来はいのちからがら武漢に逃れました。上海や広東で、夥（おびただ）しい数の共産党員が鮮血にまみれて虐殺されました。

詳しくは申せませんが、この間に蔡は党の路線をめぐって周とたもとを分かち、わたしも共産党を離れています。いまは広東省の某所にいて、中国陸軍第十九路軍が率いる抗日戦線の下部組織に出入りしています。高粱（こうりゃん）畑の中の兵倉で寝泊まりしています。中国語（広東語）もすっかり身につきました。小銃や拳銃、ダイナマイトの扱い方も覚えました。軍隊にしては装備も旧式でお粗末で、わたしはまだ軍靴も支給してもらえませんが。

ごめんなさい。これ以上詳しい住所や、わたしの任務の詳細をお伝えするわけにはいきません。日本国籍を捨てたといっても、わたしはまだ完全に信用されているわけではなく、日本人のあなたに連絡を取ったことが知られれば、スパイの嫌疑がかかって、厳しい処分が待ち受けているはずです。処分って、嫌な響きの言葉ですけれど、おわかりいただけますよね。ですから、どうか、わたしのことを詮索（せんさく）し、探そうなどとはけっして考えないでくださいい。この手紙を読み終えたら、ただちに焼却してくださいませ。

兄はいまや日本陸軍の中枢を担う幹部となって、大陸侵略の野望を膨らませていると仄聞していいます。どこかの街角で一夫さんとめぐり合っても、わたしがあなたに銃口を向けることは断じてありませんが、兄に対してはわかりません。

一夫さん、わたしはもう、めったに泣かない女になったわ。

あの御宿での、懐かしい、きらきらとした宝物のような思い出を胸の奥にしまいこんで、わたしは中国で生きてまいります。どうか、くれぐれもお身体大切に、おいといくださいますよう。

もう、お便りすることはありません。さようなら。

胡玉蘭

埴生一夫様

（あの紀子が中国人胡玉蘭……広東……第十九路軍……抗日戦線……）

わたしはすっかり混乱してしまった。煌々と照る月の夜に、玉虫が籠から放たれたように、紀子は広い世界に飛びだしたのだ。

意志堅固な彼女のことだ。自分の信念を貫いて、険しい荊の道を歩いていくのだろう。このことは林太郎にはもちろん、誰にもけっして明かすまいと心に誓った。手紙を焼き捨てることも考えはしたが、彼女が永遠に手の届かない遠いところに行ってしまう気がして思いとどまり、自宅のアパートに持ち帰った。

読み返していると、文子が「お茶でもいれますか」と背後から声をかけた。わたしはあわてて、その手紙を机の引き出しの奥にしまった。

◇

玄奘は飢餓地獄のただなかにいた。

東北や北海道の農家は、どこも働いても、働いても追いつかない、ぎりぎりの窮乏生活を続けていた。子どもたちは遊ぶどころではなく、薪取りや水汲み、小さな弟や妹の世話や子守など、家の手伝いに追い立てられていく。

空前の戦争景気でわが世の春をうたった日本経済は暗転し、「昭和恐慌」が農村を蚕食(さんしょく)していった。

一九三一年（昭和六年）に東北、北海道が冷害による大凶作に見舞われると、三度の食事はおろか二食さえろくに食べられない「欠食児童」が社会問題になった。果実のなる木はことごとく坊主になった。粗悪米の握り飯を口にすることができるのは、よほど裕福な家で、蕨(わらび)の根、栃(とち)の実、稗(ひえ)、粟(あわ)、それにニワトリの餌(えさ)であるふすままで食べて、飢えをしのぐ農家も珍しくなかった。

農産物価格は下落が続き、一九二五年（大正十四年）には米一俵十六円六十四銭だったのが、近ごろでは十円に満たないこともある。米を売っても稲作にかかる生産費を賄(まかな)えず、借金ばかりがかさんだ。アメリカ向けの生糸価格も暴落し、一九二九年（昭和四年）から、繭(まゆ)はわずか二年間で六〇％以上値下がりした。極度の貧困による一家離散や、離村、娘の身売りが激増した。岩手県の御堂(みどう)村では、雪が降っているのに、子どもたちはシャツを着ず、足袋(たび)もはいていない。傘がある家などない。一月に東京で開かれた全国町村長会議総会は「農山漁村を救え」と訴える宣言を採択し、内外から救援活動も起きはしたが、貧困が解消するにはほど遠かった。

　春先から冷え冷えとした日が続き、湿り気を含んだ「やませ」が吹きつける。玄妟は山形県最北の最上郡にいた。手足にまとわりつく山蛭に悩まされ、行き暮れた山道を辿ると、開いたばかりのシャクナゲの花が寒さに震えているように見えた。

　この地で目にした光景は、まさに「娘地獄」そのものだった。借金で首が回らなくなった農家の娘たちが、借財のかたに、東京の吉原の遊郭や玉ノ井の私娼窟などに売り飛ばされていく。一九三一年（昭和六年）十月三十一日付『大阪朝日新聞』の報道「生きる悲哀凍獄の山村」という記事によると、最上郡では、わずか九万四千人の人口中、二千人余りの娼妓を各地に送り出したという。記事はいささかセンセーショナルに過ぎる書きぶりだが、なにも最上郡に限った話ではなく、東北地方のいたる所でこうした悲劇が起きていた。利息の支払いを含めた農家の借金は、もう限界に達していた。「嫁入り前の乙女がよ、みんな消えた村もあるでがんす」。役場の男はそう話した。

　梢の先で頬白が高い声で啼いている。二晩の宿を世話になった初老の農夫は、畑で熊手を動かしていた手を休めると玄妟に言った。

「おらんちには娘がいねえ。一人息子は兵隊にとられて満州におるが、可哀そうだけんどよ、どうせなら、いさぎよく戦死してもらいてえ。嬶は泣くだろうが、そうなりゃ、政府からなんぼか特別の弔慰金が出るそうだ」

　ある夜、十人ほどの村の衆に無理を言って、古いお堂に集まってもらった。皆、顔を伏せて無表情で押し黙っている。

「この世の執着を絶って煩悩を捨てよ」。玄妟は仏の教えを説き、『仏説阿弥陀経』を唱えて聞かせたが、明日の食い物や、借財のことで皆の頭はいっぱいだ。耳を傾ける者は、いない。

「親鸞聖人は、阿弥陀さまによる救いを『拯済』と言っておられます。すこし難しい言葉ですが、『拯』とは水に溺れて苦しんでいる人を、両手を差し出してすくい上げることです。『済』とは等しいということです。救うものと救われるものが等しい。苦しみ悩むものを救って、仏様と同じ安らかなお浄土に迎え入れようというわけです」

　急な用事を思い出したとかで、二人が白い股引を引き上げながら、同時に中座した。お堂の外に出ると、「とんだ目に遭ったべ」と、声を潜めてしのび笑いをしている。

「坊さま、念仏なぞ、ほだなものいらね（そんなものはいらない）。お浄土にも行きたかね（行きたくない）。仏を信じる者は、ほんとうに救われるだんべか。ナムアミダブツ、ナムアミダブツと唱えたら、おらの娘は売らんでよかんべか」

読経と法話を終えると、四十がらみの農夫の射るような視線が、玄奘を突き刺した。

「こんなドン百姓に生まれ、娘さ売るしかねえのも、仏教でいう業でがんすか。教えてくだされ。なあ御坊様よ」

どう答えたのか、玄奘は思い出せない。

底冷えがする夜なのに、背中は汗でぐっしょりだ。

それからは、物好きな、むさい坊主が長逗留している、とくらいにしか見られず、村では浮き上がって、嘲笑の的になり、だれも相手にはしてくれなくなった。子どもまで阿呆にしくさって、昼間、川の土手で編み笠を顔にかぶせて寝転んでいると、四、五人の悪がきどもが「やっこ（乞食）さ出てけ」と石を投げてくる。こちらに向かって小便をしている者までいる。

「こら、やりくさったな」

玄奘が立ち上がると、子どもたちは一目散に逃げだした。

（父さまには格好のいい口上を言って寺を出てきたが、面目ねえ。おらに何ができるだっぺ。娘っ子一人救えねえ）

玄奘は己の無力をかみしめた。

──おまえごときは、まがいものぞ。人に何かを説けるのか。さかしらに、思い上がるなよ、玄奘。どん底まで落ちて、落ちて、己を捨てきって、生を捨て死をも捨て、無明長夜の闇の中で地を這いずりまわらないことには、おまえにはまだ何も見えてきはしまい。地獄をはなれて仏土はなく、迷いをはなれて悟りはない。

玄奘は親鸞聖人像の厳しいお顔を思い浮かべた。

野火は焼けども、焼けども尽きない。痛ましい身売りは地の果てまで続く。山も、川もすすり泣いている。玄奘は日々の流れにまかせて、秋田、岩手の疲弊した町や村を、野分のあとのしんとした白い道を、雲をかぶるようにして悄然とした思いでさすらい、とぼとぼと歩き、青森県南部の三戸郡の寒村に入った。

刷毛で掃いたような筋雲が夏空に浮かび、田んぼの畦道に撫子や女郎花の盆花がひと叢、のびている。祖霊の声が聞こえる気がした。

草いきれがする道次の暑さにまいったせいもあったのか、曲がりくねった山道にころがる浮き石で足をとられ、紺の染緒の草履がきしみ、足首をくじいた。そばを流れる小川の、指がきれそうな冷たい水で手ぬぐいを絞り、道端の岩に腰かけて足首に巻きつけた。

　すると、通りがかりの若い娘が声をかけてきた。

「お坊様、ひじゃかぶ（膝）か、あぐど（かかと）痛めなさったかね。あさげる（歩ける）かの」

　澄んだ声だ。卯の花色の着物を着て、袂をからげている。

　それが十七歳の佐々木たえとの出逢いだった。

　たえは、足を引きずる玄奘の袖を掴んで身体を支え、苔むした野面積みの石垣の岨道を辿って、すぐ近くの自分の家まで連れて行った。玄関わきで土間にすわっていた、青洟を垂らした子どもたちが化け物にでも遭ったように、そろってぽかんと口を開けたまま、大きな玄奘を見上げた。

　疎らな杉木立と岳樺に囲まれた、岩手県やこのあたりの地方に特徴的な「南部曲り家」と呼ばれる建築で、茅葺きの屋根からは、蔓草や葎がひょろひょろと好き放題に伸びている。家には板の間の床はあるが、畳の部屋はない。脚が壊れた卓袱台や、使われなくなって久しい自在鉤、破れた葦簀張りの日覆い、陽に灼けた紙がめくれて、ほぼ木枠だけの障子が無造作に土壁に立てかけてある。傘が茶色く錆びたランプがひとつ、天井の梁からぶらさがって風に揺れている。住まいとひと続きの馬屋に馬はおらず、筵が敷いてあり、その上に木桶が置いてあった。御宿でも見たこともないほどのあばら家だった。見知らぬ坊主の突然の来訪に、当家のあるじで、たえの父親は驚いた顔をしたが、軽く会釈しただけで、何もしゃべらなかった。

「お坊様、昼だべ。こっちゃあべ（こちらへ来て）、まま（ご飯）食べておくれ。米はねえけどな」

たえは七輪に火を熾し、何かの根をすりおろして湯で溶いた、粉汁のような椀を台所の床の上に差し出した。「おまぐね（おいしくない）だろ。楢の実（どんぐり）と野老（ヤモノイモ科の多年草）の根っこだ」と彼女は頬を赤らめた。玄奘はありがたく頂戴した。たえは、片膝をついて、玄奘の腫れた足首に巻きつけた手ぬぐいを取ると、箪笥の引き出しから取り出した茶筒の膏薬を両手のひらでていねいに塗り、手ぬぐいを木桶に酌んだ水に浸して取り替えた。

「お坊様の足はでけえなあ。楢の木の幹より太いべ」と、たえは笑った。

箪笥のそばに、大きな風呂敷包みが四つ並べてあった。

たえと、一つ違いの妹のうめは、三日後、汽車に乗って、東京・恵比寿の金持ちの良家にそろって女中奉公に出る、という話だった。たえは「東京はどったら（どんな）ところか知らねえが、楽しみだあ。うめえものも腹いっぺえ食べられるそうだ」と嬉しそうだった。父親は黙って藁の束をしごいていた。うめは不在だった。

たえと並んで、雨ざらしになって腐りかけていた濡れ縁に腰かけた。たえは貝殻のような、小さく可愛い耳をしている。

「お坊様はどこの生まれだ？」

「千葉の房総半島にある御宿という田舎町だよ」

「ふーん、知らねえとこだな。そこから海は見えるだべか？」

「見えるどころか、草叢の道を歩いたらすぐじゃ。子どもの頃は朝から晩まで、真っ黒になって海辺で遊んだものだった」

「泳げるのか？」

「ああ、この体だからな、よく浮く。一里くらい泳ぐのは、なんでもないよ。亀にも負けねえ」

「わだっきゃ（わたしは）海をまだ見たことねえ。うめと一緒に、いつか見てえなあ」

たえは冴え冴えとした小鳥のような丸い目を輝かせた。きれいな二重瞼だ。深く穿たれた片靨があどけない。

（素直な可愛い娘だっぺ。土地の方言では「めんこい」か）

　鳩がほろほろと、ふくみ声で啼いている。玄妟は久々にゆったりした気持ちになって、物憂い午後の時間を過ごした。無作法にも、葉ずれの音がし、斑をなして木漏れ日が落ちてきた濡れ縁でついうとうとして、腕枕をして臥そべってしまった。たえは黙って傍らにすわり、低い唸りを立てて近づく蚊を手で追いながら、ずっと玄妟の寝息を聞いていた。

　宵に入るころから、糸をひくような細い雨が降ってきた。玄妟は木賃宿の隣にある安酒場の暖簾をくぐった。幸い、足首の腫れは、たえの介抱もあってだいぶひいてきている。奥の席に陣取り、破団扇で涼をとりながら、煮干しを肴に、縁が欠けた湯呑で冷や酒を呷っていると、うどんをすすっている隣の二人組の男の話が自然と耳に入ってくる。

　鳥打帽をかぶり、柄物のチョッキ姿の風体から察するに、このあたりにも出没することが多くなったという女衒（人買い）かもしれない。漏れてくる東京弁の話に、玄旻は耳を欹てた。

「兄貴、あの佐々木という家の姉妹は、どっちも別嬪で肌は白いし、上玉だぞ。吉原ならなおよかったが、玉の井でも二人揃って五百円でさばける。あとで、べべ代（衣装代）に一人二百円かかると、あの父様にふっかけたら、前借でがんじがらめになって、もう足抜け出来ねえなあ」。灰色の顔をして、貧乏ゆすりをしていた若い方のひとりがそう言った。海鼠のように分厚い唇をして、でっぷり肥った相方が「違えねえ。向島に着いて幌付きの大八車に載せて連れて行けばよ、そこが恵比寿だか玉の井だか、あいつら田舎娘どもにはわかるもんか。おぼこ（生娘）だから、まずは○○屋の婆さんに、酌婦見習いでたっぷりと仕込んでもらう寸法よ」と腕を組んだ。

「どうです兄貴。あっちに着いたら、休憩だとでも言って、そのへんに連れ込んで二人を味見してみますか」。若い男は下卑た笑い声を立てた。

「そりゃいいな。よし、乗った」。相方もにやついた。

たえとうめの姉妹の話に間違いなかった。悪党に騙されて、二人はいかがわしい小料理屋や待合の「銘酒屋」が軒を連ねる、玉の井の私娼窟に売り飛ばされようとしているのだ。

玄奘は鬼の形相になって立ち上がった。

片目がなく、顔中が髭だらけの、見たこともないほど大きな図体の入道を仰ぎ見て、二人は青くなった。

「わんだら（おまえたち）人買いだな。人非人めが。ぶんのめす（叩きのめす）ぞ」

若い方の男が頭を振った。

「命が惜しかったら、いますぐ、この村からとっとと出ていけ。二度と村には来るな」

怪力にものを言わせて、若い男の胸ぐらをつかんで宙に浮かすと、黄金虫のように足をばたつかせた。そのまま、そばの柱に背中を押しつけ、顔に茶碗の残りの酒をひっかけた。

二人は声を立てることもできず、恐怖に顔を引きつらせて、店を小走りに出て行った。よほどあわてたのか、片方の草履と鳥打帽を落としていった。酒場の他の客は誰もが息を飲み込み、凍りついている。

玄奘はいつか読んだ森鴎外の『山椒大夫』を思い出した。人身を売りさばく船頭の山岡太夫のような輩が、ここにもいる。たえとうめは、あやうく「安寿と厨子王」のような過酷な運命に弄ばれるところだった。

玄奘はたえの家に取って返し、父親や姉妹にことの次第を話した。うめは、「ねえちゃん怖い」と言って着物の袂（たもと）で顔を覆って泣き出し、たえは妹の手を握った。二人とも小刻みに震えていたが、父親は「そったらごと（そんなこと）でしたか」と言ったきり、格別の反応を見せなかった。板の間の端には父親の寝具なのか、藁（わら）と莚（むしろ）がつくねてあった。ひょっとすると、この父親は何もかも承知で、わが娘二人を女衒に引き渡すつもりだったのかもしれない。玄妟のなかで疑念が擡（もた）げた。

煙るように雨は降り続け、やむけしきがなかった。

身売り娘の四割が東北、北海道からだった。この年、一九三二年に青森県で県内外に売られていった芸妓、娼妓（しょうぎ）、酌婦（しゃくふ）、女工などは二千四百十七人にのぼった。「悪質な人買いの横行――本県（青森）の凶作は今や全国的な同情の的となり、見舞いの金品、救済の義援金が全国から集まり、凶作に苦しむ農民たちを感激させているが、その反面では、県下農民の窮状につけこみ、種々の手段を講ずる不徳漢も横行し始めている」と『東京日日新聞』の青森版は報じている。

娘の身売りにとどまらず、ある県では、米一俵、二俵が欲しいばかりに、まだ低学年の自分のこどもを人買いに売り払う例まで報告されている。とても、人間がすることではない。

　大正から昭和初期にかけて、全国には約五万人の公娼（こうしょう）がいたとされ、ほかにも十一万人を超える酌婦の過半数が売春行為を行っていたといわれる。官許の娼妓は満十八歳で親の承諾がないと許可されない建前だが、酌婦なら十六歳からできる。娘をまず酌婦にして借金の利払いに充て、娼妓になった後、莫大に膨れ上がった借金をまとめて返済する、という窮乏農家が多かった。売り飛ばされる前に周旋人に暴行される娘も後を絶たなかった。年期が明けてふるさとに帰っても、食べられないから、このまま遊郭においてくれ、と頼み込む娘も少なくなかった。

　しかし、東京の吉原、洲崎、大阪の松島、飛田（とびた）のような公娼がいる遊郭と違って、玉の井などに群がる違法の私娼（ししょう）の数となると、警察の統計もまちまちで、正確にはとらえようがない。

　一九三七年（昭和十二年）に、永井荷風が代表作『濹東綺譚（ぼくとうきたん）』で描いたのは、そうした女たちの淡い運命が交差する、秘密めいたエロスの世界、懶（ものう）げな玉の井の風俗だった。少しだけ、引いておこう。

「わたくしがふと心易くなった溝際の家……お雪という女の住む家が、この土地では大正開拓期の盛時を想い起こさせる一隅に在ったのも、わたしの如き時運に取り残された身には、何やら深い因縁があったように思われる。その家は大正道路から唯ある路地に入り、汚れた幟の立っている伏見稲荷の前を過ぎ、溝に沿うて、猶奥深く入り込んだ処に在るので、表通りのラジオや蓄音機の響も素見客の足音に消されてよくは聞こえない。夏の夜、わたくしがラジオのひびきを避けるにはこれほど適した安息処は他にはあるまい」

「雨のしとしとと降る晩など、ふけるにつれて、ちょいとちょいとの声も途絶えがちになると、家の内外に群がり鳴く蚊の音が耳だって、いかにも場末の裏町らしい侘しさが感じられて来る」

　玄妟は村にもうしばらく逗留することにした。佐々木姉妹のことが気がかりだったからだ。玄妟が泊っている木賃宿にも、人相と風体がよくない胡散臭い連中が屯している。ある日、そんなところにまで、たえは玄妟を訪ねてきて「お坊様がわたしと妹を助けてくれた。命の恩人だのに、何のお返しもできず、わだっきゃ（わたしは）しょしい（恥ずかしい）」と頭を下げた。

「こんなものしかねえだが」

たえは団栗（どんぐり）が三つ入った赤い小袋を玄妟に手渡した。玄妟が取り出すと、どれも何の変哲もないものだったが、たえが布かなにかで磨いたのだろう、艶（つや）やかに光っている。玄妟は「おお、これは見たこともない綺麗な団栗じゃなあ。嬉しいのう。大事にするよ」と礼を言った。

たえは頬を赤らめた。

玄妟の足のけがもすっかり癒（い）えた。たえの家の玄関わきの柱が真ん中から折れて、撓（たわ）んだ屋根と天井の一部を支え切れなくなっているのが気になっていた。大風でも吹けば家ごと倒れてしまいそうだ。ある日、村人にもらい受けた廃材や太縄を積んだ大八車を引いてきて、大工仕事に精出した。木槌（きづち）で柱を叩くと、剥（は）げた土壁がぼろぼろと落ちてきて、埃（ほこり）を舞い上げた。かびた嫌な臭いが鼻をついた。蠅が鼻先をうるさくよぎった。大地震とでも思ったのか、二匹のヤモリが檜皮葺（ひわだぶ）きの軒から飛び出してきた。ついでに濡れ縁の腐りかけていた杉板をはがし、釿（ちょうな）で削った新しい板を裏から釘で打ち付けて補強した。卓袱台（ちゃぶだい）の脚も取り替えた。父親は目を合わさずに形ばかりに頭を下げただけで、相変わらず藁（わら）の束をしごいていた。

たいした時間はかからなかったが、これで余程のことでもないかぎり、しばらくは家が潰(つぶ)れてしまうようなことはあるまい。「お坊様はなんでもできるだべ」と言って、たえは玄晏の額や首に光る汗を手ぬぐいで拭(ふ)き、嬉しそうだった。

（坊主より大工になった方が、よほど人のためになるだっぺか）

玄晏は苦笑した。

玄晏は役場の人を通じて、船井庄一という古株の村会議員と顔見知りになった。佐々木姉妹の一件を話すと「そら、おめさ（あなた）、間一髪だったべ。近頃は、女郎屋の周旋(しゅうせん)屋が、ぼって（追い払って）も、ぼっても、村にやってくるからな。佐々木の親父(おやじ)さんや、めらし（娘）のことは、昔からよーく知っとる。おれにまかせんろ」と親身になって相談に乗ってくれた。

二週間ほどして、船井が「いい話がまとまった」と連絡してきた。

たえは神戸の大きな船会社に女工として働く。女子寮もあり、年に二回は病院の先生が工場に来て健康の具合の検査もあるし、定期的な休みも取れる、という。うめは、船井の遠縁の埼玉の家に住み込み、女中奉公をする。あるじは礼儀作法に少々うるさいが、家の者はみな正直者で親切だし、確かな家だという。

「な、申し分ねえだべ。これ以上はなかなか望めねえぞ。姉妹が別れ別れになるが、年に一度くらい、暇さもらって、盆か正月には村さ帰って来られるだろうし、ま、仕方なかんべ」と船井は額に皺をよせた。

こんどは受け入れ先の身元がしっかりしているようだし、たえは「お坊様がおっしゃるところなら」と納得して、ふるさとの村を出て行った。

村はずれまで見送ると、神戸までの遠路を同道する年配の身元引受人の男と一緒に、木炭車の荷台に乗ったたえは、初めて「お坊様」と呼ばずに「玄旻様」と話しかけた。縋るような目で玄旻を見つめた。

「おめさと一緒におると、心がぬくもる（温かくなる）。またいつか、必ず会うてくだされ。玄旻様、どこかで必ず。約束だべ」と言って、涙をぼろぼろ零した。

鶯の谷渡りが谺をかえす山あいに、朝霧が立ち込めている。

たえは荷台のへりに危なっかしく腰かけて、いつまでも玄旻を見ていた。木炭車は黒い煙を吐いて、のろのろと農道を走り、やがて見えなくなった。

しかし、それから、姉妹二人の連絡はぷっつりと途絶え、行方は杳としてわからなくなった。父親は知らぬ顔を決め込んでいる。逃げ回っていた船井をようやく役場で見つけて問いただすと「おめさ、きもやげる（腹が立つ）男じゃのう」と態度を一変させた。

船井はとんだ食わせものだった。都会から村に集まる周旋屋からカネをせしめて、身売りの娘の手配をする元締めだったのだ。玄晏が船井に詰め寄ると、団栗眼（どんぐりまなこ）をぎょろりと光らせて「おお、クソ坊主、やるつもりか」と凄（すご）んだ。

神戸の船会社に手紙を書いて照会したが、青森出身の佐々木たえという名の女工は見当たらなかった。ある夜、船井の自宅まで押しかけてさらに問い詰めると、うめが大宮の駅で汽車を降りたことまではつかめたが、その後の足取りや居所はまるでわからない。うめは東京に出れば浅草橋の人形店を覗（のぞ）ける、と聞かされて楽しみにしていた。身の回りの物に加えてたったひとつ、宝物のように大事にしてきた宮城県白石の「弥次郎（やじろう）こけし」を風呂敷包みにしのばせて汽車に乗った。こけしには、幼い時に病で死んだ母親の優しい顔の俤（おもかげ）があった。

玄晏は怒りが抑えきれない。

上がり框（かまち）に下駄を脱ぎ捨てると、座敷の奥に摺（す）り足で後退（あとずさ）りする船井を追い詰め、畳のへりに押し倒して馬乗りになり、浴衣（ゆかた）の襟首を捩（ね）じ上げた。両親指が首の肉にくいこむ。

船井の顔に恐怖の表情がはりついた。顔が赤黒く変色し、涎（よだれ）をたらし、白目をむいた。「け、け、警察を呼ぶぞ」と震えた声で喚（わめ）きたてた。

玄奘は胃から墨汁が匍（は）い上がるような悔恨にとらわれた。二人を苦海に沈めてしまったかもしれない。しかし、いまさら臍（ほぞ）を噛（か）んでみても、後の祭りだ。何も手につかなかった。好きな酒も喉を通らない。

（自分が易々と船井を信用したばかりに……）

青森市に出ると、青森県警察部に立ち寄って、県内出身の行方不明者名簿を照会したが、埒（らち）が明かなかった。「何かささいなことでもわかれば、ここにお願いしもうす」と市内の宿屋の連絡先を残した。

二か月ほど托鉢（たくはつ）をしながら津軽や下北半島を、夢遊病者のようにとろとろとめぐり、青森市に戻って、北海道に渡ろうとした矢先のことだ。宿泊先の宿屋に、青森警察署の刑事から連絡が来ている。

気もそぞろになって、すぐにその刑事に会うと、詐欺の疑いで京都で逮捕された男が、少し前に青森県南部地方出身の「たえ」という名の若い女を攫（さら）い、長崎から上海行きの船に乗せ、周旋屋から代金八十円を受け取ったと自供した、という話だった。

――たえが上海にいる！

玄妟は彼女がたまらなくいとおしく、いてもたってもおられなくなった。宿に代理購入してもらっていた函館に渡る青函連絡船の二等船客の予約をただちに取り消した。

（たえ、待っておれ。おらが必ず救い出してやる）

玄妟は踵（きびす）を返し、上海をめざした。

わたしと文子がひと足先に上海に渡っていることを、玄妟は知らない。

◇

この時代、佐々木たえのような境涯に落ちた娘は少なくない。

五年後の一九三六年（昭和十一年）に起きた「二・二六事件」で、斎藤實（まこと）内大臣、渡辺錠太郎陸軍教育総監を襲撃した、ひとりの陸軍青年将校のことに少々触れておきたい。

安田優（ゆたか）砲兵少尉（陸士四十六期）。

熊本県天草郡の農家の生まれで、旧制県立濟々黌（せいせいこう）中学、陸士を経て、士官候補生として北海道旭川の野砲第七連隊に配属された。その折に、天草と同じく、貧困に喘（あえ）ぐ北海道の農民の悲惨な暮らしを目にして心を痛めた。

「殊（こと）ニ北海道ノ北見ニ行クト、十一月頃既（すで）ニ一月位迄（くらいまで）食フ馬鈴薯（ばれいしょ）モ（米、麦ハ勿論（もちろん）ナシ）無イトイフ有様デアリマス。然（しか）ルニ農村ノ租税ハ都市ヨリ多ク、金融ハ凡（すべ）テ集中占拠サレテ居（お）リマス」（事件後の三月一日、牛込憲兵分隊による尋問調書）

のちに、満州の熱河省錦州に少尉として派遣されると、歓迎会の席で同郷の天草出身の芸者に会った。

「こんなところで働かないで、お前は天草に帰れ」

安田は後日、その芸者を呼ぶと、自分の月の給料を封筒のままそっくり手渡して、帰郷するようにさとした。安田はその後も女性には給料を渡し続け、五か月後に旭川へ原隊復帰した後も、同僚の少尉宛に金を送って彼女の帰郷を促した。安田は「天草の女がこんな外地で、下らない男たちに媚（こび）を売っているのは見るに忍びん」と憤慨していたという。

安田が「昭和維新」を唱えて二・二六事件の蹶起(けっき)に加わった背景には、農村や漁村の凄まじいばかりの疲弊と貧困のなかで、遠く満州にまで売られていく女たちへの慟哭(どうこく)の思い、そして民衆の窮状を顧みることなく、権力を恣(ほしいまま)にしている元老重臣ら支配層に対する憤怒(ふんぬ)があったのだろう。安田は「逆賊(ぎゃくぞく)」として、七月十二日、東京・渋谷の陸軍衛戍(えいじゅ)刑務所で他の首謀者とともに銃殺された。享年二十四歳五カ月だった。

第八章　上海燃ゆ

上海に限らず中国の茶には、西瓜（すいか）や南瓜（かぼちゃ）の種が欠かせない。通りの茶館でも、食堂でも、テーブルの上にはたいてい、それらを入れた小皿があり、人びとはひと粒ずつ前歯で実を咬（か）んで食べ、皮は足元の床に撒（ま）き散らす。

玄奘は日本人が多く暮らす虹口（ホンキュー）の中心地、賑やかな呉淞路（ごしょうろ）沿いの茶館で、西瓜の種をボリボリと齧（かじ）りながら、ぼんやりと通りの往来を眺めている。

大都会の上海でたえと巡りあった時に、いつもながらの、むさ苦しい僧衣（そうい）のままではいかにも恥ずかしい。玄奘には子どものころから、柄に似合わず体裁を気にする妙なところがあった。墨染（すみぞめ）の僧衣とは別に、長崎の呉服屋で久留米絣（くるめがすり）の着物と有松絞（ありまつしぼり）の浴衣（ゆかた）、兵児帯（へこおび）、草履（ぞうり）などを新調して汽船に乗り込んだ。しかし、雲を突くような大柄な玄奘には着物の丈が短く、つんつるてんだ。

（これで犬を連れると、まるで上野の「西郷どん」だっぺ）

そういえば、「体格がご立派ですし、よくお似合いです」と手を揉（も）みながら世辞を言った呉服屋の店主が、ふと鏡に映った顔を見ると、笑いをかみ殺していたのを思い出した。

（あの野郎、覚えてやがれ。こんど会ったら締め上げてやる）。

上海には三十軒近い日本旅館があったが、虹口の桟橋近くで旅客を呼び込む幟（のぼり）を立てていた、ひと晩六ドルの五等旅館「肥前屋」にころがりこんだ。なにしろ初めての土地で勝手がわからず、旅館のあるじに聞いて、ともあれ、目抜き通りに足を運んでみたのだった。

その足で、黄浦江に面した日本総領事館に行き、居留民相談窓口で、佐々木たえの消息を尋ねた。年配の男の係官は「ほう、あんさん、お坊様ですかいな。それは珍しいことで」と窓口から顔を出して玄昊を見上げた。

「ここ上海は流れ者の吹きだまりで、いろんな事情を抱えるお人が内地から流れ着きましてなあ。借金を踏み倒して夜逃げした経営者も、喰（く）い詰めた失業者も、長崎の丸山遊郭からフケてきた（逃げてきた）遊女も、脛（すね）に傷を持つおたずね者も放蕩者（やくざもの）も。身元を知られたくない泡（あぶく）みたいな人がぎょうさん。まともに在留届を出すお人など、ひと握りですわ」

と関西なまりで言うと、あとは取り合わず、厄介払いされた。

玄昊は翌日、西本願寺上海別院を訪ねた。応対した鶯色（うぐいすいろ）の法衣に金茶の袈裟（けさ）をかけた僧侶は、細面（ほそおもて）で上品な物腰の年配の男だった。玄妟が西本願寺直系の千葉の末寺の生まれだと聞いて驚いた。浄土真宗の三大経もたしかに読め、聞けば法話の経験も少なくない。当時、別院は人手が足りず、週に二、三回、講堂でのお勤めをしてくれないか、と頼まれた。「差し上げる謝礼は些少（さしょう）ですが」と言われたが、手元不如意（ふにょい）の玄妟は大助かりだった。近くの中国様式の職員用宿舎をあてがってもくれ、肥前屋を引き払った。

玄妟は時間が許すかぎり、たえの消息を求め、汗みずくになって日本食を提供する飲食店をめぐった。首筋に塗りたくった白粉（おしろい）がひび割れ、黴（かび）を散らしたように浮き立っている白系ロシア人の痩（や）せた女や、描き眉（まゆ）をして、生気のない鉛色の瞼（まぶた）をした各国の娼妓が髪をとかしながら、小窓から客向けに媚（こ）びた顔を覗（のぞ）かせている、福州路の路地裏の娼館まで訪ね歩いた。

「あんたみたいな坊主にうろうろされると、抹香（まっこう）臭くてさ、客商売はあがったりだよ。ほんと迷惑だね。とっとと帰っとくれ」

雨蛙のように腹がふくれてまるまると太った、日本人らしき女将（おかみ）に毒づかれた。水でもかけられそうな剣幕だ。手がかりがないまま、時間だけがむなしく過ぎていく。

西本願寺別院で勤行（ごんぎょう）をしているうち、本堂に参拝に来ていた陳汪周（チェンワンヂョウ）という名の、二十年近く前に東京帝国大学に留学したことがあるという初老の中国人と顔見知りになった。福建省の出身で、辛亥革命にも加わったらしい。ある日、誘われて大都会の近くで点心のランチを一緒に食べた。玄奘が事情を話すと、陳は鼻で嗤（わら）い、達者な日本語で「いやいや、仏典や経（きょう）を求めてではなく、女を探して中国に渡る酔狂な坊さんもいるものだな」と言った。しばらく思案顔をしていたが、額を寄せてきた。「あんた、当てもなくほっつき歩いても時間の無駄だよ。よし、裏社会に通じた男を紹介してやろう。奴なら、手がかりがつかめるかもしれない」

玄奘は、フランス租界の法大馬路（金陵東路）にある「燕子窩（くつ）」と呼ばれる阿片（アヘン）窟のひとつに初めて足を踏み入れた。土壁に釘で貼り付けた真鍮（しんちゅう）の牌子（かんばん）に、長い髭（ひげ）がある龍の彫り物があると思ってよく見たら、背びれがある鯉（こい）だった。ことに五本指の龍は古来、中国では皇帝の紋章とされ、おいそれとは使えないらしい。

「こら、おめえ、どこへ行くんだよ」

入口で、果物箱に腰をかけて、安物の煙管（キセル）を金槌（かなづち）で叩いて修理していた若い男が誰何（すいか）して通せんぼをした。両腕に牡丹と観音菩薩（ぼさつ）の入れ墨をし、腰のベルトに鰐（わに）皮の鞘（さや）におさめた牛刀をぶらさげている。チンピラの用心棒だろう。腕っぷしが強そうな、並外れた大男のうえに、陳汪周の知り合いだとわかると、がらりと態度を変えた。立ち上がってペコペコと頭を下げ、「檀那(だんな)、こちらへどうぞ」と狭い通路の奥まで案内した。

Mとしか明かさなかった小柄な男は、煙が立ち込める仄暗(ほのぐら)い部屋で、茄子紺(なすこん)色の大掛児(タアクワル)（支那服）を着て、紫檀(したん)のベッドに敷かれたシルクの緞子(どんす)の布団の上に横たわっていた。ベッド脇の、やはり紫檀のサイドテーブルの上では、阿片を炙(あぶ)るためのアルコールランプの灯が揺らめいている。腕枕をして、象眼細工(ぞうがんざいく)を施した銀製の煙管を咥(くわ)え、飴状(あめじょう)に溶かした阿片を時おり吸引しながら、陳の紹介状に目をやり、玄奘の話を黙って聞いた。わずかに酸っぱい匂いがした。

とっくに七十歳を超えているだろうか、頭髪が白く薄い。額に太い皺(しわ)があり、右頬には大きな刀傷がある。木炭ストーブを燃やし、足に毛布をかけ、チリ紙の束を抱えて、鼻をしきりにすすっている。たえのことには、さほど関心を払う様子はなく、煙管を叩きながら、格別の表情も泛(うか)べずに「聞いてみよう」とだけ嗄(しわが)れた声で言った。

Mはもともと広東(かんとん)の博徒(ばくと)で、人を殺(あや)めて三十代に上海に流れ着くと、暗黒街を牛耳る「青幇(チンパン)」の黄金栄(ファンチンジュン)、杜月笙(トゥーユエション)、張囀林(ジャンヂュアンリン)の三大巨頭のもとをうまく立ち回り、阿片の売り捌(さば)きと売春斡旋でのしあがり、財をなしてきた男らしかった。おもに長崎の丸山遊郭や天草から流れてきた「唐行婦」と呼ばれる遊女、芸妓、賄い婦たちの裏情報も持っていた。

青い罌粟は紀元前三千年以上も前からメソポタミアで栽培されていたともいわれる古い歴史を持つ。開花が終わった罌粟の未熟な実に切り傷をつけ、そこから滴る乳白色の果汁を乾燥させて竹べらで集めると、生阿片になる。

清朝政府はアロー戦争後の一八五八年に、英国と清の間で締結された天津条約で、阿片を「洋薬」として、輸入を合法化し、吸引は認められていた。道光帝のもとで欽差大臣林則徐が阿片密貿易根絶に立ち上がり、英国との間で阿片戦争が起こってから十八年後のことである。インドで栽培された阿片の貿易利権は、英国の国策植民地会社である「東インド会社」から、「サッスーン洋行」「ジャーディン・マセソン商会」などの大手商社に引き継がれ、その取引の中心も広州や澳門から上海へと移っていた。商社の手先となったMら闇商人の手によって、阿片はフランス租界はじめ市中で売り捌かれてく。「ジャーディン・マセソン商会」のいわば長崎代理店が、スコットランドの貿易商トーマス・グラバーによる有名なグラバー邸だ。阿片吸引を咎めだてるような空気は、すでに、この頃の上海の街にはどこにもない。酒と阿片は男たちの嗜み、とされた。

　阿片を吸引できる煙館は上海にはゆうに千軒を超えるほどもあり、なかには「公館馬路」「南誠信」のような、シャンデリアが眩(まぶ)しく輝く豪華なロビーを備え、胡弓(こきゅう)の調べが流れ、酒が供され、濃い化粧の女たちが艶然(えんぜん)と侍(はべ)る高級煙館もある。一種の社交場だ。しかし、Mがいる阿片窟は誰かれが立ち入ることができる場所ではない。暗黒街の人間や、各国の情報機関にかかわる翳(かげ)のある男たちが出入りする、裏情報の交差点となっていた。

　Mはベッドから億劫(おっくう)そうに上半身を起こすと、ひと月ほど前の九月に、奉天郊外の柳条湖で起きた日中両軍の武力衝突、いわゆる満州事変について話し始めた。

「『悪事千里を走る』の喩(たと)え通り、噂はここ上海にもすぐ伝わってきた。あれは間違いなく関東軍の謀略だ。治安の攪乱(かくらん)に乗じて、関東軍を出動させ、関東州（満州）を中国から切り離して、一気にわがものにしようという悪だくらみだな。日本は愚かにも導火線に火をつけた。いずれ、中国と日本とは死ぬか生きるかの大戦争になるだろう。この上海も火の海だ。坊さん、あんたもとんだ時にやってきたものだ」と薄く笑った。

　チリ紙で洟(はな)をかむと、「上海に吹く風には潮の毒が混じっている。これが、どうもいけない」と言った。のちに楊清香(ヤンチンシャン)という名を知ることになるが、玄奘と同じ四十台とおぼしき女が、奥の麻雀卓に片肘(かたひじ)をつき、唐草模様があしらわれた象牙(ぞうげ)の箸(はし)で麺をすすっている。

食べ終わると、Mの顔を蒸したタオルで拭き、汚れたチリ紙の束を片づけた。背丈（せたけ）が高く、まくれ上った唇の濡れたような臙脂（えんじ）が鮮やかで、妖艶（ようえん）な雰囲気の美形だ。左の中指に濃緑のエメラルドの指輪が輝いている。かつてはフランス租界の有名ナイトクラブでパリ・ジェンヌに扮した踊り子をしていたらしいが、Mの情婦（まぶ）なのかもしれない。日銭を稼ぐことにも飽きて、懶惰（らんだ）な身を持て余しているような感じがした。

「それにしても、この前のレースは悔しい。〇〇が絶対にいけるというから、マリオランダーから総流しで馬券を買ったから全滅。大損だよ」。先週の上海競馬場（上海跑馬廳）でのレースのことらしかったが、玄妟には競馬など皆目わからない。Mはいつまでもぼやき続けた。

Mの予言は、上海の日本人居留民の間でも囁（ささや）かれ始めていることで、目新しい話ではなかった。玄妟の強い関心を引いたのは、Mの話をそばで通訳した、ぞっとするほど暗く鋭い目つきの李寧周（リニィンヂョウ）という男だった。濡羽色（ぬればいろ）の髪が豊かで、頬骨（ほお）と鼻梁（びりょう）が高く、眼窩（がんか）が落ち込んでいる。全身からただならない殺気を放っている。

その後も折を見て、Mや清香に気づかれないように、李にひそかに接触すると、驚くほど日中双方の裏事情に精通していた。「栗原義雄」という日本名も使っていたが、国籍を明かさない。関東軍の特務機関に雇われている諜報員なのか、とも思ったが、中国の抗日地下組織の人脈や動向について、関係者でなければ絶対に知りえない極秘情報を知っている。馬鹿げているかもしれないが、ひょっとすると、俗にいう二重スパイなのかもしれない。

李という男の底知れない不気味さを、玄晏は感じていた。

一九四七年（昭和二十二年）に発表された、ディック・ミネや石原裕次郎が唄う「夜霧のブルース」には、「四馬路（スマロ）」「虹口（ホンキュー）」といった上海の繁華街の地名が登場する。なかでも日本人街の中心である虹口は、もともとアメリカ租界の一角だったが、東京の銀座や浅草にも劣らないほどの賑（にぎ）わいをみせている。

一九二七年（昭和二年）の時点で、一帯に居住する日本人は約二千世帯七千六百人にのぼっていた。街のシンボルでもある虹口マーケットは「三角地」と呼ばれた交差点にある鉄筋コンクリートの三階建てで、毎日、長崎から船で運ばれてくる鮮魚をはじめ、ありとあらゆる商品が商いされ、その規模は極東一とうたわれていた。御宿では口にしたこともない田作（たつくり）や数の子、鮭の昆布巻きも、正月のおせち料理用に買えた。フランス租界にも近いことから、バターが香ばしいフランスパンまで売られている。「内地にあるもので、ここにないものはない」。それが商人たちの自慢だった。長崎と上海は直線距離にして約八百五十キロに過ぎない。「長崎県上海市」と呼びならわされるほど、長崎から渡ってきた商人が多く、長崎弁が飛び交っている。八月のお盆には長崎名物の精霊流し(しょうろう)も盛んに催された。日本の統治下にあった朝鮮や台湾からの商人もいた。

埴生文子が玄晏を見かけたのは、週に二日は立ち寄る虹口(ホンキュー)マーケットの八百屋「善日商店」の店先だった。

これほど大きな人を、見間違えるわけはない。

息子を背に負い、空心菜や南瓜(かぼちゃ)が入った買い物籠を下げた文子は、少し離れたところから、躊躇(ためら)いがちに「あのー、もしや玄晏さんでは」と声をかけた。

玄晏は口をぽかんと開けたまま、暫(しば)く声が出せなかった。文子に駆け寄ると、「なんで、わん(おまえ)がここにおるだっぺ。一夫は一緒か?」と両手で文子の細い肩を鷲掴(わしづか)みにしてゆすった。手が震えている。

背中の幼な子に気づいて、「そうか、そうか、よかったのお」と言い、顔をくしゃくしゃにした。文子の目からも、大粒の涙が溢(あふ)れた。

その週末、わたしたち親子と玄旻は、老舗の杭州料理店「知味観（ちみかん）」で落ちあった。わたしたちには少々高級すぎる店だったが、無二の親友との偶然の再会だ。奮発した。支那料理にしては少々甘口の味付けで、日本人の口にも合う。玄旻は例の「西郷どん」の、つんつるてんの絣（かすり）の着物姿だ。

お互いにこれまでのことを話し始めると、時間がいくらあっても足りない。玄旻は杭州の名物料理の「西湖牛肉羹（かん）（牛肉のとろみスープ）」「乞食鶏（こじきとり）」「東坡肉（とうばにく）」をたちまち平らげ、それに五人前の「小籠包（しょうろんぽう）」にむしゃぶりつき、さも愉快そうに上海老酒（らおちゅう）をグラスで何杯も呷（あお）った。相変わらずの、豪快な大食漢ぶり、飲みっぷり。呆れた胃袋だ。文子が目を丸くして「お腹は大丈夫ですか」と声をかけた。玄旻は、ぬーっと顔を文子に向けて突き出し「なんのこれしき」とニタッと笑っておどけた。前歯が一本欠けている。文子は玄旻の面相があまりに可笑（おか）しくて、袂（たもと）で口を覆いながら吹き出した。わたしはあの御宿海岸での結婚披露の日のことを思い出し、嬉しくなった。

ところが、佐々木たえの話になると、玄旻は一転、別人のように沈み込んだ。右目をさかんにしばたかせる。聞けば、玄旻とたえは、親子ほども年が離れている。しかし、玄旻の想いは狂おしいほど烈（はげ）しく、青年のように一途（いちず）だった。懐から、たえにもらったという団栗（どんぐり）が入った赤い小袋を大事そうに取り出し、「たえの形見じゃねえぞ。おれのお守りじゃ」と言って握りしめた。

「一夫、文子、おれは、たえを必ず見つけ出すっぺ。手は打ってある。見つけたら、おれの女房にする」

恋情（れんじょう）は雷のようなものだ。玄旻は天から降って来た雷に打たれたのだ。

玄旻は詳しいことは言わなかったが、さる阿片窟に行ったことを明かした。

「そんなところへ出入りして危なくねえのか」

わたしが心配して尋ねると、玄旻は笑って頭（かぶり）を振った。

「あんとんねえ（なんでもない）。阿片はのお、極楽浄土の妙（たえ）なる香りがするぞ。だけんど、おれの体は線香のほうが馴染んでいるからな」

まだ上海に来てそれほど時間が経っていないのに、玄旻は早くも裏社会の事情にも通じ始めている。その後も、わたしは玄旻とよく二人で会い、当然のことながら酒を浴びるように飲み、情報交換を重ねた。

◇

一人の男が暗躍している。

国際都市上海の穏やかで華やかな時代は過ぎ去り、どんよりと黒い雲が空を覆い始めている。

一九三〇年（昭和五年）十月に上海公使館附武官として赴任してきた田中隆吉陸軍少佐（陸士二十六期、のちに少将、陸軍省兵務局長）は島根県能義郡荒島村（現安来市）の出身で、翌年の満州事変の首謀者となる関東軍高級参謀の板垣征四郎大佐（陸士十六期、のちに大将、戦後絞首刑）とは、板垣が中央幼年学校の区隊長だった頃から私淑し、以来、気脈を通じていることが部内で知られていた。

田中は自分を天性の「策謀家」と信じ込んでいるところがあり、満蒙独立を唱える川島浪速らの大陸浪人や、日本政府と歩調を揃えて大陸進出の機をうかがう「一旗組」と呼ばれた野心的な企業人らとの宴席を断らず、人脈を築くのに余念がなかった。国家主義運動の指導者大川周明が主宰していた「日本維新断行」を謳う行地社（「天に則り地に行はん」に由来）の地方同人にも名を連ねていた。阿片の密売にも通じていたが、広い人脈を誇示し、自分を実像以上に大きく見せようとして飾る欠点があった。

のちに「東洋のマタ・ハリ」「男装の麗人」と呼ばれることになる北京生まれの川島芳子

こと愛新覺羅顯玗と懇ろな関係にあることは、関東軍や日中の外交関係者の間ではつとに知られていた。田中が愛人の芳子を無理やりにスパイ活動に引きこんでいる、という、よからぬ噂が絶えなかった。

旧清朝の王族に連なる川島芳子は川島浪速の養女で、満州各地を転々としたのちに、一九三二年（昭和七年）一月、横浜から上海に渡っていた。

川島芳子は自伝に書いている。

「前年の九月十八日の夜、王以哲の率いる一軍が柳条溝（湖）付近で満鉄線の爆破をやり、日支両軍が戦端をひらいてからこの方、険悪な排日的空気は、天津にも、上海にも飛散していた。上海では、各種の排日団体が集合して抗日会本部まで設けられ、いつどんな、最悪の事態を現出するかも知れないような様子なので、私の乗った船も、向こうへ行く船客は少なかった」

ここに出てくる王以哲とは、中国軍独立第七旅長の高級将校で、彼こそ南満州鉄道爆破の下手人だ、と関東軍が日本の報道機関に吹き込んだ人物だ。関東軍は爆破事件を「暴戻なる志那軍隊」によるもの、というデマゴークを広めるのに躍起だった。

日本国内の新聞各紙は「証拠は歴然！　支那兵の満鉄爆破」（『大阪朝日新聞』）と大々的

に報じたが、事変は石原莞爾や板垣ら関東軍による「自作自演」だった。わけても『朝日』と『東京日日（毎日）』は、ここが販売拡販の正念場と見て、報道合戦に血道を上げた。満州事変が始まった一九三一年に百四十四万部だった『朝日』の発行部数は、翌三二年には百八十二万部に急増した。後に『朝日』は「新聞は非常時によって飛躍する」と振り返った。『毎日』はとくに親軍的で、「満蒙におけるわが特殊権益は…わが民族の血と汗の結晶」とあおり、満州事変は「関東軍主催、毎日新聞後援」と言われたりした。

満州事変から半月後、田中は板垣に呼び出されて満州の奉天に向かった。板垣は「この際、上海で事を起こして世界列強の注意をそらしてほしい。そのドサクサに紛れて（満州国）独立まで漕ぎつけたい」と言った。この謀略には、満州事変でもひと役買った関東軍参謀の花谷正少佐（陸士二十六期、後に中将）も絡んでいた。戦後、田中は東京裁判で検察側証人となった。このときに板垣から上海の正金銀行の口座を通して受け取った二万円の工作費のうち一万円を川島に渡し、彼女が上海事変の片棒を担いだと自伝で回想したが、その真偽は確かめられていない。「（上海に戻った田中は）関東軍がくれた二万円ではとても足りないので、鐘紡の上海出張所から十万円を借りた」と史家の秦郁彦氏は書いている。

川島芳子は何も明かさないまま、戦後の一九四八年（昭和二十三年）、北京第一監獄で銃殺に処される。彼女の上海でのスパイ活動が問われた。享年四十歳だった。

日本人が満州と呼ばれる地（満洲は本来は地名ではなく、民族名）に入るようになったのは一八八〇年代からだ。日本の安全保障にとって、朝鮮半島は死活的に重要であり、その後背地に控える満州やモンゴルを「勢力圏」に置くことで、ロシアを軍事的に牽制する戦略的な利益も、陸軍が一貫して訴えてきたところだった。日露戦争後に初代の満州鉄道総裁となった後藤新平は「十年以内に五十万人を満州に移民させる」と語り、小村寿太郎外相も「満漢移民集中論」を提唱した。一九三一年（昭和六年）の満州事変以降は、日本政府の肝いりで「満蒙開拓団」や軍服に身を固めた「武装移民団」が組織的に大陸各地に送り込まれた。のちに外相となる松岡洋右が一九三一年（昭和六年）の第五十九議会衆院本会議で「満蒙は我が国の生命線である」と演説し、以来、「生命線」ということばは龍角散の宣伝コピーにも使われるほど、当時の流行語にもなった。

こうした流れのもとで、小日向白朗のように十七歳で単身中国にわたり、全中国の「馬賊」の頭目・尚旭東になるような者まで現れる。有本芳水の『武侠小説馬賊の子』、池田芙蓉（池田亀鑑）の『馬賊の唄』など馬賊ものの冒険活劇小説が人気を博し、「赤い夕陽の満州」のロマンに憧れて、大陸浪人として満州にわたる男たちも少なからずいた。

満州事変が起きた年の、暮れも押し詰まった日のことである。

玄旻はひそかに李寧周に呼びだされて、法大馬路の阿片窟の入り口をくぐった。Mも清香も不在だった。李は冷たい外気が吹き込み、薄暗く洞窟の迷路のように入り組んだ部屋の中を隅々まで用心深く何度もうかがい、誰もいないことを確かめると、薄い唇を開いた。たえの消息についての情報かと思って勢い込んで来たが、そうではなかった。

「来年一月、上海で事件が起きる。満州に続いての、関東軍の謀略だ。黒幕は田中隆吉という上海駐在の陸軍少佐だが、その後ろにはもっと大きな影が蠢いている。関東軍の高級参謀、樺林太郎大佐も一枚かんでいる。あんたの幼馴染みだったそうじゃないか」

玄旻は言葉をのみこんだ。身体のなかに電流が走った気がした。

まさか、ここで林太郎の名を聞くとは思わなかった。それに、李はどうして自分と林太郎の関係まで知っているのか。

（林太郎が上海で何を……）

悪寒が走った。

「年が明けたらもっと詳しいことがわかる。あんたには使いをよこす。それまでは誰にも会わずに部屋のベッドに転がっていろ」

それだけ言うと、李は玄晏に窟を出るように猛禽（もうきん）のような目で促した。

「佐々木たえのことは何か」

玄晏の問いかけには、何もこたえなかった。

上海は世界大戦中に飛躍的な発展を遂げ、世界第五の都市にのしあがっていた。外国の企業は課税や兵役からも逃れて、巨大な余剰利益を積み上げていた。それを再投資して莫大な利益を上げる外国企業は少なくなかった。上海は言うなれば国際利権の交差点であり、そこの支配権を得ることは、企業にとどまらず、軍部にとっても死活的な関心事だった。

年が改まった一九三二年（昭和七年）一月十五日、虹口マーケット内の果物店「佐賀洋行」の包装紙に包まれた棗（なつめ）の缶詰の詰め合わせの紙箱を、少年が玄晏に届けて来た。送り主の名前はない。箱を開けてみると、底に李からの白い封書が入っていた。

「前略、急ぎ連絡。今月十八日夕刻、馬玉山路上の紡績会社、三友実業社前にて、日本の関東軍特務機関に秘密裏に雇われし中国の無頼漢数十名、日本人僧侶らを襲ふ計画。之は間違いなき極秘情報なり。よって厳秘のこと。くれぐれも周囲に気づかれることなく、貴殿自身現地に赴(おもむ)いて確かめられたし。之は歴史的謀略の大事件なり。いまひとつは、貴殿の関心事。Ｍの手配で各方面を探索せし処(ところ)、貴殿かねて探索の佐々木たえは、『橘家(たちばなや)』なる日本料理屋に売られしが、境涯に同情する岐阜出身の女将の強い意向により芸妓、娼妓となるを免れ、住み込みの賄(まかな)い婦として働きおりしこと判明。ただし、その後に、置手紙を残し、此(こ)の料理屋を某日未明に出奔(しゅっぽん)せりとのこと。案ずる女将も心当たり等を探索するも未だ行方知れず。以上。栗原」

玄奘はどれほど読み返したかわからない。ともあれ、たえは生きている。苦海に身を沈めることなく、上海の同じ空のもとで生きている。高ぶる気持ちが抑えられなかった。

虹口(ホンキュー)のはずれにある「橘家」はすぐにわかった。玄関に続く石畳の路地は掃除がゆき届き、打ち水がしてある。紅殻格子(べんがらごうし)の小窓があるこじんまりした風情の店構えだ。塀(へい)越しに枇杷(びわ)の木が見える。

「誰かおられぬか」

玄関の呼び鈴を鳴らしたが、返事がなかった。そのうち、勝手口の戸が少し開くと、銀杏返し（いちょうがえ）に髪を結い、淡い水色地に紫陽花（あじさい）を散らした絽（ろ）の着物を纏（まと）った、柔らかな瓜実顔（うりざねがお）の女性が顔をのぞかせた。女将（おかみ）らしい。異形（いぎょう）の玄奘をひと目見て、あやしい筋の男と思ったのか「あの娘（こ）がどこへ行っただか、わたしにだって、わかりゃあしませんよ。忙しいだで（から）、もういいかい。さっさと帰っておくれ」と言って、勝手口の戸をぴしゃりと閉めた。取りつくしま島がない。

しかし、ふと気にかかって、またそっと戸を開けた。戸の隙間（すきま）から、とぼとぼと去っていく大男の後姿に目をやった。

（よもや、あの御仁（ごじん）が、あの娘（こ）が言っていた、青森で知り合ったという、大きな坊さん、ってことはないよね。まさか、この上海で……）

彼女は胸のもやもやを追い払った。

上海でも満州事変以降は「打倒、日本帝国主義」や日本人排斥、日本商品のボイコットなどを叫ぶ抗日運動が活発になり、治安は急速に悪化していた。運動の指導者たちは中国人商店から日本製品を没収し、なお取引をやめない商人には罰金を課し、投獄すらいとわなかった。日本人への嫌がらせや、暴力事件まで頻発した。少し前には考えられなかったことだ。

　玄奘は李との約束で、新聞社勤めのわたしには何も明かさなかったが、十八日の夕刻、どこから探してきたのか、鼠色の特大の大掛児（支那服）を着込み、毛糸の帽子をかぶり、伊達眼鏡をかけて、寒さに凍えながら物陰から三友実業社の前の様子をうかがった。日蓮宗系の日本山妙法寺の僧侶二人と信徒数人の集団が、寒行の団扇太鼓を叩きながら近づいてきたところ、付近の広場で軍事教練中の三友実業社抗日会議義勇軍の棍棒を持った男たち数十人が一斉に襲いかかり、乱闘になった。近くの畑に逃げ惑う僧侶がひどく打ちのめされた。そのうち、近くで見物していた中国人の野次馬も僧侶たちへの攻撃に加わった。僧侶の一人は頭と口から血を流してうめいている。

　玄奘は一部始終を目撃した。喉がカラカラに乾き、声をたてることもできなかった。

　李寧周がもたらした情報はおそろしく正確だった。彼が関東軍の特務機関にかかわる諜報員という玄奘の見立ては、どうやら見当違いだったようだ。

この事件に、上海の日本人居留民たちはいきり立った。

襲撃が、抗日運動の拠点となっていた三友実業社の職工たちが中心だったという噂がまたたくまに広まり、抗議集会が次々に開かれた。

「毅然とした態度で臨め」という勇ましい掛け声が澎湃（ほうはい）とあがるときが、いちばん危ない。これは、いつの時代にでも言えることだ。たいていナショナリズムを煽（あお）るのはメディアであり、群衆だ。ナショナリズムにいったん火がつくと、枯れ草がたやすく燃え上がるように手がつけられない。

襲撃犯人への復讐を求める世論が盛り上がり、居留民の一部も加わる右翼結社、日本青年同志会の数十人が、豪雨のなか、日本刀や木刀を持って三友実業社のタオル工場を襲撃し、工場の物置小屋に火をつけた。続いて、租界を警備する中国人警官と同志会の衝突が起き、双方に死傷者が出た。二十日未明のことだ。

わたしがいた『上海毎日新聞』も、緊張が一気に高まり、日中の武力衝突につながりかねない重大事件の続発を、大きな紙面を割（さ）いて報じた。どうしたことか、玄晏とはここしばらく連絡が取れていない。不覚にも、一連の事件が、関東軍特務機関が裏であやつる謀略だと、わたしが玄晏から知らされるのは、もう少し後のことになる。

この日、総領事館から遠くない日本人倶楽部のホールに、日本人居留民五百人が集まって一連の事態が報告された。わたしはライカ写真機を手に、若い日本人記者とともにかけつけた。文字通り「殺気満堂（さっきまんどう）」という形容がもっともふさわしい雰囲気に、容易ならざるものを感じた。

賑（にぎ）やかな呉淞路（ごしょうろ）のざわめきも、黄浦江を行き交う汽船の汽笛も、居留民たちの満腔（まんこう）の怒りの渦にかき消された。

集会では「居留民の安全保護をはかれ」という声が次々に上がり、「いまや　抗日運動その極に達す。帝国政府は最後の決意を為し、直ちに陸海軍を派遣し、自衛権を発動して抗日運動の絶滅を期すべし」という決議文が満場一致で採択された。

「ちょっと、これはやりすぎですよ」

同道した記者が、わたしの耳元で囁（ささや）いた。

閉会後、数百人が総領事館に強硬な交渉を要請し、続いて海軍陸戦隊本部の四角いビルに向かっていたところ、中国人家屋の二階から銅鑼（どら）や瓶（びん）、棍棒（こんぼう）が投げつけられ、怒った数人がその家屋をこなごなに壊した。

（戦争が近いな）

わたしは欧州で大戦が始まるときのロンドンの街の空気を思い出した。夫の身を案じていた、支局の助手リーザの顔が浮かんだ。新聞社の編集部員や、文子ら家族の安全確保も早急に考えておかなくてはなるまい。

同じころ、玄奘は法大馬路の阿片窟を久しぶりに訪ねていた。Mは相変わらず、豪華なシルクの緞子(どんす)の褥(しとね)の上で寝そべって煙管で阿片を燻(くゆ)らせている。たえについての情報の礼を言ったが、Mはぎょろりと玄奘を一瞥(いちべつ)したきりで、格別の興味を示さなかった。情報提供の礼をどうすればいいのか、と顔色をうかがいながら尋ねたが、Mは何も答えない。吹っ掛けられても、玄奘に払えるあてはないのだが。李寧周が薄く笑いながら、「不要(ブヤオ)」と言って首を横に振った。

Mはやはり、チリ紙の束を抱え、時々、洟(はな)をかんだ。

「坊さん、どうだ、言ったとおりだろ。おれは何でも先が見通せる天眼通(てんげんつう)だからな。このあたりのフランス租界は大丈夫なはずだが、上海はほぼ火の海になる。中国陸軍の第十九路軍は蒋介石(ジャンガイセック)の麾下(きか)ではない。もともと河南(かなん)で生まれた混成のゲリラ部隊だが、抗日の士気はもっとも高い。これまでの戦いで負けたことがない。蒋介石は小馬鹿にしておるが、遊撃戦、市街戦の撃ち合いになると、地の利もあって、めっぽう強いぞ。『鉄軍』と呼ばれるくらいだから、精強軍といっていい。見ておれ。日本の陸戦隊は臍を噛むぞ」

傍のマホガニーの肘掛椅子に端座して控えていた李寧周は通訳しただけで、余計なことは何一つ口にせずに押し黙っていた。阿片に手を伸ばすこともなかった。黄金色の鱗模様の靴を脱いで、大きなスリットが入ったチャイナドレスから伸びた長い素足を組み、太腿をあらわにしてしどけない清香が、李にときどき妖しげな流し目を送っていたのに玄妟は気づいたが、李は一瞥もしなかった。

(日本からはとっくに消えてしまった、古武士みてえな男だっぺ)

玄妟は李の彫りの深い顔をしみじみと見た。

◇

阿片窟を出ると、フランス租界のダンスホールはいつもと何も変わらず、外国人たちでにぎわい、タンゴバンドがラ・クンパルシータを奏で、アルコールと紫煙と香水がまじった臭いが通りにまで立ち込めていた。

胡玉蘭は広東省の広州にいた。

第十九路軍は一九三〇年（昭和五年）に陳銘枢（チェンミンシュウ）ら広東州出身の将軍たちによって結成された軍隊で、三師団から成り、陳らのもとで「抗日、反蒋介石」の立場を強めていた。大多数は、もとは北方の漢人だったいわゆる「客家（はっか）」の出身で、古来、異民族の侵略に勇猛に対抗してきて、民族意識が強い。共産党を抜けて第十九路軍に合流した玉蘭やその夫の蔡洋森のような者も少なからずいた。蔡は「抗日救国などの道を辿ろうと構わない。いずれ時が来れば、周恩来同志とまた寝食をともにする日が来るかもしれない」と玉蘭に耳打ちした。

満州事変が日本の関東軍による謀略である、という情報は遠く広州にも広がっていた。日本軍の野望は満州にとどまるまい。必ずや、中国全土を戦火が嘗（な）め尽くす日が来るだろう。

父の樺房之助とは縁を切ったまま、日本を離れてから十五年以上も会っていないが、風の便りでは、いまだに東京で健在らしく、玉蘭もたまにその名を耳にする。「樺コンツェルン」は三井、住友といった大財閥とは違い、房之助が一代で起こした赤羽の小さな機械工業会社から出発した新興財閥だ。軍用トラックの車軸やブレーキの部品などを陸軍に独占的に納入し、陸軍の大陸侵攻とともに、会社の規模も売り上げも飛躍的に拡大していった。

陸軍の要路のおぼえがめでたく、陸軍と軌を一つにする「成金政商」「死の商人」と陰口を叩かれることもあったが、房之助は気にかける風情もない。それどころか「陸軍とわが樺グループは運命共同体、一心同体だ」と言ってはばからず、陸軍の幹部を新橋や赤坂の高級料亭でもてなした。

昔は父とはそりが合わなかった長男の林太郎だが、林太郎が陸軍の中枢を歩むようになると、房之助は「手塩にかけて育てて来ましたが、小さい時分から勉強がよくできる倅でしてなあ」と自慢した。林太郎はそうした話を耳にするたびに、「手塩にかけただと、よく言うよ」と鼻しらみ、迷惑千万という顔をしたが、いまや飛ぶ鳥を落とす勢いの樺コンツェルンの総帥の御曹司、という出自は陸軍部内でもついて回った。林太郎より二つ下の次男は常務におさまっている。いずれは父親の後を継ぐのだろう。

房之助は娘の紀子については「親不孝娘はとっくの昔に勘当しました。わたしとは関係ない。うちには娘はおりません」と名前を口にするのも疎ましそうだった。もちろん父も兄も、紀子が中国人胡玉蘭となり、抗日戦線に馳せ参じているとは知る由もない。

玉蘭は第十九路軍に比較的最近に加わった新参者や、各地からの志願兵で編成された混成部隊の第七十八師団第十七歩兵小隊に所属した。夫の蔡は別動部隊の歩兵隊員として、広東省中山市に転進して行った。

小銃や拳銃の扱いは、蔡と一緒に共産党の地下組織にいたときから慣れている。三十メートルそこら離れた小さな的に弾を命中させるのは、男性兵士の誰よりもうまく、「気をつけろ。玉蘭にちょっかいを出したら一発で仕留められるぞ」と古手の幹部は軽口をたたいた。「闇夜に霜が降るごとく」と誰かに教えられたが、何のこともない。風向きや温度、湿度で弾道がどのくらい変わるかを頭の中でおおよそはじき出し、後は照準を定め、心静かに引き金を引き絞るだけだ。ショパンのピアノソナタ二番変ロ短調「葬送」の、消え入りそうなピアニシモを弾くよりも容易(たやす)く思えた。もっとも、ここ第十九路軍では、歩兵小隊といっても、玉蘭が小銃を持って歩哨に立つことはめったになく、後衛で食糧調達などの兵站(へいたん)任務に就くことがほとんどだった。

ある日、広州の青果市場に白菜や芋(いも)の買い出しに行くため、小銃を持ち、肩から弾帯を斜(はす)にぶら下げて、軍用トラックの荷台に乗り込もうとすると、同じ歩兵小隊所属の初老の兵隊が玉蘭に近づいてきた。あたりの目を気にしながら、耳元でささやいた。訛(なまり)が強い日本語だった。

「おみゃあさん（あなた）、ひょっとして元は日本人かや？　そんな噂があるだで（から）」

玉蘭は狼狽(うろた)えた。しかし、気取られぬように、能面をつくって黙っていると、男はさらに声を落として言葉を継いだ。

「心配しなさんな。おれも名古屋生まれの日本人だがや」

岡崎雄平。いまは鄧彪傑(トンヒョウケツ)と名を変えた男は、なんと大連近郊の樺コンツェルンの機械組み立ての下請け工場で働いていたという。年が離れた妹がいたが、関東軍の特務機関に雇われた日本人のチンピラ三人に暴行され、あくる朝に倉庫で首を吊った。岡崎は旅順の関東軍司令部に出向いて、泣きながら何度もその非道を訴えたが、逆に「貴様は帝国軍人に言いがかりをつけるのか。金でもせしめる魂胆か」となじられ、近くの警察署に拘引(こういん)されて殴られ、前歯が二本折れて、顔が腫(は)れ上がった。腰を数えきれないほど棍棒(こんぼう)で叩かれ、腰骨にひどい後遺症が残った。妹の亡骸(なきがら)は川にぼろ布のように投げ捨てられた。

岡崎は祖国を激しく恨んだ。

浙江(せっこう)省の寧波(にんぽー)を経て広東州まで流れ着き、日本の土は二度と踏むまい、と決意を固めた。

友人のアドバイスで適当な中国名に変え、第十九路軍に志願兵として身を投じたのだという。

彼は玉蘭にわが娘のようになにかと優しく接した。どこで仕入れて来たのか、人目を盗んで、甘栗や和菓子の桜餅を紙袋に入れて持ってきて「でら、うみゃあよ（とてもおいしいよ）。食べてちょう」と手渡した。たしかに、涙が出るほど美味かった。玉蘭が風邪でのどを痛めたというと、漢方の煎じ薬も探し当ててきた。岡崎の話では、第十九路軍に加わった「流れ者」は少なくないが、元日本人は彼ら二人だけらしい。

昼食当番で一緒になり洗い場で会ったとき、玉蘭は自分が樺コンツェルンの総帥、樺房之助の娘であることを明かした。玉蘭は「父はもう縁を絶った人ですけれど」と言ったが、岡崎は驚愕の表情を浮かべた。岡崎はいつも詮索好きで多弁だったが、玉蘭の奥底に渦巻く黒々とした心隈にはけっして立ち入らない繊細さを見せた。「そうか、おみゃあさん（あなた）も、いろいろ辛かったんじゃのお」と彼女を思い遣った。

ある日、岡崎は第十九路軍の主力が、近く上海防衛の任務に就く、という最新情報を聞きこんで来た。

「こりゃあ、どえらい（たいへんな）ことだわ。日本との戦争になるがや。蔣介石将軍は日本と和平を結びたいだで（から）、軍事衝突は避けたいらしい。奴は南京にはりついてまって、上海には寄りつかんだら。奴とはもともと反（そ）りが合わない、おれたち十九路軍にお鉢が回ってくるだがね」

ついにその日が来る。玉蘭は緊張し、気持ちが高ぶった。

「なあんも心配にゃあって。玉蘭、おみゃあさんはよ、おれの後ろに隠れてよ、頭を低くして、目だけ大きくかっ開いてついてきてちょう。このじじいが盾になって守ってやるだがね。弾は絶対に当たんねえよ」

岡崎は、こっそりと懐にしのばせた熱田神宮や、母親の出の福岡の筑紫神社のお守りを玉蘭に見せて笑った。

◇

樺林太郎はこの時、すでに上海にいる。

虹口（ホンキュー）の高級料亭「杉廼家（すぎのや）新館」で、一連の事件の黒幕として暗躍していた田中隆吉少佐と二人で菊正宗の熱燗を酌み交わしていた。

「いまのところ首尾は上々というところですかな」。田中が錫の徳利で猪口に酒を注ぐと、林太郎は一気に呷り、「いまのところはな。細工はりゅうりゅう、か。海軍は満州で陸軍にしてやられたことに焦っておる。養命酒の塩沢（幸一少将、この時は第一遣外艦隊司令官。海兵三十二期で山本五十六と同期。のちに大将。長野の養命酒酒造の四男）は、上海ではこんどは海軍が名を挙げてやると、えらく鼻息が荒いぞ」と言った。

「しかし、海軍の陸戦隊ごときが緒戦こそ何とかしのいだとしても、所詮、陸に上がった河童だよ。第十九路軍は蒋介石の言いなりにはならず、支那でも一、二を争う精強の軍隊だと聞いておる。長い期間は戦えるものか。結局は陸軍のお出ましとなるさ」と笑った。

「おこしやす」という声がして、京都育ちで田中と馴染の女将が襖を開けて部屋に入ってきた。

「田中はん、きょうは内地から、珍しいもんが届いてますえ」と、ほんのりと微醺を帯びた目で田中を見て、青竹の筒に入った海鼠腸の突き出しを膳に並べた。「うちの板さんが言うには、瀬戸内で獲れたばかりの絶品だそうどすわ。ご賞味あれ。お神酒が進みますえ。田中はんは、たしかお生まれは瀬戸内の広島でしたな」

「いや、おれは出雲の安来だ」

「あら、そうどすか。堪忍え。ま、似たようなところでっしゃろ」

女将は場の空気も忖度（そんたく）せず、のべつに一人で喋（しゃべ）り続けた。

「嫌やわあ、お二人とも不景気なお顔しておいやすなあ。お疲れどすな。なんぞ気になることでもあったのどすか。鼈（すっぽん）の活血（いきち）はどうどす。精がつきますえ」

田中が林太郎の顔を覗き込むと、林太郎は頭（かぶり）を振った。

「わかった、わかった。今晩は、おまえは引っ込んでおれ」

田中は長広舌を振るう女将を追っ払った。

密談は深更（しんこう）に及んだ。空になった徳利（とっくり）が、何本も座卓に転がった。

林太郎は陸軍と海軍の間の連絡調整将校（リエゾン・オフィサー）の密命を帯びて、先月、旅順から空路、上海に来ていた。李寧周は、関東軍高級参謀の樺大佐が、関東軍第二課長となっていた板垣征四郎大佐とも緊密に連絡を取り、四川北路にあった海軍特別陸戦隊本部の建物にたびたび出入りして、陸戦隊指揮官の鮫島具重（ともしげ）大佐（海兵三十七期。のちに中将）と密談している情報をすでに入手していた。

海軍が動き出した。

海軍省は巡洋艦の「大井」、駆逐艦の計四艦の上海沖出動を命じた。この後も続々と艦隊は集結し、旗艦の軽巡洋艦「夕張」の艦上に乗り込んでいた来援の佐世保第二特別陸戦隊も上陸した。

こうした素早い動きの背後にいたのは林太郎だった。

謎の人物、李寧周のことも、西本願寺別院に足繁く通ってきていた陳汪周（チェンワンヂョウ）やMの情婦の清香（チンシャン）らの話から、朧気（おぼろげ）ながらわかってきた。もともとは、上海を牛耳る巨大暗黒組織「青幇（チンパン）」の三大ボスのひとりで、緻密な頭脳と機略（きりゃく）をもって、いちばんの年少ながら二人をしのぐ「史上最強の帝王（ドン）」とうたわれるようになった杜月笙（トゥーユエション）の配下にいた。杜はフランス租界の閑静な一角に、高い煉瓦塀（べい）をめぐらし、綺羅（きら）のかぎりをつくした大邸宅を構えていた。阿片取引にとどまらず、慈善事業に手を染めたほか、上海の金融界支配をもくろんだ。杜は経理にも明るく有能な李を側近として重用したが、李はある企業の株式買収をめぐって杜との間で諍（いさか）いを起こして逐電（ちくでん）した。

杜が差し向けた遣（つか）い手の五人の刺客（しきゃく）につけ狙われたが、李は二人の咽喉笛（のどぶえ）をナイフで掻（か）き切って返り討ちにし、遺体を麻袋にコンクリート片とともに詰め込んで暗い黄浦江に投げ込んだ。李の才覚と度胸を見込んだMが杜に金を積み、詫びを入れて許され、いまはMの元に身を寄せているということだった。昔からの仲間の情報網を駆使して、日中両国ばかりか、ロシアやイギリスの軍や外交団の裏の動きにも通じている。四か国語を操り、頭は切れる。ただものではない。Mの付き人でおさまる器ではあるまい。寡黙な内に秘めた野望がのぞく。

（あの男、いずれは杜にとって代わって上海の闇社会の帝王にのしあがるつもりではないか）

玄旻にはその思いが拭えなかった。

陳汪周も李について、玄旻とほぼ同じ印象を持っていたが、驚くべきことを口にした。

「奴の父親は関東軍のハルピン特務機関で働いたことがある熊本生まれの白木某という日本人だ。父親は不慮の事故で死んだというが、真相はわからない。関東州の収入の四分の一を占める阿片の利権をめぐって李が父親を殺したという噂もある」

陳は声を潜めて忠告した。

「奴のことには深入りするな。奴はいまや上海でもっとも冷血で危険な男だ。自分のほかは誰も信用していない。馴れ馴れしくすると、図体がでかいあんたも簀巻きにされて暗い黄浦江に沈むぞ」

　胸の内を匍（は）い上がってくる予感に、玄奘は慄（おのの）いた。

（李寧周はいずれ、Mや清香を音もたてずに殺すな）


　中国側でも、学生や港湾労働者のストライキが頻発（ひんぱつ）した。上海抗日救国連合会を中心に「日本と断交せよ」という強硬論が渦巻き、市民二十万人が集まった。反日感情はあらゆる階層に広がり、中国人同士がこれほどの結束を示したのは史上でもまれだった。上海駐在の中国第十九路軍でも、日本の陸戦隊との衝突はもはや避けられないと見て、部隊を上海北停車場周辺に配備し、鉄条網をめぐらし、土嚢（どのう）を堆（うずたか）く積んだバリケードや饅頭（まんじゅう）型のトーチカを築き、戦闘準備を急いでいた。蘇州、無錫、常州、丹陽、南京などの部隊、第五軍も上海に集結する構えで、総兵力は四万人に近づいていた。あの桃の花で知られる、黄浦江に面する龍華（ロンファ）には、日本軍機の空襲に備えて中国軍の高射砲が配置された。もはや一触即発の事態だ。

　玄奘はさすがにこれ以上、座視しているわけにはいかなくなった。

「一夫、すまん」

玄旻は巨体を折り曲げて、今回の事態は関東軍特務機関の謀略によるもので、林太郎がそのシナリオ作りに深くかかわっていること、林太郎が上海に来ていることを、わたしに打ち明けた。

わたしは打ちのめされた。

（あの林太郎が……謀略……）

時間は刻々と過ぎていく。

陸戦隊の知人の伝手で、林太郎が逗留している先だと突き止めた西華徳路の赤煉瓦づくりの「萬歳館旅館」にわたしが出向くと、銘仙の褞袍を着て、墨絵の臥龍松の衝立がある玄関に出て来た林太郎の驚きは譬えようもなかった。

「一夫、貴様、上海で何をしておる？　新聞社を辞めて御宿に帰ったのではなかったのか。なに、嘉吉（玄旻）も上海にいるだと？　どういうことだ」

林太郎に会うのは十年前に、わたしが欧州から帰国した時以来だろうか。

林太郎は東京から台北、東京、奉天、そして旅順へと転任を重ねていた。このところは旅順や奉天から立川陸軍飛行場へ軍用機で飛び、東京の陸軍省や参謀本部で連絡調整に当たることが多かった。

「貴様ら上海がどんなことになるのか知っておるのか。悪いことは言わない。すぐにでも内地に帰れ」

林太郎は顔を引き攣らせた。

林太郎は若いころから、陸軍部内で「対ソ強硬論者」の最右翼として知られてきた。薫陶を受けたのは荒木貞夫中将（陸士九期　のち大将　陸軍大臣）だ。

荒木は小男だが、鼻の下から大きく横に張り出したカイゼル髭が強い印象を残し、きびしい修道僧を彷彿とさせる容貌だ。

ロシア勤務が長く、シベリア出兵時にはウラジオストク駐在のシベリア派遣軍参謀として、ソヴィエト・ロシアの脅威を目の当たりにした。林太郎らに「ソヴィエトが第一次五か年計画（一九二八年開始）を完成させてしまうと、極東シベリアはおろか、満州もソ連の支配下に置かれて、日本は手も足も出なくなるぞ。いまのうちに、来たる対ソ決戦に向けた大陸の拠点として、満州を何としても確保しておかなくてはならない」と説いた。

常々、武力による天皇親政のための「昭和維新断行」を訴える佐官、尉官クラスの青年将校たちを、酒食の席でも鼓舞した。林太郎は皇道派と呼ばれる、荒木らに連なる陸軍の派閥の中核になっていた。

荒木はドイツの哲学者フリードリヒ・ニーチェの著作『人間的な、あまりに人間的な』の、この一節に傾倒していたといわれる。

「一つの民族がその生命力を失いはじめたとき、野営生活から生まれる荒々しいエネルギー、憎しみから生まれる深い非個人性、殺人と冷血さから生まれる良心……敗北に対しても自分自身や仲間の存在に対しても誇り高い無関心さ、地震のようにはげしい魂のふるえなど、民族が必要とするものを行動にもたらす手段としては大きな戦争におよぶものはない」

荒木の直系の部下に、高知県出身の小畑敏四郎（としろう）（陸士十六期）がいる。彼も陸軍有数のロシアの専門家で、林太郎は二つ違いの小畑を兄のように慕った。荒木参謀本部第一部長のもとで小畑が最初の参謀本部作戦課長に就いたとき、部内で手足となって奔走し、荒木や小畑を支えたのが林太郎だった。

林太郎は、それから四年後に起きる、陸軍青年将校らによる「二・二六事件」の理論的バックボーンとされた北一輝（いっき）に心酔した。北の主著で一九一九年（大正八年）に上海で起草された『国家改造案原理大綱』は忽ち発禁となり、これをもとに二年後、日本で『日本改造法案大綱』として刊行された。林太郎は手を回して密かに入手し、擦り切れるほど熟読していた。陸軍の青年将校の間では、妙法蓮華経に帰依していた北に直接会って指導を乞うような者はなく、北を「高天原」とひそかに呼んで仰ぎ見た。北は天皇大権による体制刷新を唱え、シベリア出兵の意義を評価し、日中が提携して共通の敵であるロシアに備えることを訴えている。まさに、林太郎が日ごろから口を酸っぱくして言っていることだ。

林太郎は、茨城生まれの農本主義者で、右翼思想家の橘孝三郎とも知り合い、東京や水戸で何度か接触した。ともに天皇親政による「国家改造」を訴えていることでは共通していたが、東洋的な農村共同体の「同胞愛」に基づく理想郷を追い求める橘は、日本の対外膨張策には反対で、北一輝の革命思想には軍部独裁が主眼で、農民が蔑ろにされている、として警戒心を抱いていた。

橘は土のにおいが濃い。

橘の主眼は世界的なデフレによって疲弊し、押し潰されてゆく農村を、大資本の圧制から解放することにあった。クリスチャンではなかったものの、ジャン＝フランソワ・ミレーの「晩鐘」の敬虔な祈りの理想を、求道的な橘は心中深く抱き続けた。上海事変の直後に起きた「五・一五事件」では、血気にはやる霞ヶ浦海軍航空隊の士官らと呼応し、愛郷塾の塾生らによる農民決死隊を編成して東京市内の変電所六か所を襲撃している。

歴史家の保阪正康氏は五・一五事件を取り上げた著書の中で、橘が土浦から水戸に向かう列車の車中で「そうだ、東京を暗くするんだ。二時間か三時間、暗くするのだ。そうすれば人びとは考えるかもしれん。〝自分たちが当たり前と思っていることが、実は当たり前ではない〟ということを考えるかもしれん」と変電所の襲撃計画を思いつく場面を描いている。

帝都を暗闇にする――ナイーブと言われればその通りだろうが、橘孝三郎が発酵させた思想は、電気も通わない農村の困窮者の心情に寄り添い、都市文明の虚妄を、仮借なく糾弾するものだった。

後年、ある宴席で、わたしの早稲田大学の同級生で、政治家になっていた風見章から橘のことを聞かされた。風見と橘は茨城の同郷で、風見は閉鎖になった愛郷塾の再興や、小菅刑務所に服役中の橘の支援に汗をかくほど因縁浅からぬ関係にあった。「人びとの共同扶助による農村共同体」という橘の理想に、風見は心から共感していた。

風見は法廷の証人尋問に立ち、「(五・一五事件をきっかけに) かくて農村問題が喧（かまびす）しく議論されるるに到（いた）っては漸（ようや）くにして土に目覚め、故郷荒れんとすというような考えを起して心底から農村を憂うるようになったのはまことに喜ばしい影響であります」と陳述した。

わたしは、富男の顔を思い出した。

(富男が生きていたら、あいつは橘に共鳴して変電所を襲ったかもしれねえ。だけんど、とうきょっぽの林太郎はけっして、橘を理解できなかっただろうな)

戦端が開かれる前夜の一月二十七日、わたしと玄旻、林太郎の三人は、外灘（バンド）に聳（そび）える「キャセイホテル」二階のレストランで会った。深紅の天鵞絨（ビロード）のカーテンで仕切られている奥のテーブルを囲んだ。

林太郎は赤い三本線に星三つの陸軍大佐の階級章をつけたカーキ色の軍服姿で、腰に軍刀を佩（は）いている。御宿での少年時代の、懐かしい思い出話にふけっている余裕はない。林太郎は貴様らに隙（すき）を見せるわけにはいかんぞ、と言わんばかりに背筋を伸ばして肘掛（ひじかけ）椅子に座り、にこりともせずに武張（ぶば）っている。

思いがけないところでの再会と、互いの健勝を祝して、ともあれ二十年ものの紹興酒で乾杯した。上海蟹の姿蒸しと岩牡蠣のオードブルには皆が黙って手を伸ばしたが、会話はのっけからとげとげしいものになった。

「林太郎、わん（おまえ）が上海で何をやっているのか、だいたいの見当はついておる」

玄旻がいきなり切り出すと、林太郎が顔色を変えた。

「どういうことだ」

「わんは関東軍の特務機関とかかわっているのだっぺ。田中某という、素行がよくない、いわくつきの陸軍少佐と一緒にな。海軍にも裏で手回しして」

林太郎は「なんだとお」と激高し、拳を固めてテーブルを叩き、唾を飲み込んだ。「嘉吉、貴様はどこでそんな話を。何の真似だ」

「まあ聞け。日蓮宗の坊主の襲撃も、三友実業社の焼き打ちも、みな関東軍特務機関の仕業というじゃねえか。へん、仏様は天眼通だからのお。なんでもお見通しだっぺ。汚ねえ真似をしやがって」

玄旻は何杯目かの紹興酒をグラスに注いだ。

林太郎が凄い形相をして、椅子から立ち上がった。

「黙れ、黙れ！　嘉吉、いくら幼馴染みでも許さん。これ以上言うと貴様を斬るぞ」と声を震わせ、軍刀の柄に手をかけた。

玄旻は落ち着き払っている。ぎょろりと右目で睨んだ。

「ほう、斬れるものなら斬ってみろ。林太郎、わん（おまえ）に斬られてここで成仏するなら本望じゃ」

わたしが「ふたりともやめんか。声が大きいぞ」と窘め、あたりを憚ると、林太郎は居ずまいをただし、しぶしぶ席に座った。

「貴様らにはわかるまいが、いま日本に歯向かう奴らを叩いておかないと、満州はおろか支那全土から日本は追い払われるぞ。日本は累卵の危うきにある。上海防衛の十九路軍には抗日を煽り立てる共産匪も紛れ込んでおる。ソヴィエト・ロシアのような共産国がすぐ隣にできて、万世一系の皇国と大御神の安寧が保てるのか」

（共産匪か……）

その言葉を耳にして、わたしは、一時は中国共産党の地下組織の活動に身を投じたという林太郎の妹の紀子、いまや中国人となった胡玉蘭のことを、ふと思い出した。口にはできない。

「林太郎、どういうつもりだ。非難を浴びた昨年の満州事変から国際社会の目をそらすために、上海で新たな戦争を始めるのだろ。違うか？」

「おかしな言いがかりはよしてくれ」

「林太郎、それが、わんが軍人になって目指したことなのか。どれだけの人が逃げ惑い、惨めに死ぬのか。わんもフランスの戦場で嫌というほど見てきたことだっぺ。いまからでも遅くねえから、戦争はやめろ。わんならできる。死命を制する運命を握っているのは林太郎、わんじゃねえのか」

「一夫、支那の漢民族とツングースの満州族はそもそも別の民族だぞ。満州を支那から独立させて、日本の保護下に置き、ソヴィエト・ロシアの南進を阻む。同時に、満蒙を大陸に進出する日本が、自給自足の『生存圏』を確立して兵站（へいたん）基地とする。見ておれ。遠からず、五族協和の御旗（みはた）のもとに新しい国が生まれるはずだ。それが考えうる最良かつ最善の国策だ。食糧も石油も土地も、何もかも乏しく、国富に甚だしく劣る貧しい日本が生き残れる唯一の道なんだよ。一夫、貴様にはそれがわからんか」

林太郎はそう言うと、しばらく目を閉じて沈黙した。

わたしは、ベルリンでの大島浩との険悪なやりとりを思い出した。

（『生存圏』か……。久々に聞いた言葉だな）

「林太郎、わん（おまえ）の言うことは幻想だぞ。日本が亡国に至る道だっぺ」

わたしの言葉に、林太郎はもう反応しなかった。

「けっ、他人の土地を土足で踏みにじり、自分の都合で力任せに奪うのか。それが最良、最善の国策じゃと。林太郎、わん（おまえ）は、どうなってしもうたんじゃ」

玄旻が着物の袖をまくり上げて息巻いた。

関東軍の奉天特務機関長、土肥原賢二大佐（陸士十六期、のちに大将、戦後絞首刑）らによる政治工作によって、清朝の廃帝だった宣統帝溥儀が天津を脱出して元首（執政、のちに皇帝）に担ぎだされ、石原莞爾が唱えた「王道楽土」「五族協和」を旗印にした傀儡国家の満州国が打ち立てられるのは、それからひと月後のことである。奉天、吉林、黒龍江、熱河の四省が満州国のおもな版図とされたが、主権国家とは名ばかりで、すべての勅令や国務院令は、関東軍のお墨付きがなければ発出できなかった。長春が首都と定められ、新京と改められる。

レストランの客は、さすがにいつもの夜とは違って疎らだったが、体の線が浮き出るような、優美で艶めかしいチャイナドレスに身を包んだ数人の西洋の婦人が、カクテルグラスを傾けながら窓際のソファで談笑している。おそらく外洋航路の客船から上陸した金持ちの観光客なのだろう。彼女たちには、目前に迫る日中の軍事衝突も、旅先の異国でラグビーかクリケットの試合を観戦するくらいの感覚しかないのかもしれない。

林太郎はようやく目を開き、椅子から立ち上がると、金色の五芒星（ごぼうせい）が輝く軍帽をかぶった。

「一夫、嘉吉、矢は放たれている。戦争は止まらんよ。いや、今夜はありがとう。息災に暮らせ。もう、貴様らに会うことはないかもしれないな」

そう言うと、林太郎は軍靴の踵（かかと）を響かせて揃（そろ）え、直立不動になって敬礼し、レストランを出て行った。

上海を南北に結ぶ大通りの北四川路は、街を逃げ出す人々の群れでごった返し始めていた。鍋や釜、布団などの家財道具一式、それに籠に入れたニワトリやカモを荷車や馬車に載せて引く老人もいる。ちゃんちゃんこを頭からかぶって大八車に括（くく）りつけられた幼い男の子が、おしめを濡らしたのか泣いている。なかには沖合に停泊する貨物船をめざして避難する人もいた。人びとの多くが厚い綿入れを着て、襟巻（えりまき）をし、兎や狸の毛皮がついた防寒帽をかぶっているが、凍える寒さで、吐き出す息が白い。

わたしは新聞社の独身の若手記者数人だけを残して、すでに大半の編集部員やアルバイト、その家族らを郊外に退避させていた。いざ戦闘が始まると、紙やインクの供給も止まり、しばらく新聞発行は無理だろう。文子と息子は、玄旻の知人だという李寧周の手配で、比較的安全と思われるフランス租界の西はずれの隠れ家に身を潜めさせた。

文子は、富男や、その母ひさの位牌（いはい）や遺影、おりん、それに六三花園や龍華（ロンフォア）で撮った思い出のスナップ写真のアルバム、彼女が娘時代から大事にしている算盤（そろばん）、家族の着替えや息子のミルク瓶（びん）、自動車のおもちゃなどを持ち出す算段を整えていた。野良仕事で鍛えられた文子は「わたしはこう見えても力持ちですから。玄旻さんじゃないけれど、『なんのこれしき』ですよ」と笑って、背中に息子をくくりつけ、二抱えもある大きな風呂敷包みを両手に持ち、灯油ランプやらアルミの小鍋やら水筒やら如雨露（じょうろ）やらを、首からジャラジャラとぶらさげていた。

（この珍妙ないでたちの女を、藤田嗣治にでも見せて「わたしの妻です」と紹介したらどんな顔をするだろうか）

阿呆（あほう）な妄想をして、プッと吹き出した。わたしは今更ながら、いい妻を娶（めと）ったと思った。

驚いたことに、李寧周やその配下が用意した小型トラックがアパートに横付けされて、わたしたち親子は荷物とともに幌付きの荷台に乗せられた。わたしは初対面の李に礼を言った。しかし、玄旻から聞いていた通り、李は無口で凄味がある男で、ろくに目も合わせなかった。

その日、上海には絹の糸を張ったような細かな雨が降った。すっかり人の気配が消えた北四川路あたりには、嵐の前の不気味な静けさが漂っている。深夜になってその静寂は突然破られ、午後十一時になる頃、海軍特別陸戦隊と第十九路軍は衝突し、戦闘が開始された（中国側の呼称は一・二八事変）。鉄鍋で豆を煎るような機関銃のバラバラという音が、途絶えることなく、あたりのビルにこだました。火薬の臭いが鼻をつく。町のあちこちから早くも火の手が上がっている。

エドガー・スノーは自伝の『目ざめへの旅』や、ルポルタージュ『極東戦線』に、自らのなまなましい体験を書き留めている。

「上海の北駅から有恒路を急ぎ足で歩いていると、突然銃声が響き日本製の機関銃が火をふいた。人影が一つ止まり、倒れるのを見た。その先で中国兵が地に伏せ、建物の陰に這(は)いこんで発砲しはじめた。……角をまがり、細い路地で伏せながらわたしはつぶやいたものだ。『他人の戦争でなぜ死ななければならないのか。生きていて原稿を送るのでなければ、意味がないではないか』と」

「小さな女の子が泣きながらひとりとぼとぼと線路を歩いていた。火焔(かえん)と爆撃を背景にそれは悲劇的に痛ましい姿だった。わたしは走りより抱き上げて聞いてみた。父親は鉄道人夫だったが殺された。家は線路沿いにわら屋根が密集しているうちの一軒らしいが、そちらを見るとその辺一帯が炎に包まれていた」

エドガーは夢中で記事を打電した。

「上海の街頭は今夜血で赤く染まっている」

この記事は、世界の耳目を上海に向けさせた。契約紙である『ニューヨーク・サン』『シカゴ・デーリー・ニュース』などはエドガー電を一面で大きく扱った。

ニューヨークにいた評論家の清沢洌(きよし)は、上海事変勃発の翌日の日記に「上海を日本軍が攻撃する記事、各新聞を最も大袈裟(おおげさ)に埋む。朝、電車にのると、僕の顔をジロジロ見てゐる者多し。けだしこの事件が余程(よほど)米国人を刺激してゐるのだ」と書いた。ウォール・ストリートを代表する銀行家で、親日家だったトーマス・ラモントは「……上海事変はそのすべてを変えた。日本に対して何年にもわたって築き上げられてきた好意は、数週間で消滅した」と語った。著書『清沢洌』で、外交評論家の北岡伸一氏は「日米関係の文脈で見れば、満州事変よりはるかに大きな影響を及ぼしたのが上海事変であった」と書いている。

翌朝早く、身の回りのものを詰め込んだ行李（こうり）を背負って、ようやくフランス租界に避難しようとしていた玄旻は、思わず右目をこすった。

たまさか、風防つきのサイドカーに防寒外套（がいとう）を着こんだ高級将校を乗せた軍用オートバイが、北四川路を猛スピードで陸戦隊本部の方面に走り去っていくのを目撃した。

(おい、あれは林太郎だっぺ)

「林太郎、危ねえぞお!」

その次の瞬間だった。

オートバイに向かって、土塀の陰から飛び出してきた第十九路軍の数人の兵士の銃が一斉に火を噴いた。オートバイは道路脇の土壁に正面から激突して翻筋斗（もんどり）うち、運転していた副官はぴくりとも動かなくなった。サイドカーから濡れた地面に転がり落ちた林太郎も、首筋や胸に銃弾を何発か浴びて血が噴き出した。荒い呼吸をしながら、うっすらと目を開くと、兵士の中でモーゼル拳銃を握りしめた女が涙をためて「兄さん、許して」と言ったような気がした。

（まさか。馬鹿な、そんな馬鹿なことがあってたまるか。空耳だろう……）

――林太郎はうつらうつらして、夢を見ていた。

「おまえはいったい、どこにいるのだい」。にこやかに笑う母親の優しく、ほのじろい顔が現れて、すぐに消えると、次に手伝いの民子が「ぼっちゃん、あらあら、お腹を出して、そんな格好でうたた寝していたら風邪をひきますよ」と言って、夏布団をかけてくれた。御宿（おんじゅく）の澄み切った蒼（あお）い海ではなく、真っ赤などろどろした海の中にいる。ここはどこだ？　もがいていると、富男がやってきた。あっ、富男だ！　富男、足がカジメの藻（も）に絡まっている。今度もまた助けてくれよ、お願いだ、富男！　富男はおいおい泣きながら、「おら、もう、わん（おまえ）を助けられねえっぺ。ごめん、ごめんな林太郎」。なんだ、わんは、おれよりよほど泣き虫だっぺ。仕方ねえなあ……。

林太郎の首ががくんと落ちた。

弾丸が鋭い音を残して路上で跳(は)ねるなか、玄奘は行李を放り出し、下駄を脱ぎ捨てると、裸足で通りを一目散に駆け、扶(たす)け起こした。

「林太郎、起きろ。死ぬなあ！」

大声をあげて身体を揺さぶったが、こと切れていた。

玄奘は石のように立ちすくんだ。それから、われに返って、林太郎のまだ温かい、血に染まった亡骸(なきがら)を背負うと、涙で顔をぐしゃぐしゃにしながら通りを歩いた。林太郎とケンカ腰で酒を酌み交わしたのは、つい一昨日(おととい)の夜のことではないか。

（なんだこれは。どうして、こんなにもあっけなく別れが来るのか。都会から御宿にやってきた、泳ぎもろくすっぽできない、あのひ弱な転校生だった、わんだぞ、おい林太郎よ！）

そこらじゅうで機関銃の乾いた唸(うな)りがしている。鼻をつく煙幕が漂っている。玄奘は何も考えられなかった。途中で陸戦隊のトラックが通りかかって収容され、遺体は西本願寺別院に仮安置された。

戦闘は第十九路軍の予想を上回る奮戦もあって、日本軍はたちまち防御戦に追い込まれた。閘北（チャッペ）地区の狭く入り込んだ路地に逃げ込んだ第十九路軍や、「便衣隊（べんいたい）」と呼ばれる民間人に偽装した中国人ゲリラの奇襲に手を焼いた。便衣隊には、政財界に隠然とした勢力を持ち、上海を牛耳る会員六十万人ともいわれる巨大暗黒組織「青幇（チンパン）」の大ボス杜月笙（トゥーユエション）の手下の荒くれ者がかなり送り込まれていた。

一種のパニック状態が、日本海軍陸戦隊を襲っていたと言うべきか。

エドガー・スノーは『極東戦線』に書いている。

「初めのうち海軍司令部の将校たちはうぬぼれ高く、陽気でおしゃべりで、威風堂々たる帝国海軍に自信満々というところだった。陸戦隊の進撃が阻まれたという最初の報告が入ったとき、彼らはどうしてもそれが信じられなかった。ちりぢりになった陸戦隊の兵士たちが、鉄兜（てつかぶと）も小銃も捨てて逃げ帰ったのを見て、彼らは動転した」

便衣隊は日本人街にも、手当たり次第にガソリンをぶちまけて火をつけているようで、オデオン座あたりから火の手が上がっているのが見える。空は舞いあがる火の粉で充たされた。この様子では、虹口（ホンキュー）マーケットに近いわたしたちのアパートも類焼したに違いない。

アパートの机の引き出しの底にしまってあった紀子、胡玉蘭からの手紙は結局、燃えてしまったことだろう。

　工場が密集する閘北(チャッペ)地区は、北停車場から南京に向かう鉄道の北西部にあたる。閘北地区には空から日本軍機が爆弾を落とし、機銃を浴びせ、黄浦江の日本艦隊は容赦なく艦砲射撃を浴びせた。町名や通りの名がついた街路柱がひん曲がり、へし折れている。工場や家屋が粉々に吹き飛び、炎の海の中で、人は焼け焦がれ、血に染まり、阿修羅が荒れ狂ったようなありさまだった。

　陸戦隊本部に近い、作家の魯迅(ろじん)が住んでいたラモス・アパートにも、銃弾が壁を貫通して飛び込んで来た。魯迅は、一九一七年以来、北四川路で書店を営み、日中文化交流の架け橋となってきた内山完造の強い勧めで、家族とともに書店の二階に移り、流れ弾をふせぐために窓を厚い布団で覆った。

　内山についてはこれまで触れる機会を逸したが、彼を抜きに戦前の上海の日本人社会は語れない。詩人の金子光晴は一九二〇年代後半に何度か上海を訪れて内山の知遇(ちぐう)を得ているが、彼の記述が、よく店の空気や内山の人柄を伝えているように思える。

「時によってさまざまな連中がそこに聚(あつま)っていて、梁山泊(りょうざんぱく)の聚議庁(ほんまる)であった。時代によって変転があって、聚る顔ぶれは変ったが、呉越同舟、中国人も日本人もこの場だけでは、腹蔵のない意見を闘わせ、互いのこころの流れあえる場になっていた。主人の内山完造は、よい引き出し役であり、調停係であり、偏（かたよ）らざる理解者であって、あまり類のない、たのしいコーナーの提供者であった」（『どくろ杯』）

内山は「文芸漫談会」をしばしば催して、読書好きの人たちにとっては願ってもないサロンになった。金子のほかに、日本からは「支那（しな）趣味」に耽溺（たんでき）していた佐藤春夫、谷崎潤一郎らも書店を訪れている。谷崎は書店での「顔つなぎ会」で中国の文学者郭沫若（グオモールオ）らと会った。東京の日本橋蛎殻（かきがら）町で生まれ育った谷崎は、中国人たちが「純粋な東京語アクセント」の日本語で会話したことに少なからぬ感銘を受けた。郭は「上海は殷賑（いんしん）な都会だとはいえ、その富力と実権は外国人に握られている」と言った。谷崎が「都会に富が集中して農村が疲弊するのは世界的な傾向だろう」と応じると、郭は即座に「それは違います」と否定した。

「現在の支那（しな）は独立国ではないのです。日本は金を借りてきて自分でそれを使うのです。われわれの国では外国人が勝手にやって来て、われわれの利益も習慣も無視して、彼等自ら此国（このくに）の地面に都会をつくり、工場を建てるのです。そうしてわれわれはそれを見ながら、どうすることもできないで、踏み躙（にじ）られて行くのです」

谷崎は「私は一々もっともだと思った」と書き残している。

内山書店の店頭には茶を入れた木製のタンクが置かれ、道行く人たちに無料でふるまわれた。内山は日本にも中国にも多くの知己を得たが、一時は双方から「スパイ」呼ばわりされ、彼の身辺を案じる人たちの薦めでいったんは日本に帰国した。しかし、日中親善と文化交流に懸ける熱意と信念はいささかも揺るがなかった。彼の墓は上海の宋慶齢陵園（りょうえん）にある。

便衣隊に対抗して、軍隊経験がある日本の在郷軍人会の壮士や自警団が、柄（つか）を白い布で巻いた日本刀や木刀を手に中国人住宅を襲い、火をつけた。血走った目で、日本軍に歯向かった中国人を監禁し、集団でリンチし、殺すようなことも後を絶たなかった。中国の抗日活動家の遺体は麻袋に詰められ、日本人倶楽部の隣の道教の寺院の敷地に積まれ、深夜に川に遺棄された。こうした無法な「便衣隊狩り」を現地の日本政府関係者は抑えきれず、重光葵（まもる）駐華公使（のちに外相、降伏文書に戦艦ミズーリ艦上で日本政府の全権として署名）は吉沢謙吉外相に「彼等（かれら）の行動は便衣隊に対する恐怖とともにあたかも大地震当時の自警団の朝鮮人に対する態度と同様なるものあり」と報告している。実は、海軍の塩沢艦隊司令官は「便衣隊は射殺せよ」という指令を出していた。

「助けてくれ！」

日本人らしい男の叫び声が遠くで聞こえたが、へたに動くと、鼠の物音一つにも過剰に敏感になっている日中双方の兵士の銃撃の的になって蜂の巣になる。わたしは砲撃か爆撃で道路にできていた窪(くぼ)みに咄嗟(とっさ)に頭を突っ込み、息を止めた。ぴくりとも動かなかった。口の中が泥濘(ぬかるみ)と油でぐしゃぐしゃになった。死んだふりをしたのは、われながら上出来だった。たしか英語に駝鳥(ostrich)を使った「頭隠して尻隠さず」(He is hiding his head like an ostrich.)という表現があったっけ、とふと思い出した。ひょんなときに、ひょんなことが頭を過(よぎ)る。わたしの悪い癖だ。そんなことを悠長に考える場合ではなかったが、迫る恐怖をまぎらわそうとして咄嗟(とっさ)にとる行動は、人も駝鳥も同じかもしれない。

北四川路から少し西に入った小路を、流れ弾をかわすために背をかがめて歩いていると、偶然、エドガー・スノーと会った。彼は防寒帽を取ると、ほっとしたような顔をして、瞼(まぶた)

をひくひくさせた。ズボンが油と泥でひどく汚れている。左手のタイメックスの腕時計のガラスがひび割れていた。

「けがはないかい」

「ええ、大丈夫。でも、ひどいものです」

「ひどいのは君の顔だよ。何か食べたのか」

エドガーは頭を振った。

エドガーは戦闘が始まってから、取材に追われる、というよりも、頭の上を飛び交う雨あられの銃弾を避けるのに這々の体だったようで、二晩、一睡もしていないらしい。全身の神経が異常に張りつめているのに、意識は朦朧としている。顔は土色だ。わたしが米飯の残りでつくった塩昆布が入った握り飯を手渡すと、むしゃぶりついた。

「戦争が終わったら、またどこかで会おう」と言って、握手して立ち去ろうとすると、エドガーはわたしの袖を引っぱった。ようやく人心地がついたのか、こんどは彼の高速機関銃がうなった。

「この戦争はほんとうに終わりますか？　日本が突きつけた最後通牒を呉鉄城・上海市長が無条件で受け入れたにもかかわらず、塩沢提督は宣戦布告もしないまま、中国軍に不意打ちを食らわせて戦争を始めたのですよ。世にも呆れた提督です。第一次大戦でも例を見ない非道です。わたしは戦争は断続的に続くと思います。なぜかというと……」と反論した。

　理屈っぽく、ややこしい奴だ。おいおい、こんなところでまで、おまえは論争する気か。わたしは苦笑した。

「ここにいては危ない。話はまただ」

わたしたちは猛火をくぐって走った。

エドガーは『極東戦線』で、中国第十九路軍の兵隊たちを、次のように観察している。

「彼らは日本兵にくらべて一般的に背は高かったが、体格、装備、訓練ともに劣っていた。彼らは戦場におもむく兵士というよりも、休みの日の学童に似ていた。十五、六歳くらいの少年もまじっており、痩(や)せて弱々しい体つきだった。その軍服はひどい安手の綿布で、真冬だというのに多くの者は半ズボンをはき、外套(がいとう)を着ていなかった。下士官兵ともゴム底の運動靴をはいていたが、それが正規の支給品だった」

（おれは空(うつ)けになってしまったのだろうか）

西本願寺別院の祭壇の前でしゃがみ込んで、玄奘は蛻(もぬけ)たように動かなかった。

林太郎の真新しい白木の棺の前に額(ぬか)づいて枕経(まくらきょう)を読んだ。それは覚えている。しかし、その後はどこで過ごし、どれだけ眠ったのか、眠らなかったのか、思い出せない。薄い眠りの中をあてどなく彷徨(さまよ)っていたのかもしれないが、不思議に睡魔は襲って来ない。ここで眠ることができるのは、死んだ人間だけだ。食べ物も水も何も口にしていないはずだが、空腹も忘れている。喉も乾かない。何もかも忘れ、何かを思い出そうとしていたことも忘れた。意識は痺(しび)れたように少しも動かない。

戦闘に斃(たお)れた日本兵たちの遺体が、次々と運び込まれてくる。そのたびに念仏を唱えた玄奘は血相を変えた救護の兵士たちとぶつかりながら、よろよろと立ち上がって別院を出ると、あたりの焼け爛(ただ)れた街路をあてどなく彷徨(ほうこう)した。紗(しゃ)がかかるように、日は瑪瑙(めのう)色を帯びてすでに傾いている。

見慣れた建物が、捩(ねじ)り飴(あめ)のように曲がった鉄筋や鉄骨をむき出しにして無残に崩れ落ちている。自転車の車輪がひしゃげて転がっている。もはや、上海は上海ではなくなっている。

「ヒューン」

空気を切り裂く鋭い音に思わず身を伏せた。

次の瞬間、近くで轟音とともに砲弾が炸裂し、屋根瓦と土壁がばらばらと砕け散り、飛んできた瓦礫が足首を直撃した。玄晏はたまらず道端に腰をおろした。激痛が走り、顔をゆがめた。甲や足首の骨をやられたかもしれない。脚絆に血が滲んでいる。どちらの兵士かわからないが、砂塵が立ち込める通りをわらわらと駆け抜けていく無数の軍靴の跫音が聞こえた。

――その時だった。

「お坊様、また、ひじゃかかぶ（膝）か、あぐど（かかと）痛めなさったかね。あさげる（歩ける）かの」

澄んだ声が聞こえた。

きりもみになって宙を舞っていた土埃が鎮まって、視界が徐々に開けると、そこに立っていたのは佐々木たえだった。片靨が穿って、めんこい。まぎれもなく、おれの、たえだ。

彼女の目から大粒の涙が零れ、体が小刻みに震えている。薄紅色の着物の裾の端が黒く焦げている。

「たえーっ！」

玄旻は足の痛みなど忘れて立ち上がると、つんのめるようにして走り寄り、たえを抱きすくめた。項（うなじ）も肩も冷え切っている。

「この玄旻が悪かった。許してくれ。おまえを二度とこんな目には遭わせない。もう離さねえ！」

そう言うと、呻（うめ）き声のような、声にならない声をあげて、わんわんと泣き出した。懐から、お守りにしていた団栗（どんぐり）が入った、汗が染（し）みてすっかり薄汚れた赤い小袋を取り出した。

たえはそれを両手に押し戴（いただ）いた。

「玄旻さま、おめさ（あなた）が必ずいつか助けにきてくれると、わだっきゃ（わたしは）、一度も疑ったことなかんべ」とたえも泣いた。

体裁もへったくれもあるものか。玄旻は泥と埃（ほこり）と煤（すす）と涙で汚れた髭面（ひげづら）で頬ずりし、丸太のような腕でいっそう強く、たえが息が出来ずに苦しくなるほど抱きしめた。

たえは料理屋の「橘家（たちばなや）」から嫌で逃げ出したわけではなかった。

それは、たえの身の上を不憫（ふびん）に思い、実の娘のように可愛がった女将（おかみ）のこずえが、十八歳になったたえを高値で娼妓に売り飛ばそうという魂胆で、しつこく店に現れる周旋屋を追い払うために芝居を打ったのだった。こずえは、自分の蓄えをたえに渡し、人目を避けて夜が明けないうちに逃がした。たえはその金を元に寄宿舎付きの看護学校に通い、看護婦をめざしているのだった。

こずえは岐阜県の飛騨古川の町家の生まれで、若いころ、京都の花見小路にある老舗の茶屋で、伊蝶という源氏名で働いていたところ、店によく来ていた大阪の紡績商人に見初められて籍を入れ、上海に渡って料理屋を開いた。日本海軍の将官たちの「隠れ家」的な場所だったが、こずえは馴染みの客に頼まれると、ときには座敷に上がって、十八番(おはこ)の岐阜県民謡「郡上節(ぐじょうぶし)かわさき」を細棹(ほそざお)の三味線で掻(か)き鳴らし、うっとりと聞き惚(ほ)れる渋い声で唸(うな)った。良人(おっと)に先立たれ、もともと体がそれほど強くなかったこずえは、いずれ両親が眠る故郷の飛騨古川に帰りたい、と口癖のように言っていた。

この騒乱を逃れてどこへ避難したものか、あるいは料理屋の中にとどまっているのか。行方知れずだが、たえの大切なもうひとりの命の恩人だった。たえは心配でいてもたってもおられなくなり、戦火をくぐって、こずえを探しに来ていたのだ。

「おれも一緒に探してやる。そうか、わん(おまえ)は看護婦になるつもりか。たえは、けがの手当てが上手だものな」

二人は顔を見合わせて、初めて笑った。

足をひきずる荒法師の巨体を、華奢（きゃしゃ）なたえが支えながら、二人は硝煙がくすぶる夕闇に消えていった。

エピローグ　古川桜

その手紙が東京・大森のわたしの自宅に届いたのは、孫娘の美春とともに上海を旅してから半年近くがたった、一九七五年（昭和五十年）三月の終わりのことだ。

戦前にひととき勤めていた上海の邦字紙『上海毎日新聞』の元校閲記者で、この前の旅でも会った蒋元任（ジャンユアンレン）からだった。現代京劇と牡丹（ぼたん）の花柄をあしらった二枚の切手には、上海郵便局の消印があった。

視力が衰えたわたしに代わって、美春が手紙を読んでくれた。

その手紙の話の前に、わたしのその後の「あらまし」を、かい摘（つま）んで語っておこう。

あちこちを何日も、手を尽くして探し回ったが、あの上海事変の戦火と混乱の中で、玄旻とは連絡がつかなくなっていた。西本願寺別院には何度足を運んだかしれない。戦争が激しくなる前に、後ろ髪を引かれる思いで、多くの日本人居留民と一緒に上海から日本に引き揚げてきたわたしは、妻の文子と、ひと粒種の息子とともに、国鉄東海道本線の大森駅からさほど遠くない、こじんまりした二階家で暮らし始めた。幸い、敗戦の年に大森一帯が標的にされたアメリカ軍のB29による五月二十四日と二十九日の二度の空襲でも、家は罹災を免れた。

　戦後の高度経済成長期は、ただただ騒々しく、日本人の精神の背骨が熔けてしまった、からっぽの蝉の抜け殻のように思えて、馴染めなかった。月刊の旅行雑誌や文芸誌に欧州各地の秘められた歴史のエピソードについての雑文やコラムを寄せたり、たまに通信社に頼まれて時事解説を書いたりした。十年近くは大田区のミッション系の女子大学で、フランス語の基礎や、英文法、英作文を非常勤で講じて、気ままな暮らしだった。しっかり者の文子は、老眼が早くきた目をしばたかせながら、近所の子どもたち相手に算盤教室を開き、それが家計を支えた。

　御宿には、わたしと文子の両親や、富男と母親のひさ、肺病で死んだ富男の妹、それに終戦間際に海軍特別攻撃隊の分隊長として沖縄に出撃し、戦死した弟が眠っている。雨曝しで墓名も消えかけた彼らの墓に、文子とともにたまに詣で、菜の花や女郎花など、南総の花々を手向けて来るくらいで、足は年々遠のいていた。

「あの日はほんと、楽しかったですねえ」。文子は大森の家でも、上海の杭州料理店で、玄晏の豪快な食べっぷり、飲みっぷりに呆(あき)れ、目を丸くした思い出を、繰り返し語っては懐かしんだ。文子は幼いころから、農村の封建的な旧弊(きゅうへい)のもとで家に縛りつけられて、ゆく春秋をかぞえる暇(いとま)もなく生きて来た。たとえわずかな歳月であれ、戦雲がたちこめるまでの上海での暮らしは、息子を産み、育て、見聞きする珍しい風物に驚いた、彼女の人生でのいちばんの華(はな)やぎであり、宝石のようにキラキラと輝く倖(しあわ)せな時間だったのだろう。

一九六八年（昭和四十三年）一月、レオナール・フジタこと藤田嗣治(つぐはる)が八十一歳で病没した。この年の九月に東京・銀座の日動画廊で開かれた「パリのフジタ」の回顧展を文子と連れ立って観に行った。おかっぱ頭にロイド眼鏡の嗣治の、あの頃の白黒写真と久々に対面した。第二次大戦中に心ならずも戦争画を何点も描いたことから「戦争協力者」として連合国総司令部（ＧＨＱ）の追及を受けた。日本の画壇とのさまざまな軋轢(あつれき)もあった。ねたみも受けた。はなやかな光彩につつまれた時代は去り、日本に嫌気がさした嗣治は、日本には二度と帰国しない決意を固めてフランスに帰化していた。シャンパーニュ地方の古都ランスでカトリックに改宗したことは、高級紙『ル・モンド』も報じた。「二つの国籍」に引き裂かれた異邦人に、ついに安息の日は訪れず、スイスのチューリッヒで流転の生涯を閉じた。

（あんな快男児でも、人はいずれ死ぬものなのか）

嗣治の人懐っこい顔が思い出された。

アレックス・モリーナは一九六一年（昭和三十六年）の秋に、気立てのいい妻を伴って来日した。わたしたちの招きで幕末から続く横浜・旧神奈川宿の老舗料亭「田中家」で一夕寛ぎ、念願の「セイシュ（清酒）」を堪能した。ロンドンのパブで、アレックスと初めて飲んだ時の約束を、四十数年ぶりにようやく果たした。「カズオ、この世に薔薇の香に包まれたユートピアはどこにもなかったが、絶望のディストピアだらけというわけでもなかった。こうして旨いセイシュも飲めたしね」とウインクした。

「ああ、そうさ。煎じつめればこの世のことは何もかも美しい――チエーホフ」

わたしは、そのころ読んでいたチエーホフの短篇の一節を引いた。

アレックスは頷きながら、唇の端に微笑を浮かべた。

「ヒトラーは最悪だったが、ムッソリーニはそれほど悪くなかった。ヒトラーよりはるかに知的で、教養があり、ある意味で優れた大衆政治家だった。母は生涯、ムッソリーニを崇拝していたよ。気にくわなかったのは、若いころは飲んでいた酒をぴたりとやめて、死ぬまで禁酒を続けたことだな。奴はバッカス（酒）よりもビーナス（女性）を愛した。それが命取りになった」

アレックスの雄弁は若い頃と変わらない。

夫妻は箱根や熱海、有馬の湯につかり、京都や姫路城を観光した。箱根と熱海にはわたしたち夫婦も同行した。その二年後、アレックスは七十八歳の誕生日に、ナポリ湾を見下ろす高台にある自宅で、家族と祝いのカンパーニャのワインを機嫌よく飲んでいる最中にぽっくりと亡くなった。知性豊かで凄腕の元ジャーナリストの、うらやましいほど倖(しあわ)せな最期だった。

エドガー・スノーは一九七二年、アメリカのニクソン大統領による電撃的な中国訪問の六十二時間前に、がんのために六十六歳で世を去っている。

戦前の上海を牛耳っていた暗黒街の大ボス杜月笙(トゥーユエション)は一九四九年の国共内戦で国民党が共産党に敗れると、イギリスの植民地に戻っていた香港に家族とともに逃れた。しかし、「阿片の帝王」と呼ばれた杜は長年の阿片吸引で体を壊し、「鬼をも拉(ひし)ぐ」と言われた昔日の威光は失われて、二年後に死んだ。かわって、香港の財界、金融界、司法界、警察行政に隠然とした影響力を持ち、「香港マフィア」の顔役の一人にのしあがっていたのが、杜とよりを戻して、ともに上海から香港に渡ったあの李寧周（リニィンヂョウ）だった。ある情報誌に李の顔写真がついた「香港に君臨する闇の帝王たち」という特集記事が載った。わたしは李とは上海事変の直前に一度しか会っていないが、彼の物腰と底光りのする目つきは忘れない。巨大犯罪シンジケート「三合会」の首領のひとり、ネイザン・リーとして紹介されていた。

大手の銀行員の息子は福岡支店勤めが長くなった。一年半前に文子が八十三歳で霜が消えるようにしずかに旅立ってからは、わたしは大森の古家で落剝（らくはく）の侘（わ）び暮らしで、野分のあとの曠野（あらの）を風が吹きぬけるような、寄る辺ない思いが沸々（ふつふつ）と胸を充（み）たす。古代ローマの政治家大カトーは齢八十歳になってからギリシャ語の勉強を始めた、とプルターク英雄伝か何かで読んだことがあるが、こちらは「荏苒（じんぜん）として時を過ごす」のみだ。寧日（ねいじつ）は日がな一日、三方の壁が天井まで本に埋まった八畳の居間の文机（ふづくえ）の前に坐（すわ）り、読みさしの本を眺め、手すさびにものを書いて過ごした。往年のフルトヴェングラー指揮のベートーヴェンやマーラーのクラシック音楽のレコードを擦（す）り切れるほど聴いた。東海林（しょうじ）太郎や島倉千代子が歌う「すみだ川」や、神楽坂浮子や美空ひばりの「明治一代女」は心に染みて、カセットテープを流したまま、うつらうつらした。テレビはプロ野球中継とニュースを見るくらいで、毒にも薬にもならないホーム・ドラマが始まると、すぐに消した。

　柱時計がコツコツと時を刻む音が疎ましくなり、取り外して押し入れにしまった。つくねんと坐っていると、壁の隅にかけている臼田亜浪の「春寒の　竹さわがしく　なる夜かな」の短冊に目が止まる。長野県の小諸生まれの臼田は、わたしとほぼ同時代を生きて来た俳人だ。

　通いのお手伝いさんが平日はほぼ毎日、午後にやってきて夕餉の支度をし、洗濯や掃除、買い物に至るまで世話をやいてくれる。その費用は息子が請け負ってくれた。

　緑内障は進んでいるし、頻尿で夜中に何度もトイレに立つ。鎖骨は落ち窪み、手の甲には老人じみた黒く穢いしみが浮いている。生きるとは老いることであり、老いるとは、情けないことが降り積もることだと思い知る。

「老年は石だ。ぞうり虫だ。いなくてもいいものだ。舞台から下りようとして、とまどって、まごまごしているだけの人間だ」

　詩人の金子光晴の、身も蓋もない自嘲を思い出すたびに、苦い笑いがこみ上げる。

米寿を迎えたわたしを気遣って、国鉄電車で二駅の都営団地に住む孫娘の美春が、三日にあけず顔を覗きにやって来る。夫は大学で生物を専攻する研究職の男で、子どもはいないが仲睦まじい。たまには大森駅前の洋菓子店でシュークリームを買ってきて、わたしのお気に入りのアールグレイの紅茶を淹れてくれる。沸かす湯の温度などいちいち注文をつければきりがないが、うるさく言える立場でもない。遠い日のロンドンの記憶が蘇る。

さて、蒋からの手紙である。

さすがに手練れの校閲記者だった彼らしく、乱れのない折り目正しい日本語でしたためられていた。

最初の上海事変から二年半ほど経った夏のある日、墨染の衣を纏った日本人僧侶が、修復した『上海毎日新聞』の社屋を前触れもなく訪れ、わたしの消息を尋ねてきたこと、彼の奥さんが賄い婦として上海の日本料理屋で働いていたときにたいそう世話になった「こずえ」もしくは「かずえ」（姓は不明）という女将の遺骨を日本で納骨するために、近く夫婦で一時帰国する、と話していたことが判明した、というのだ。

手紙には、その遺骨は、彼女の生まれ故郷だという岐阜県飛騨古川町の尼寺（名は不明）に納められたはずだ、と書いてあった。

なにしろ四十年以上も前のことだが、いまは蘇州で暮らす七十八歳の元庶務職員の女性が、気圧（けお）されるほどの大男で、片目がなく、どこか思いつめた様子の、異形（いぎょう）の僧のことをよく覚えていたらしい。その女性に記憶はなかった。わたしが勤めていたころには、いなかったのかもしれない。

玄晏と佐々木たえに違いなかった。

二人が事変の後に、上海で所帯を持ったらしいことは、風の便りに聞いていたが、それ以上のことは何ひとつわからなかった。

美春は飛騨古川町の役場に尼寺の所在を尋ねた。それは浄土真宗の「無量庵」だろうと、すぐにわかった。八十歳をとうに過ぎた庵主（あんじゅ）がひとりで寺を守っているという。

美春が電話すると、耳が遠い庵主の話はなかなか要領を得なかった。それでも、来訪者記録の綴（つづ）りは残っていないが、戦前からの古い過去帳をめくると、埋葬された仏さんの俗名や享年くらいならわかるかもしれない、調べておきましょう、ということだった。

　四月の初旬、わたしはまた無理を言って、美春につき添ってもらい、品川から東海道新幹線と国鉄高山本線を乗り継ぎ、飛騨古川を訪ねた。小高い丘の中腹にある庵（いおり）からは、たちこめた春霞（はるがすみ）の向こうに、山懐（やまふところ）に抱かれた平たい町がおぼろげに見渡せる。清流の宮川沿いに白壁の土蔵が連なる落ち着いた佇（たたず）まいだ。学生時代に級友たちと、この町から天生（あもう）峠を登って白川郷の合掌造（がっしょうづく）り集落を訪ねたことを思い出した。

　腰が曲がって辛そうな庵主は、仏間の黒檀（こくたん）の座卓の上に、セロハンテープとビニールの紐（ひも）で背を補修した分厚い布地の過去帳を広げ、度が強い老眼鏡を鼻にかけて指さした。

「ほら、このお人ではないですかの」

　梢月妙照信女　俗名道下（みちした）こずゑ　享年五十五、本町高野ノ出、昭和十年三月壱日当山納骨、支那（しな）ノ上海ヨリ来訪シタル故人縁者ナル男女二人カラ、供養料等金百円ヲ拝領

　墨の字が褪（あ）せて、薄くなっている。

　やはり、玄妟とたえは、この庵を訪ねていた。過去帳によると、あの第一次上海事変から三年後のことらしい。しかし、二人のその後の手がかりは、ここにもなかった。前後に御宿に立ち寄った形跡もなかった。

「道下というのは飛騨にわりと多い苗字でしてな。ただ、そのお人の墓がどこにあるかは、

草生(くさむ)して、もうわからんようになったもんで」

庵主は信楽焼(しがらきやき)の丸火鉢を引き寄せて、赤くなった竹炭を鉄火箸(かなひばし)でときどきつつき、両手を炙(あぶ)りながら話した。

「朝早(はよ)うから、遠いところをおいでなさったで、お疲れでしょう。きょうは花冷えがしますしなあ。まあ少しは休みゃあ」と言って奥の庫裏(くり)に引っ込むと、後藤塗(ごとうぬり)の盆に載せて、ほうじ茶と蕎麦饅頭(そばまんじゅう)を用意してくれた。

しばらく世間話をした後、わたしは仏間を離れて勾欄(こうらん)が付いた広縁に腰かけると、胡坐(あぐら)に座り続けて痛くなった膝(ひざ)を伸ばしてから靴を履き、箒目(ほうきめ)がつけられた白い玉砂利が敷き詰められ、天竜石の景石(けいせき)が点綴(てんてい)して置かれている前庭に目を遣(や)った。ソメイヨシノの巨木の手前には、姿かたちの良い枝垂桜(しだれざくら)が植えられている。枝が呟(つぶや)くように揺れて、はらはらと花びらを散らしている。

（春もそろそろ終わりか）

逝(ゆ)く春を偲(しの)ぶ感慨に誘われていると、墨染(すみぞめ)の衣を纏(まと)い、白い顎鬚(あごひげ)をたくわえた老僧が、散り敷いた桜の花びらを竹箒(たけぼうき)で枝折戸(しおりど)の傍に掃き集め、わたしの横に腰をおろした。

「紀友則(きのとものり)でしたか、しず心なく花の散るらむ、と昔の歌人はうまいことを言いましたなあ。

掃いても、掃いても、終わりがありませんわ」と笑った。

「ほお、そりゃあ、骨が折れますね」とわたしも笑みを返した。

「遠路はるばる、ようおいでなさいました。お見受けするところ、拙僧とお年は同じぐらいのお方でしょうか。まあ、浮き世のことは夢のまた夢。違いますかな？　あなた様は懸命に生きてこられたのでしょう。どうぞ、もっともっと長生きをしてくださいまし。皆さんの分まで」と老僧は言った。

（皆さんの分？　妙なことを言う）

老僧の顔を覗きこむと、左目がなかった。

わたしは凍りついた。胸がはげしい動悸を搏った。

「あら、おじいちゃん、どなたかと話していたの？」

ご馳走になった湯呑と小皿を片づけて、庵主とともに広縁に出てきた美春が怪訝そうな顔で聞いた。

あたりに、老僧の姿はもうどこにもない。

「いや、庭に散った桜の花を掃き集めていたお年寄りの坊さんと少し……」と言うと、庵主は「たわけたことを言わんでくだせえよ。うちには男の坊さんなど金輪際、どこにもおりゃあせんがね。くたびれてまって、夢を見てござったじゃないですか」と口に手をあてて笑った。

わたしは確信した。

（あれは嘉吉、いや玄旻だった……玄旻、待ってくれ！）

立ち上がると、右手を虚空に突きだし、玉砂利を踏み鳴らしてよろよろと歩きだした。

一陣の風が吹きよせ、桜の花びらが滝のように降り注いだ。

参考文献（編著者・訳者五十音順）

愛沢伸雄『安房高等女学校からみる百年前の災禍』ＮＰＯ法人安房文化遺産フォーラムだより、二〇二〇

芥川龍之介『上海游記・江南游記』講談社、二〇〇一

麻田雅史『シベリア出兵』中央公論新社、二〇一六

朝河貫一『日本の禍機』講談社、一九八七

朝河貫一博士没後70年記念プロジェクト実施委員会『シンポジウム講演録』財団法人国際文化会館ほか、二〇一九

朝日新聞社社史編修室『朝日新聞の九十年』朝日新聞社、一九六九

阿部善夫『最後の「日本人」朝河貫一の生涯』岩波書店、二〇〇四

粟屋憲太郎ほか編『東京裁判資料・田中隆吉尋問調書』大月書店、一九九四年

五十嵐智友『歴史の瞬間とジャーナリスト　朝日新聞にみる２０世紀』朝日新聞社、一九九九

石原莞爾『最終戦争論　戦争史大観』中央公論社、一九九七
板谷敏彦『日本人のための第一次世界大戦史』ＫＡＤＯＫＡＷＡ、二〇二〇
伊藤隆『山県有朋と近代日本』吉川弘文館、二〇〇八
井上寿一『山県有朋と明治国家』日本放送出版協会、二〇一〇
猪木正道『軍国日本の興亡　日清戦争から日中戦争へ』中央公論社、一九九五
岩井忠熊『西園寺公望　最後の元老』岩波書店、二〇〇三
岩井秀一郎『永田鉄山と昭和陸軍』祥伝社、二〇一九
岩井秀一郎『渡辺錠太郎伝』小学館、二〇二〇
岩瀬禎之『海女の群像――千葉・御宿（１９３１－１９６４）岩瀬禎之写真集』透土社、二〇〇二
Ｒ・ヴルピッタ『ムッソリーニ　一イタリア人の物語』中央公論新社、二〇〇〇
大杉一雄『日中十五年戦争史　なぜ戦争は長期化したか』中央公論社、一九九六
大杉栄『自叙伝』日本の名著46、中央公論社、一九六九
大林清『玉野井挽歌』青蛙房、一九八三
大宅壮一『昭和怪物伝』角川書店、一九七三

岡部健彦『二つの世界大戦』講談社、一九七八
岡本太郎『青春ピカソ』新潮社、二〇〇〇
岡義武『山県有朋』岩波書店、一九五八
荻野富士夫『特高警察』岩波書店、二〇一二
奥平康弘『治安維持法小史』岩波書店、二〇〇六
桶谷秀昭『昭和精神史』文藝春秋、一九九二
御宿町史編纂委員会『御宿町史』御宿町、一九九三
小倉和夫『パリの周恩来　中国革命家の西欧体験』中央公論社、一九九二
尾鍋輝彦『第一次世界大戦　二十世紀　5』中央公論社、一九七九
甲斐睦教『小村寿太郎に見る明治の外交力』宮崎産業経営大学社会科学研究所紀要、二〇二三
梶本孝治『わたしは魔都上海で生きた――映画と戦争と青春の日々』22世紀アート、二〇二一
H・ガース、W・ミルズ『マックス・ウェーバー　その人と業績』ミネルヴァ書房、一九六二

影山好一郎『第一次上海事変の研究　軍事的勝利から外交破綻の序曲へ』錦正社、二〇一九
鹿島茂『パリの日本人』新潮社、二〇〇九
加藤陽子『それでも、日本人は「戦争」を選んだ』新潮社、二〇一六
金子光晴「若さと老年と」『金子光晴全集11』中央公論社、一九七六
金子光晴『どくろ杯』中央公論新社、二〇〇四
加納実紀代『越えられなかった国境　女性飛行士・朴敬元の生涯』時事通信社、一九九四
J・ガルブレイス『不確実性の時代』TBSブリタニカ、一九七八
川島芳子『動乱の蔭に　川島芳子自伝』中央公論新社、二〇二一
河田宏『第一次世界大戦と水野広徳』シナノ、一九九六
河盛好蔵『藤村のパリ』新潮社、二〇〇〇
北一輝『支那革命外史、国家改造案原理大綱、日本改造法案大綱』北一輝著作集第二巻、みすず書房、一九五九
紀田順一郎『東京の下層社会　明治から終戦まで』新潮社、一九九〇
北岡伸一『清沢冽　外交評論の運命　増補版』中央公論新社、二〇〇四
北岡伸一『日本の近代5　政党から軍部へ　1924~1941』中央公論新社、二〇一三

木村久邇典『帝国軍人の反戦　水野広徳と桜井忠温』朝日新聞社、一九九三
金賛汀『パルチザン挽歌　金日成神話の崩壊』御茶の水書房、一九九二
朽木寒三『馬賊戦記　上　小日向白朗　蘇るヒーロー』ストーク、二〇〇五
C・クラーク『夢遊病者たち　第一次世界大戦はいかにして始まったか　2』みすず書房、二〇一七
栗田勇『一遍上人―旅の思索者』新潮社、一九七七
黒島伝治『渦巻ける烏の群』筑摩書房、一九七〇年
P・クローデル『孤独な帝国　日本の一九二〇年代』草思社、一九九九
小坂文乃『革命をプロデュースした日本人　評伝梅屋庄吉』講談社、二〇〇九
小林恭子『英国メディア史』中央公論新社、二〇一一
小林道彦『近代日本と軍部　1868―1945』講談社、二〇二〇
近藤史人『藤田嗣治「異邦人」の生涯』講談社、二〇〇六
桜井哲夫『戦争の世紀　第一次世界大戦と精神の危機』平凡社、一九九九
佐々木雄太・木畑洋一編『イギリス外交史』有斐閣、二〇〇五
佐藤泰平『宮沢賢治の音楽』筑摩書房、一九九五

佐藤幸宏監修『藤田嗣治　腕一本で世界に挑む（別巻太陽）』平凡社、二〇一九
司馬遼太郎『アメリカ素描　ロシアについて　全集53巻』文藝春秋、一九九八
島田謹二解題『反骨の軍人・水野広徳』経済往来社、一九七八
島崎藤村『異邦人　別名エトランゼエ』春陽堂、一九三二
島田俊彦『関東軍　在満陸軍の独走』中央公論社、一九六五
清水敏男『藤田嗣治パリを歩く』東京書籍、二〇二一
下斗米伸夫『ソビエト連邦史　1917―1991』講談社、二〇一七
社会運動史研究会編『二・二六事件青年将校安田優と兄・薫の遺稿』同時代社、二〇一三
生野幸吉訳『リルケ詩集』白凰社、一九六七
H・スーイン『長兄　周恩来の生涯』新潮社、一九九六
E・スノー『極東戦線　満州事変・上海事変から満州国まで』筑摩書房、一九八七
E・スノー『目ざめへの旅　エドガー・スノー自伝』筑摩書房、一九八八
尚友倶楽部編『上原勇作日記』芙蓉書房出版、二〇一一
関榮次『日英同盟　日本外交の栄光と凋落』学習研究社、二〇〇三
千賀基史『上海事変前夜＝関東軍特務機関の謀略工作＝』Kindle版、二〇一四

曽我部泰三郎『海軍大佐水野広徳　日米戦争を明治に予言した男』潮書房光人新社、二〇二〇
高崎市市史編さん委員会『新編　高崎市史　通史編4　近代現代』高崎市、二〇〇四
高島米吉・高島真編著『シベリア出兵従軍記』無明舎出版、二〇〇四
高橋治『派兵一～四部』朝日新聞社、一九七三
B・タックマン『世紀末のヨーロッパ　誇り高き塔・第一次大戦前夜』筑摩書房、一九九〇
B・タックマン『八月の砲声　上・下』筑摩書房、二〇〇四
田中隆吉『裁かれる歴史――敗戦秘話』長崎出版、一九八五
田中隆吉『日本軍閥暗闘史』中央公論社、一九八八
谷崎潤一郎『上海交流記』みすず書房、二〇〇四
玉川寛治編著『特高警察が踏みにじった人々の記録―千葉県編―』治安維持法犠牲者国家賠償要求同盟千葉県本部、二〇二二
譚璐美『阿片の中国史』新曜社、二〇〇五
沈寂『上海の顔役たち』徳間書店、一九八九
陳舜臣『山河あり』講談社、二〇〇二

陳祖恩『上海に生きた日本人　幕末から敗戦まで』大修館書店、二〇一〇
辻邦生『異国から』晶文社、一九六八
辻佐保子『「たえず書く人」辻邦生と暮らして』中央公論新社、二〇〇八
S・ツヴァイク『昨日の世界1』みすず書房、一九九九
鶴田廣巳『財政・通貨危機と公債政策―第一次大戦期のイギリス財政（1）―』京都大学経済学会、一九七五
鶴見和子『南方熊楠』講談社、一九八一
戸部良一『日本陸軍と中国』講談社、一九九九
永井荷風『ふらんす物語』岩波書店、一九五二
永井荷風『雨瀟瀟・雪解』岩波書店、一九八七
永井荷風『墨東奇譚』岩波書店、一九九一
中西立太『日本の軍装　改訂版』大日本絵画、一九九一
中村政則『昭和の歴史2　昭和の恐慌』小学館、一九八二
中山弘明『第一次大戦の〈影〉世界戦争と日本文学』新曜社、二〇一二
長山靖生『大帝没後　大正という時代を考える』新潮社、二〇〇七

日本経営史研究所編『日本郵船株式会社百年史』日本郵船、一九八八
沼野誠介『孫文と日本』キャロム、一九九三
J・ネルー『父が子に語る世界歴史　6　新版　第一次世界大戦と戦後』みすず書房、二〇一六
野田宣雄『ヒトラーの時代』文藝春秋、二〇一四
H・バイコフ『復刻版　偉大なる王　バイコフの満州動物文学2』響林社、二〇一七
秦郁彦『昭和史の軍人たち』文藝春秋、一九八七
波多野勝『裕仁皇太子ヨーロッパ外遊記』草思社、一九九八
羽原清雅『日本の戦争を報道はどう伝えたか　戦争が仕組まれ惨劇を残すまで』書肆侃侃房、二〇二〇
S・ハフナー『ドイツ帝国の興亡　ビスマルクからヒトラーへ』平凡社、一九八九
H・バリュブス『砲火　上・下』岩波書店、一九五六
林京子『ミッシェルの口紅』中央公論社、一九八〇
林邦美『米はこうしてたたかい守られてきた―戦前の千葉県農民運動史―』筑波書房、一九九四

林芙美子『下駄で歩いた巴里』岩波書店、二〇〇三
林洋子監修『藤田嗣治　妻とみへの手紙　1913〜1916　上巻　大戦前のパリより』人文書院、二〇一六
林洋子監修『藤田嗣治　妻とみへの手紙　1913〜1916　下巻　大戦下の欧州より』人文書院　二〇一六
原野城治『国境なき時代を生きる　忘じがたき記憶の物語』花伝社、二〇二二
樋口麗陽『小説　日米戦争未来記』大明堂書店、一九二〇　Kindle版、二〇一七
A・ヒトラー『わが闘争　上』角川書店、一九七三
平岡敏夫編『漱石日記』岩波書店、一九九〇
平木國夫『バロン滋野の生涯　日仏のはざまを駆けた飛行家』文藝春秋、一九九〇
深津真澄『近代日本の分岐点―日露戦争から満州事変前夜まで』ロゴス、二〇〇八
藤井裕久、早野透、筒井清忠『劇場型デモクラシーの超克』中央公論新社、二〇一三
藤村久雄『革命家孫文』中央公論社、一九九四
藤田嗣治『随筆集　地を泳ぐ』平凡社、二〇一四
藤田昌雄『写真で見る大正の軍装』潮書房光人社、二〇一七

藤原辰史『カブラの冬―第一次世界大戦期ドイツの飢餓と民衆―』）人文書院、二〇一一
船橋洋一『湛山読本』東洋経済新報社、二〇一五
P・フレーリヒ『ローザ・ルクセンブルク　その思想と生涯』東邦出版社、一九七三
保阪正康『昭和陸軍の研究　上』朝日新聞社、二〇〇六
保阪正康『帝国軍人の弁明　エリート軍人の自伝・回想録を読む』筑摩書房、二〇一七
保阪正康『五・一五事件　橘孝三郎と愛郷塾の軌跡』筑摩書房、二〇一九
穂積重遠著、穂積重行編『欧米留学日記　1912～1916年　―大正一法学者の出発―』岩波書店、一九九七
C・ボードレール『巴里の憂鬱』新潮社、一九五一
前田哲男『戦略爆撃の思想　ゲルニカ―重慶―広島への軌跡』朝日新聞社、一九八八
牧村健一郎『ジャーナリスト漱石　発言集』朝日新聞社、二〇〇七
牧村健一郎『獅子文六の二つの昭和』朝日新聞出版、二〇〇九
松尾剛次『親鸞再考　僧にあらず、俗にあらず』日本放送出版協会、二〇一〇
松尾尊兊編『石橋湛山評論集』岩波書店、一九八四
松本健一『北一輝の昭和史』第三文明社、一九八五

松元崇『大恐慌を駆け抜けた男　高橋是清』中央公論新社、二〇〇九
丸山昇『上海物語　国際都市上海と日中文化人』講談社、二〇〇四
丸山松幸『五四運動』紀伊國屋書店、一九六九
A・マルロー『人間の条件』新潮社、一九七一
三浦俊章『「歴史は繰り返す」は本当か　一〇〇年前の古戦場に立って考えた』朝日新聞GLOBE、二〇一八年十一月三十日号
みかなぎりか『飛騨古川ものがたり』文芸春秋、二〇〇二
水沼和夫『リルケの「五つの歌について」』八戸工業大学紀要第十四巻、一九九四
水野広徳『水野広徳自伝』南海放送、二〇一〇
宮崎滔天『三十三年の夢』平凡社、一九六七
宮沢賢治『新編　風の又三郎』新潮社、一九八九
村松梢風『魔都』ゆまに書房、二〇〇二
森田靖郎『上海セピアモダン　メガロポリスの原画』朝日新聞社、一九九〇
安岡章太郎『僕の昭和史』講談社、二〇一八
八杉貞利『八杉貞利日記　ろしや路』図書新聞社、一九六七

山上正太郎『第一次世界大戦　忘れられた戦争』社会思想社、一九八五
山崎雅弘『シベリア出兵　凍土に消えた大日本帝国の野望』六角堂出版、二〇一九
山下文男『昭和東北大凶作　娘身売りと欠食児童』無明舎出版、二〇〇一
山室信一『キメラ――満州国の肖像　増補版』中央公論新社、二〇一四
山本茂美『あゝ野麦峠』朝日新聞社、一九六八
湯原かの子『藤田嗣治　パリからの恋文』新潮社、二〇〇六
横光利一『上海』岩波書店、一九九六
横山宏章『上海の日本人街・虹口　もう一つの長崎』彩流社、二〇一七
吉田健一『ヨオロッパの世紀末』岩波書店、一九九四
吉川和篤『上海海軍特別陸戦隊写真集』大日本絵画、二〇一三
W・ラカー『ドイツ青年運動　ワンダーフォーゲルからナチズムへ』人文書院、一九八五
李命英『金日成は四人いた』成甲書房、二〇〇〇
E・レマルク『西部戦線異状なし』新潮社、一九五五
R・ローター『レーニ・リーフェンシュタール　美の誘惑者』青土社、二〇〇二
R・ロラン『ロマン・ロラン全集二七　戦時の日記1』みすず書房、一九八〇

和田俊『パリの石畳』朝日新聞社、一九八三
渡辺龍策『馬賊頭目列伝　広野を駆ける男の生きざま』秀英書房、一九八三
H・Strachan『The First World War』Oxford 2001

あとがきにかえて

いまから百年ほど前、二十世紀初頭の世界と日本は、かつてない動乱の時代を迎える。わたしたちの先達である日本人はどう生きてきたのか。そのことを小説に描いてみたい、という思いを抱き続けてきた。

千葉県の房総半島の御宿町に暮らす幼馴染みの「仲良し四人組」が、長じて第一次世界大戦やシベリア出兵、米騒動、第一次上海事変などの大事件に遭遇し、数奇な運命の糸に操られていく。創作した四人組の周辺には、当時の実在の革命家、軍人、芸術家、ジャーナリストらにも折々に登場してもらい、舞台はロンドンやパリ、ウィーン、ベルリン、上海にも広がった。

一九五三年生まれの筆者は戦争を知らない世代に属する。戦後民主主義と高度経済成長の恩恵を受けて、まがりなりにも平和と繁栄を享受してきた幸運には感謝するほかないが、半面、生死の関頭に立って困難な時代と切り結び、戦陣に斃（たお）れ、あるいは見渡す限りの焼け野原から不屈の復興を遂げて、たくましく生き抜いてきた先人たちほどの「熱」を帯びることはなかったように思う。仮想現実（ＶＲ）が氾濫し、暮らしの匂いや手ざわり感がますます乏しくなり、日本人の精神の支柱が熔けてしまったのではないか、と嘆息することも、昨今は多くなった。「忘じがたき日本人」への万感の思いを込めて、筆を進めた。

日本が愚かな自爆戦争に突入する転換点として、一九三一年（昭和六年）の満州事変から説き起こす書は少なくない。しかし、わたしは、内にはモダンでハイカラな消費文化と、リベラルな大正デモクラシーを謳歌しつつ、外には中国に対華二十一カ条を突きつけ、ロシア革命の混乱に乗じてシベリアに出兵し、国際世論の非難にもかかわらず居座り続けた大正期こそが、軍事力を背景に肩をそびやかしていく近代日本の最大の曲がり角ではなかったかと思う。労作『近代日本の分岐点　日露戦争から満州事変前夜まで』で石橋湛山賞に輝いた新聞社の先輩記者、深津真澄氏（二〇二一年逝去）とは、生前、同じ思いを共有して語り合ったものだ。

本編では「希望を諦めないリアリスト」と称された稀代の警世家・元イェール大学教授の朝河貫一に何度か登場してもらった。朝河が一九四三年（昭和十八年）の覚書で「民主主義の究極の目的とは、民主主義それ自体の完成と、より優れた品格の創出であり、これらの二つの目的は、一方無くして他方が存在することはありえない。各人の自由の獲得が、その自発的な自己研鑽に懸かる、この苦難多き道に踏み出す勇気を持つように」と書き残したことに励まされた。

巻末に参考文献を挙げさせていただいたが、学殖豊かな歴史家、研究者の業績や、作家諸氏の達意の文章に負うところは実に大きい。株式会社ブイツーソリューションの担当者にも、ひとかたならぬお骨折りをいただいた。筆を擱(お)くにあたり、皆様に感謝とお礼の言葉を述べたい。

この物語を執筆中に、妻の母川津愛子が九十三歳で旅立った。筆者を心からいつくしんでくれ、日本酒を酌(く)みかわすたびに「ああ、うまかあ。極楽、極楽」と熊本の阿蘇弁まるだしで微笑(ほほえ)んでいた、よき飲み相手でもあった母の思い出に、この小著を捧げる。

二〇二三年晩秋　熱海伊豆山の山荘にて

木村　伊量

木村伊量（きむら・ただかず）
１９５３年、香川県高松市生まれ。早稲田大学政治経済学部卒。朝日新聞社入社。米コロンビア大学東アジア研究所客員研究員、ワシントン特派員、論説委員、政治部長、東京本社編集局長、ヨーロッパ総局長、ＧＬＯＢＥ初代編集長、西部本社代表、広告・企画事業担当取締役などを経て、２０１２年に代表取締役社長に就任。退任後は英国セインズベリー日本藝術研究所招聘シニア・フェローをつとめた後、２０１７年から国際医療福祉大学・大学院で近現代文明論などを講じる。２０１４年、英国エリザベス女王から大英帝国名誉勲章（ＣＢＥ）を受章。近著に『私たちはどこから来たのか　私たちは何者か　私たちはどこへ行くのか　―三酔人文明究極問答―』（ミネルヴァ書房）。『遥かなるリコ』（文芸社）。

遠い波濤（はとう）
忘（ぼう）じがたき日本人の肖像

二〇二四年二月二十六日　初版第一刷発行

著　者　木村伊量
発行者　谷村勇輔
発行所　ブイツーソリューション
〒四六六・〇八四八
名古屋市昭和区長戸町四・四〇
電　話　〇五二・七九九・七三九一
ＦＡＸ　〇五二・七九九・七九八四
発売元　星雲社（共同出版社・流通責任出版社）
〒一一二・〇〇〇五
東京都文京区水道一・三・三〇
電　話　〇三・三八六八・三二七五
ＦＡＸ　〇三・三八六八・六五八八
印刷所　藤原印刷

ISBN978-4-434-33557-0